HUI MIE ZHE DE MI MI

毁灭者的秘密

一个刑警的诡案调查手记

闫达／著

九州出版社
JIUZHOUPRESS

目录 CONTENTS

序章

一

［ 罪恶之始 ］

1988年，改革开放已经进行了十年，人们的思维也随着时代渐渐地活跃了起来……那年的6月7日北京城下了场大雨。那真的是场几十年一遇的大雨啊，在很多人的记忆里留下了很深的印象，比如李卫国。

当时在大雨中，城郊方圆几十里都难见一个人影，乡医院的大院里却是人声鼎沸，只不过动静被雨滴疯狂乱砸的声音遮得忽隐忽现。这是医院的巡逻队员们在抓小偷。顶着这么大的雨奔跑，大家的裤管都湿得透透的，每跑一步都像拖着铅块一样吃力。队员们都对前面那个小偷恨得牙根儿痒痒，要不是因为他，大家怎么会顶着大雨在外面奔跑。

被追的小偷就是李卫国——一个腿脚不大灵便的小偷。狂奔中，他能听见身后的叫骂声和自己粗重的呼吸声。大雨帮了他大忙，土路泥泞不堪，深一脚浅一脚，所以不管腿脚好不好，速度都差不多，要不是这样他早就被抓住了。玩了命般的奔跑中，李卫国感觉自己仿佛又回到了少年时代。因为自从右腿瘸了之后，他就没跑这么快过。李卫国边跑心里边念叨：不知道自己今天能不能逃得掉，要是被抓住了，挨一顿揍倒是小事，可要是被送去蹲大牢就完了。这年月要是落下黑底子，全家都会让人瞧不起，到哪儿都抬不起头。

雨越下越大，豆大的雨点砸得人脑袋疼。李卫国不停地向四周张望，他知道要想翻墙跑出去是不可能的，因为本来腿脚不好上墙就费劲，更别说现在的雨又这么大。而医院大门的位置更不能走，那里必然会有人把守，过去了就是自投罗网。短暂思考之后，李卫国直接向西边的黑暗处跑了过去，他知道那边的墙塌了，有个豁口能出去。冲到暗处之后，也不知道是跑得太快还是怎么样，李卫国感觉后面的追兵好像被甩开了，因为耳朵里已经听不见人声，只有风雨的狂啸声。想归想，可脚下却是不敢停的。正跑着，突然左脚下面一空，跛了的右脚一点儿力也借不上，李卫国的身子向着左边就栽了过去，落地之后身子向下翻滚着撞开了一道门。

李卫国摔进了那道门里。

摔进去的地方是个半地下的屋子，门槛很高，把他磕得直咧嘴。门口有个下水口，所以雨虽然大，但是流进来的水还真就不多。屋里的地面是水泥的，李卫国不由自主地在冰冷的水泥地上翻滚了几下，感觉浑身的骨头都是钻心地疼。他挣扎着从地上爬起来，也顾不上看这是什么地方，就想着赶紧出去，可刚迈出去一步就听见人声渐近，吓得他赶紧缩回来，把撞开的门重新关好，屋子里顿时一片漆黑，鼻子里满是呛人的消毒水味儿。

他把耳朵贴在门上听着外面的声响，心里祈祷着巡逻队员不会来这里察看。可惜天不遂人愿，连半分钟都没有，人声就到了门外。他吓得赶紧向着屋子里面跑去，不知道地上都是些什么玩意儿，只不过五六米的距离，可他已经被绊得差不多是滚到屋子里面去的，一直撞到了墙才停下来。墙硬硬冷冷的，把李卫国撞得龇牙咧嘴地吸着气。想来这应该是屋子最里边了。

在门被推开的一瞬间，李卫国的手正好划拉到身边的一块布。他也顾不上想这布是干什么的，猛地扯起来把自己连着脑袋盖住。布上的味道呛得他想打喷嚏，他拼了命地忍着，可还是没忍住。吭哧了一声，憋回去的喷嚏震得李卫国脑袋发麻，鼻涕倒喷进了嘴里，呛得他眼泪都流出来了。与此同时，门外手电的光就照了过来，李卫国吓得大气都不敢再出，含着鼻涕不敢吐也不敢咽。

手电的强光在屋子里扫了一圈，但是没有人进来。李卫国听见有人在门口说话。

一个人说："走吧，没在这儿。他奶奶的，这死残废跑得还挺快。"

另一个说："你咋知道的？可能就在里面躺着呢！你进去看看吧。"

刚才那个说："你咋不进去？少支使我。照一圈都是死人，哪有带活气的。走吧走吧！"

"咣！"门又被关上了，人声消失了，屋里再次黑了下来。可躺在地上的李卫国有点蒙，心想，什么叫"都是死人"？难道……这里是太平间？他终于知道屋子里浓浓的消毒水味儿是什么了，想到身上盖着的布应该就是蒙死人脸用的，他就浑身不自在。

他抬手挠了挠脸。脸上一直痒痒的，因为有人在旁边吹气。想到这儿，他愣住了。人？

头皮一阵发麻，李卫国轻咳了一声，向吹气的方向扭了扭脖子，可惜屋里太黑了，什么都看不见。这时气正好吹在了他的鼻子上，他鼻头上满是汗水，被吹得凉凉的。李卫国勉强控制住自己的声音不发抖，小声问："呵呵，您也在这儿啊，这是干啥呢？"可除了风吹动门的声音，屋子里安静得很，没人回答他，可气依旧在吹。又等了片刻，李卫国奓着胆子向气吹来的方向伸手摸去。他摸到了一个冰凉柔软的东西，而且在动。他还没来得及想是什么东西，突然——

"哇！"尖利的哭声突然间在李卫国旁边响起，声音忽而又变得沙哑，"嘎……"

李卫国吓得"妈呀"一声大叫，掀飞了身上盖着的布，向远处连滚带爬地跑去。

凄厉的哭声持续了好一阵儿才停下来。李卫国趴在地上，浑身抖得厉害。过了好一会儿，他才慢慢地从地上爬起来，脚下发飘得很。手疯狂地在身上一顿乱摸，他翻出了一盒火柴。火柴盒已经湿透了，因为手很抖，抽出几根火柴也都掉到了地上。最后他终于拿稳了一根，向着火柴皮划去。可是划不着，火柴皮太湿了。

奓着胆子，李卫国向旁边挪了几步，踩着那些已经僵硬的尸体，胃里翻腾得厉害。好不容易摸索到了墙壁，李卫国拿着火柴颤颤巍巍地向墙上划去，可是用力过猛，火柴断了。一根、两根、三根，李卫国不停地试着，“噗”的一声，终于擦着了一根，周围亮了起来。光影恍惚间，李卫国感觉自己好像到了另一个世界，而这世界只有那被火柴的光亮照出的方寸之地，周围还是化不开的黑暗。在脚下，围满了人，有的睁着眼冷着脸，而有的却眯着眼在冷笑。李卫国感觉这些人随时都会向他爬过来。这些表情不同的人有一个相同的地方，就是每个人身上都盖着白色的被单。

这些当然都是死人，李卫国强迫自己不去看这些尸体，拖着跛腿，他一步一颤地向自己刚才躺着的地方走去，手里举着那燃烧过半的火柴。这点点的光亮在幽闭的漆黑中，并没有带来什么温暖的感觉，却让他感觉更寒冷，甚至有点窒息。在前面，一具女性尸体浑身赤裸地躺着，白色的被单散落在一旁。被单下面有东西在动，一下一下地在下面挣扎，很慢地移动着，而移动的方向，正是朝着李卫国!

火已经烧到手了，冷汗也流到了眼睛里。忍着手上的灼伤感，在强烈的恐惧与好奇心驱使下，李卫国俯身拉住了被单的一角，猛然用力将被单抽开。当他看见被单下面的东西时，李卫国发出了一声短促的惊叫。

“啊！”

半小时后，李卫国鬼头鬼脑地从太平间里走了出来。雨还在下，而巡逻队员早就不见了，估计是去别处寻找他了。四下看了看发现没人，李卫国猫着腰走了几步，到了围墙边。他顺着围墙又走了几步，一闪身，没了踪影。

沈墨的手记

〔 1 〕

友情是种神奇的东西，并不在乎时间与空间。好朋友哪怕多年不见，再见时也仿若分开在昨天，就像我们夫妻和付晓这家伙。

一转眼已经毕业两年了，我和美心毕业之后就没再见过付晓，今天是两年之后的第一次相聚。在没来同学聚会之前，我还在想付晓现在会是什么样子，但是现在我在付晓身上还真看不出有什么变化——依然是留着一头长发，穿着邋里邋遢，而且还像以前一样，喝两三杯啤酒脸就变得通红。我晃荡着手里的酒杯，微笑着看付晓和我媳妇在嘻嘻哈哈地胡闹，不由得想起了我们三个人在学校里那段美好的友情岁月。

记得第一次我们三个人相遇时，付晓正被一群人围殴。那时候是大二，虽然是一个班的，可是我基本上可以说不认识付晓。因为在当时的我的眼里，他就是一个学习不上进、只能靠家里的富二代。正因为这样，当我看见付晓被打时才略微犹豫了一下，考虑管还是不管。不过接下来事情的发展并不好，就是我和付晓一起被揍。呵呵，但是我们的友情就是从一起挨揍开始的。

想想，当时如果美心没有出现的话，我和付晓会很惨，进医院是一定的了。还好，美心出现了。

在那之前，我从来都没有想过一个姑娘可以这么擅长打架，砖头、棒子等，基本的街头武器她都用上了。我回忆了一下，从流氓们发出惨叫声开始到作鸟兽散，应该不超过半分钟。一个姑娘，单人大战流氓团伙，而只胳膊上有一些擦伤。我记得当时的自己已经看傻了，不过付晓倒是挺自然，鼻血喷得哪里都是，可笑容依然不羁，爬起来就给美心一个熊抱，大呼着“姐，你怎么才来啊”。我当时还以为付晓认识人家，可是一秒之后他就又趴在了我的身边，是被美心一脚给踹倒的。记得美心当时酷酷地看了我们两个一眼，话都没说就走了。

后来付晓没费什么劲儿就找到了美心，她就是隔壁班的。再后来，付晓做东，我们三个人吃了顿饭。我这才知道付晓那天被揍是因为管闲事：有几个小孩欺负校门口摆地摊的老大爷，他训了人家几句，结果小孩们就把哥哥都叫来了。再后来，我们三个人就成了好友，而因为美心大付晓一周，付晓这家伙就死皮赖脸地认了美心做姐姐。可能是父亲去世过早的缘故吧，美心要比我和付晓都成熟自立很多，而且美心也是我们三个人里最聪明的，有两个学位。其实付晓也蛮聪明的，只是不爱学习，相比之下，我该算是最笨的。

说实话，我当初真的没有想到，这个会打架会学习的漂亮女孩最后成了我的老婆。不知为何，回想起那些欢乐的往事，我突然有种想哭的冲动。命运和缘分，有时就是那么水到渠成地震撼着生命。

付晓这时扭头看了我一眼，探身过来，搂着我的肩膀，一脸贱笑：“沈警官果然不简单，到底追到了我们当年的校花大姐，佩服。”

我摇头笑笑，付晓在生人面前不大爱说话，不过混熟了之后就会嬉皮笑脸的。我对他很无奈，转移话题说：“你这大漫画家一消失就是两年，音信全无，干什么大事业去了？”

付晓嗤笑了一声，摇摇头：“大事业个屁啊。这两年一直在日本搞漫画，可惜一事无成，你看，我现在穷得连袜子都买不起。”说着，付晓就掀起裤腿给我看，还真就没穿袜子，“不过说真的，我现在是真穷，你知不知道哪儿的房子便宜？”

我问：“你这是要买还是要租啊？”

付晓白了我一眼：“大哥，我连袜子都买不起，你让我买房子？当然是租啊。”

“喂！”美心从付晓身后过来，用胳膊夹住付晓的脑袋，“有事不和你姐说，和沈木头嘀咕什么呢？”她的上唇生得微翘，总像是在嗔怪撒娇的样子，现在笑起来更是好看。我一直喜欢她的笑脸。

“嘿嘿。”付晓咧嘴一笑，“和谁说不一样。我想找个便宜的房子住，现在房子都太贵了，我付不起租金。”

美心皱皱眉：“你小子不是富二代吗？和你家老头闹矛盾了？”

付晓打着哈哈没接这个茬，继续和我说：“越便宜越好，地方偏点也无所谓，我现在也没什么正事，用不着交通便利。”

我说：“我也不是搞房产中介的啊。尽量帮你打听下吧，你自己也问问别的朋友。你要是真没钱，我和你姐这儿有，你先用着。”

付晓说：“少来。你帮我找着房子就是帮我大忙了。”

我一笑，说：“行，我帮你找找。”说到这儿，我心里一动，接着说，“我现在倒还真知道个便宜的地方，不过你不一定敢去住。”

付晓问：“为啥啊？”

我说：“上周我处理了一个案子，在北五环那边。一个出租的自建房里死了个人，是自杀。楼里不少人都嫌晦气搬出去了，估计那个地方便宜，死过人的楼，不好出租啊。”

付晓听完一拍大腿，叫道：“好啊！这有啥不能住的，我还就住那个死过人的屋子，能便宜就行。咱阳气狂野，啥也不怕。”

“你脑袋进水了吧！”旁边的美心照着付晓的脑袋就是一巴掌，“那地方能住吗？是死过人的好不好！”

付晓冲着美心一笑，一脸无所谓地说：“死过人才安全，好不好？你见过什么地方能死两回人？行了，这事就这么定了，回头找时间沈木头带我去看看。”之后我和美心是怎么劝也不行，付晓是铁了心要去住死过人的房子，还美其名曰最近想画点恐怖漫画，正好能在那里找找灵感呢。最后美心狠狠地瞪了我一眼，说了句：“就你话多！”而我也只能报以苦笑。

房子的事告一段落之后，付晓立刻加入了狂饮的行列，还死拉着我喝。我本来就不胜酒力，到散局时已经晕晕乎乎了。美心扶着我和付晓，一步三晃地出了饭店。美心一直都没有喝酒，因为是开车来的，两口子都喝醉了太麻烦。刚出饭店门口就听见有人使劲按喇叭，美心眉头就一皱。她特别讨厌乱鸣笛的人，感觉这么干的人好没素质。我转脸看过去，是辆黑色的尼桑，驾驶室的窗户摇下来，一个戴着墨镜的家伙探出头来，朝着我们三个直招手。

“你哥们儿？”美心扒拉了一下迷迷糊糊的付晓。她不用问我，因为我的朋友她没有不认识的。

醉得昏天暗地的付晓抬头瞄了一眼，笑着说：“我朋友我朋友，来接我的，我现在住他那儿。”

美心问：“他谁啊？”满脸的厌恶。

付晓说：“唉，我以前的经纪人。行了，姐，你带木头回家吧，我和朋友回去了。”说着摇摇晃晃地朝那辆车走了过去。

看着付晓上车离开之后，美心和我也回了家。

那天之后我就把付晓要找房子的事情给忘了，当然，我也希望他能忘了。可惜……

周一下班之后，我就在单位大院门口看见了付晓。他的样子惊得我张了张嘴，又实在是不知道该说什么。这小子就站在公安局门口的传达室旁边，背后背着个大包，身旁还放着两个行李箱和一个画架，过来和我说要去看看那个死过人的房子。不过看这架势根本就不是去看房，摆明了就是要直接住进去。我没敢直接就带他走，让他先等等，然后给美心打了个电话。美心虽然没有反对，不过还是把我骂了个狗血喷头，怪我之前多嘴。之后，我把付晓的行李搬到后备厢，带着他开车直奔北五环。

六月的天，真是说变就变。我们出发时天上都还没有云，可到了地方，天已经阴沉得像是在深夜里。好在我之前和房东打过了招呼，说晚上过来看房，不然人家肯定早就走了。我把车停在一栋三层楼的门口，门口有棵小树。这小树应该是刚栽不久，树干细得很，不过长得倒挺茂盛。这就是那栋死过人的楼，一共三层，刚建好不长时间，门口杵着块木板，上面写着“三楼公寓”。就在我和付晓刚下车时，一个四十多岁的妇女推着自行车迎面走了过来，说话语气不是很好：“就是你们要来看房，是吧？”

上次死人的事就是我来这儿处理的，知道她就是房东，赶紧笑着打招呼：“呵呵，是啊。真是麻烦您了，下班高峰期，路上太堵了。”看样子人家好像不认得我了。

那妇女一脸不耐烦地摆摆手，阻止了我说话，从兜里掏出一把钥匙递了过来，说：“你不是说要住303吗，自己去看吧。快点儿啊，我在这儿等着你们。”

付晓在一旁插话道：“我今天是想住进来。”

“住进来？”房东来回打量了我俩一下，“看完再说吧，别废话了。”口气很不和善。

付晓笑着说：“房租不是都说好了嘛，不用看了，我直接就住。您把钥匙给我就行了。”

妇女看了付晓一眼，转脸对我说：“你是个警察吧，上次我好像见过你。”看来她还是认出我了，我点点头。

房东继续说：“既然你是警察我也信得过你，不用登记了，你们自己搬进去住吧！然后明后天我过来时把房租给我，就是说好了的价钱，一个月700元，每月先付。”

我笑着点点头，说："行，没问题。那您快走吧，看样子马上就要下雨了。"

房东再没理我，抬腿跨上自行车就走了。

东西没多少，我和付晓一次就把东西搬了上去。这楼每层都是宾馆式的格局，就是门对门的那种。每层七个房间，有一个房间是正对着楼梯口的。一楼的那个房间是传达室，房东平时白天就在那里，晚上没人。进了屋之后把灯打开，付晓打量了一下，对房子极为满意。屋子的空间不小，南面是一扇大窗户，基本一面墙都是窗户，窗外没什么遮挡，白天估计会很晒。进屋左手边是个小厨房，往里走拐过墙角就是卫生间。格局还可以，唯一的问题就是家具少了点，除了一张铁架床和两把椅子外，其余的什么都没有。不过付晓倒是不在乎，说东西少挺好，看着简洁。

这间房我已经是第二次来了，上周的腐烂尸体让我想起来都反胃，我抬手指了指床下。付晓看了看，什么也没看到，莫名其妙地问："啥意思啊？"

我说："知道不？就在床底下，上个礼拜就是一摊黑乎乎的血。原来住在这里的是个女人，割腕自杀了，死了一周多才被房东发现，尸体都烂了。"

付晓点点头说："嗯，然后呢？"他忙着从行李箱里往外拿东西，心不在焉。

我说："你说然后呢？你真准备住这儿？就不怕晚上做噩梦？我告诉你，现在把灯关了，往床底下喷点发光氨，还能看见血迹呢。"我想吓吓这小子，而且也真的不想他在这里住。

付晓说："我有病啊，没事看血迹干吗？再说我上哪儿搞发光氨去。行了，别废话了，这地方我挺满意的，就住这儿了，物美价廉。嗯，对我的创作生涯也是个不错的机会。我正画恐怖漫画呢，创作来源于生活嘛，要是能出来个鬼什么的就更好了。"见他吊儿郎当的样子，我也知道多说无用。

把东西都放好之后，我们决定出去吃点饭，完了我就回去。出来把门锁好，走廊里黑咕隆咚的，我跺了跺脚，可是感应灯没亮。记得刚才上楼时感应灯还好好的。笔直的走廊有十多米长，只有两头有两扇小窗户，现在黑得像是在形状怪异的棺材里。这时有人拽住了我的胳膊，我甩了一下没甩开。我不禁笑了："干吗啊？害怕啦？要不咱就别住了吧。"

"啊？和谁说话？"前面两三步的地方传过来付晓的声音。我心里一寒，掏出手机向旁边照过去。我吓了一跳，一张肥胖的脸正对着我，眼睛瞪得溜圆，瞳孔反射着手机屏幕上幽幽的白光。我定睛再看，是个女人。我挣了挣，没挣开她的手，这女人好大的力气。我说："大姐，你有事吗？有事就说，你先把我松开好不好？"

那女人直勾勾地看着我，眼睛瞪得吓人，像是要掉出来一样，瞳孔很小，眼白很多。正当我和付晓都开始怀疑她是不是哑巴时，这女人说话了，声音柔美得很，和她的样子很不搭，好像有人和她在演双簧一样："小心那个孩子，他会找来的。"她的表情神经兮兮的，很惊恐很慌张。场面诡异得很，我和付晓面面相觑，都不知道那女人在说什么，不过被她弄得毛骨悚然，情不自禁地左右看着。这时306的门开了，306和付晓住的303是对门。日光灯的光线从屋里照了出来，我看见拉着我的那个胖女人穿着件红色的薄纱睡裙，里面什么都没穿，影影绰绰的。这人是什么情况？我心想。

屋子里传出骂声："你他妈的拉着这个小白脸子干吗呢？"紧接着冲出来一个小个子男人，挺瘦的，抬手就给了女人一巴掌。女人好像很怕这个小个子男人，吓得赶紧松开了抓我的手，向一旁躲去。小个子男人吼道："下雨你犯病，老子睡这么一会儿你就跑出去了，真他妈后悔娶了你这个疯子，还不快点滚进来。"女人畏畏缩缩地走了过去，男人不依不饶地照着她的脑袋又是几巴掌，猛地把她拽进了屋。

"喂！"我看不过眼叫了一声，"你怎么随便打人呢？"

小个子男人上下打量了一下我和付晓，不屑地说："怎么着，我管我媳妇轮得到你插嘴吗？你这小兔崽子算他妈干吗的？"

我厌恶地看着他，在怀里掏出警官证晃了晃。那男人一下就愣住了，神色慌张起来："我错了我错了，以后不敢了。"说着他快速地退回房间关上了门。他这么突变的情绪让我不禁心中起疑，我感觉他对我手里的警官证有着很深的畏惧，直觉告诉我这个人身上应该有问题，可是付晓拉住了我正准备敲门的手："行了，别不依不饶的了，那是人家的家事，你一警察跟着瞎掺和什么啊。"

想想付晓说的也是，而且或许是我多虑了，小个子男人可能只是个色厉内荏的家伙而已，我也就没再多想。

公寓附近有好几家小餐馆，我们挑了一家看起来干净一些的。吃饭的时候我问付晓："同学聚会那天来接你那个人，你说是你的经纪人。你小子还有经纪人啊？"

付晓瞥了我一眼："是啊。怎么啦？"

我说："没事，随便问问。对了，你现在怎么这么穷啊，是不是和你家老头闹别扭了？"

付晓说："我和他闹什么别扭啊。行了，我的事你别问了。"

虽然他这么说，但从语气上能看得出我猜得八九不离十。见他不想说，我也就没再深问，想着有机会让美心问问，他们像亲姐弟一样，无话不谈。我换了个话题："那你现在有什么打算，继续画，还是去找个工作啥的？"

付晓叹了口气："我和一个公司签了合同，创作一部恐怖漫画。现在那种东西销路不错，不过我实在没什么灵感，所以我才开玩笑说住这儿挺好的。想想我除了画画也不会干别的，就只能先这样吧，走一步算一步。"

"你那经纪人不能帮帮你？他应该有点能力吧。"虽然我只看了那个经纪人一眼，不过感觉他好像混得不错的样子。

付晓说：“他对我一直挺好的，不过我和他不大合得来，不想找他帮忙。”说话间他神情有点落寞。

我看付晓也不想多说这个话题，就适时地打住了，朋友之间也得有个隐私的底线。不过经过这几天的接触，我感觉他这次回来好像经历了很大的变故，很难不为他担心。但看样子他什么都不想和我讲，只能之后让美心想办法套套话了。

吃完饭付晓抢着结了账，我们顶着大雨狂奔回了公寓。本来我不想再上楼，可是付晓坚持让我上去拿把伞再走。再出来时，我没让付晓送我，提醒了他注意安全，有什么事就给我和美心打电话。

在二、三楼之间的缓步台，急着下楼的我和一个同样步履很急的人撞了个满怀，他被我撞了一个趔趄。一个闪电正好打过，光亮从小窗户冲进来又瞬间消失了，我看见那人瞥了我一眼，但没说什么就继续向楼上跑去。恍惚间我注意到那人脸上好像满是血迹，职业习惯让我下意识地喊他停下，可他没理我，转过拐角就没了身影，我赶紧跟了上去。当我也转过拐角时听见一声门响，用手电照过去时，走廊里已经空无一人，不知道那人进了哪道门。

我想了想，既然是这里的住户，那就算了。听房东的意思每个租户她都有登记而且进行了审查，应该不是坏人，我也不想多管闲事，而且我急着回家。

暴雨下了一整夜，天亮之后天气好得很，艳阳高照。早上起床，我和美心商量了一下，计划周五过去看付晓，那天是他的生日。我们三个在同学会之前已经两年没好好聚过了，也正好给付晓买点生活用品。我帮他搬家时发现他行李箱里就有几件衣服，剩下的都是画画工具，没什么日常用品。

〔 2 〕

周五，早上出来时我和美心说好了，让她中午提前把东西都买好，然后晚上下班我去接她一起去找付晓。美心在报社工作，时间上比我弹性大。

到了办公室还没坐稳当，宋队推门冲了进来大喊一声："都精神精神，出警了。有案子！"

宋队是我们的刑警队队长，干刑侦有年头了，做事雷厉风行，身手特别好，听说还拿过全国散打比赛的亚军。出了楼，宋队单独点名让我和他坐一辆车，上了车之后我才知道这是为什么。因为出案子的地方就是付晓刚住进去的那个公寓，上次那楼里自杀的案子是我去处理的，他想先问问我那栋楼的情况。我心里咯噔了一下，真是怕什么来什么。我一下子就想到了306的夫妇和那个不知进哪个屋子的满脸流血的男人，当然，我更怕是付晓出事。"什么案子？严重吗？"我问。

"具体的情况我还不清楚，报案的是房东，她说她的楼里死了个人，脑袋掉了。"

"脑袋掉了？"我一惊，还以为是自己听岔了。

"嗯，她报案时这么说的。之前她那里的自杀案是你去处理的，我想抓紧时间问问你那个房子还有房东的情况。一个楼里连续死人挺少见的。"

"知道死者身份不？叫什么名字？"

"报案时没说，你小子这么紧张干吗？"宋队看出了我的不安。我也没隐瞒，实话实说我有个大学同学找房子，我就推荐了他去那里住，现在有点担心。宋队听完皱了皱眉，问："他住几楼？"

"三楼。"

"出事的是谁不清楚，但是尸体就在三楼的走廊里。"宋队朝我点点头，“你还是先打电话问问你朋友吧！不然你也不能专心做事，如果出事的不是他，你多了解一下情况。”

“好。”我掏出手机给付晓拨了过去，心里祈祷着可千万别是他出事。还好，他接了。

“你没事吧？我一会儿就到了，你还在公寓吗？现在是什么情况？”

“没有，我没在公寓里，在医院呢。那尸体太吓人了，我腿都软了，下楼时摔了个大跟头，脑袋破了，正在缝针呢。”

“你看到尸体了？你没乱动吧？还有谁看见尸体了？谁是第一个发现尸体的？”职业习惯促使我立刻想到了一堆问题。

“现在住三楼的应该都看见了吧。第一个看见的是我，当然没有动尸体，这点常识我还是有的，不过别人动没动我就不知道了。行了，我这儿正缝针呢，不说了。那个尸体可吓人了，你到时候就知道了。”说完他就挂了我的电话。我朝宋队点点头，告诉他我朋友没事。

“他了解情况吗？”宋队问。

“应该也不是很了解，但是他是第一个发现尸体的。现在他在医院，刚才摔倒了，完了我让他立刻赶回来接受调查。”

“嗯，你们关系怎么样？”

我想了一下回答：“就是大学同学而已。”如果告诉宋队我和第一个发现尸体的人私交很好，估计他会把我排除在专案组之外，我并不想这样，所以撒了个谎。我感觉这个谎言无所谓，付晓不可能会和凶杀案扯上关系，但倒霉的是他第一个看见尸体。

宋队点点头，又问了些关于公寓和房东的事情。但是我了解的也不是很多，毕竟上次只是个自杀的案子。

我们的车还没开到公寓，就看见不少人在楼门口站着。我仔细看了看，房东也在其中，立刻指给宋队看。刚下车，她就跑了过来，一脸不乐意地冲我们吼：“你们怎么这么慢啊！这叫什么110啊！你们谁是领头的？”

宋队笑着答话："我就是领头的，刑警队队长宋涛。我们已经尽量快了，您想现在是上班的高峰期，我们不到十分钟就到了，还是挺快的。您就是房东吧，贵姓？"

房东一脸的不耐烦："行了行了，什么贵不贵的，我姓刘。你们快上去看看吧，吓死人了。"说着，她分开人群进了楼里。其他看热闹的人也要跟进来，被宋队制止了，他叫了几个同事守在门口，不许闲杂人等进入。穿过人群时我四下瞄了一眼，那天吓了我一跳的306女人和她老公都不在里面，难道是他们出事了？上楼的算上我和房东，只有四个人。现在还不清楚现场什么样，太多人上去没什么帮助，还容易破坏现场。

到了三楼，由于长长的走廊只有两头有两扇小窗，所以就算是白天，也昏昏暗暗的。宋队左右看看，没找到开关，就跺跺脚，感应灯也没亮，看来房东一直没有修。上楼的人虽然不多，但是因为走廊狭窄，所以本就不多的光线也被遮掩得所剩无几。我模模糊糊地看见前面付晓303门口的地上躺着一具尸体，脚冲着我们的方向，穿着一条宽松的裤子，应该是睡裤，上身赤裸。尸体胸口上放上了一个圆咕隆咚的东西，可能是周围的光线太暗的原因，感觉那东西黑黑的。没时间细想，我和同事都加快了脚步，而我身旁的房东倒是向后撤了两步，消失在了我的视线之中。三个人都围过来，光线就更暗了。离着不到两步我依然看不清楚具体情况，只好弯着腰伸着脖子看。突然后面不知道是谁推了我一下，弄得我一个趔趄，差点扑在尸体上。这一下距离够近了，我算是看清楚了。

天哪，胸口上放着的那圆咕隆咚的东西竟然是颗人头！而尸体的脖子上方却空空如也。

当然，这颗人头和一般的人头是有区别的，不然也不会让我离得这么近才看得出来。它没有皮，也没有血肉，只剩下了光秃秃的头骨。在这光线昏暗的走廊里，骷髅上的黑窟窿好像在动，好奇战胜了恐惧，我又往前凑了凑。然后，看见骷髅的眼睛里爬出了一只蟑螂。

胃在抽搐，我强忍住恶心。我当警察时间不长，才一年多，这是我第一次遇见这么恐怖的案子。队长可能也被眼前的尸体震住了，走廊里沉寂了一会儿之后，他才回头问躲在最后面的房东："这个死者你认识吗？是不是楼里的租户？"

"脑袋都那样了你还让我怎么认！"房东的声音里充满了不快。她并不怎么害怕这个恐怖的尸体，我有这种感觉。

队长继续问："三楼有多少家住户？都在吗？"

"一共就四家，301是对小情侣，在楼下呢；306是我一个朋友和她男人住，她还在屋里；304的人我不熟，是个男的，敲门没开；尸体是303那小子发现的。对，他认识那小子。"房东抬手指向我。

宋队看了我一眼，点点头，接着对房东说："那麻烦您一下吧！我们需要对很多情况详细了解一下。他会负责这件事，希望您多配合我们的工作。"他指了指我。

房东没什么反对意见，但是说在走廊里不舒服，看着尸体太恶心，我只好和她去一楼的传达室做笔录。下楼之前，我看见306的胖女人和她老公出来了，而304的门还没被敲开。我想起那天我离开时撞到的那个脸上满是鲜血的人，他会不会就是304的租户呢？

传达室里，房东给我讲述了我们赶到之前发生的事，我一一作了记录。如下：

1．7点20分左右，房东刘玫到了传达室。她说平日都是这个时间来这里上班，她家离得并不远。

2．7点25分左右，付晓冲进传达室大喊出事了。据刘玫描述，当时付晓看起来受了极大的惊吓，额头破了，有血流出来。之后，付晓慌里慌张地说三楼有个死人。房东确定付晓不是发神经之后，立刻就和付晓一起上了三楼，在看到尸体后就报了警。

3．报警时间按照110接警中心的记录是7点36分23秒，刘玫报的警。她说付晓当时吓得走路都困难。

4．报警之后，按照接警中心的记录，7点38分04秒刘玫挂断电话。刘玫挂了电话之后，付晓提出去医院包扎一下伤口，说自己头上的伤是之前下楼时滚下楼梯摔伤的。刘玫说当时自己心里也很乱，也没留意付晓具体说了什么，然后付晓就走了。

5．因为她和付晓的声音并不小，之后三楼其他的租户也都出来了。301的小情侣见到尸体后，惊恐地下了楼；306的男人昨天喝多了，谁都叫不醒，所以夫妻俩就都没出来；304的屋子一直敲不开门，应该是没人在家。

6．然后刘玫就下楼等着我们赶过来，不少周围住的人好奇想上去，都被她制止了。

这就是房东描述我们来之前的经过，具体是否如实，还要参考其他人的话，尤其是付晓的。我已经给付晓发了条短信过去，让他处理完伤口就立刻赶回来。

以目前掌握的情况来看，这个案子付晓和房东都还不能排除嫌疑。付晓是第一个发现尸体的人，这种身份在什么案子里都会被列为首先的怀疑对象。而房东的主要嫌疑，我个人认为来自时间上。在得到付晓的通知后，上楼梯的时间应该不超过两分钟，付晓向房东说发现尸体到两个人上楼，按照房东的描述时长应该在五分钟左右，也就是说房东刘玫看见尸体的时间按照推断应该是7点32分前后。按照常理，房东刘玫作为一名女性，在见到那么恐怖的现场之后，在三到四分钟的时间里就冷静下来报警，未免有点太过冷静了。我想我在这种情况下能不能做得到都很难讲。故此我装作无意地询问了一下房东的一些个人情况。

我冲着房东笑笑："这个公寓是您个人的？"

房东说："是啊，怎么了？"语气冷硬。

"没有，随便问问。"我笑笑，试着缓和气氛，"那您之前是做什么工作的，我看这个公寓好像是刚建成不久啊。"

房东语气不善："问这么多干吗？我之前是做什么的和案子有关系吗？"她这人好像不大好相处，几次见面我就没见过她好好说话。

我收起笑容，说："算是例行询问吧，方便的话希望配合一下。"她越不说我就越好奇。

"无业。"

我问："无业？您一直没有工作？"

"嗯。"房东哼了一声。

看得出，房东是有所隐瞒的，但是目前看这些还与案子无关，我也不能强迫询问。所以我转变方向继续了解情况："这楼里租户们的个人情况你都了解吗？"

房东看了我一眼，说："不怎么了解，我是出租房子的，又不是搞审查的。但是一般我都会简单地询问一下，免得闲杂人等给我惹麻烦。你和那长毛小子来租房的那天，要不是因为下雨，我肯定得让你们留下身份证信息。而且我知道你是警察，所以也就没管你们要。至于别的租户我都是必须留身份证复印件的。真晦气，也不知道死的这倒霉蛋是哪儿来的！"对于如此凶案，她给我的感觉一直是烦躁大于惊恐。

我说："那你有存档个人信息吧，身份证复印件之类的能拿给我看看吗？"

房东点点头，回身在床边桌子的抽屉里拿出了一个档案簿递给我，我接过来翻看，里面确实有租户的身份证复印件，都粘在每页上，下面是交租的情况和每一户的联系方式。我一页一页地翻看，继续问："三楼租户们的情况你了解谁的，能不能尽量说一下。"

房东依旧很不耐烦："303那个长毛小子不是你朋友吗？"

我点点头，说："嗯，我是说其他人，希望您能尽量配合我们，提供线索和帮助，我们好尽快办完案，也免得打扰您的生意。"

房东白了我一眼，说："还生意个屁啊！别都退房就不错了。三楼的人我想想啊，301是对同居的小情侣，我看是未婚同居，现在的年轻人真是随便！304的人很少能见到，嗯，那人好像挺复杂的，我感觉你们应该查一查他。”

我问：“为什么这么说？他有什么特别的行为吗？”我一瞬间就想起了帮付晓搬来那天遇到的那个脸上有伤的人。

房东摇摇头，说：“在楼里倒是没做过什么。不过前几天我见过他一次，鼻青脸肿的，肯定是让人打的，而且伤看着可不轻。什么人能被打成那样啊，他年纪也不小了，肯定不是什么正经人。”

看来那天我见到的那个男人就是304的。我点点头，继续问：“那306的人呢？”

“306那个胖子是我朋友，男的是她老公。”

我问：“你朋友？什么朋友？”

房东皱了皱眉，说：“是我以前的同事，其实关系也不是很好，就是她太困难了，知道我这儿有房子就来投奔我了，我也不能不帮。行了，我知道你要问啥，我以前在医院工作，都下岗十来年了。”

我笑笑，追问：“您在医院是做什么的？306的又是做什么的？”如果她经常接触尸体的话，那她的情绪就可以解释了。

“都是护士。这些事都和案件有关系吗？”房东好像对以前工作情况的话题很抵触。

“哦，就是随口问问。”我犹豫了一下，问了句无关案子的话，“306的男人是不是经常打媳妇？”

房东叹了口气，语气稍微缓和了一点儿说：“男的是个电工，赚得不多还喜欢赌，输了就喝酒，喝完了就打媳妇。打人的和被打的都已经习惯了，所以你也不用去调查什么家庭暴力，她根本不会和你说什么，而且她脑子有问题。”她的脸上满是嫌恶，不像是在说一个好朋友。

“他们没有孩子吗？”

“没有，女人生不出来。”房东的话像是从冰窖里传出来的，很冷。

我合上手里的租客记录，拿起来对着房东晃晃，说："这个我可以先拿回局里吗？"

房东点点头，说："行，拿走吧，想着给我还回来就行。你还有啥要问的？"

我站起身说："暂时没什么了，如果有需要的话，我们会再来询问，希望您配合。"

她问："楼上那具尸体你们什么时候抬走？"

我说："等一会儿法医到了，我们就能抬走，您放心吧，会尽量不影响您生意的。"

我告诉房东暂时先不要离开附近，可能还会有需要问她的，然后就回到楼上去找宋队。

到了楼上法医还没有来，宋队在尸体的周围时蹲时站地察看着。我汇报了一下从房东那里得到的信息，304租户社会关系可能复杂，引起了宋队的重视。他从我拿来的租客记录上找到了304租户的电话，打了过去，可是没人接听。又接连打了几次，仍然无人接听之后，宋队不由得皱起了眉头。我有种强烈的预感，这个死者有可能就是304的租户。但宋队从来不会说没有根据的话，他暂时放弃了继续打电话，把租客记录簿递给我。然后说，他感觉这个尸体所在的位置不是第一现场，因为四周太干净了，死者被斩首，喷出的血一定不会少，而现在只有被切断颈部前方有着不大的一摊被氧化发黑的血液。说着队长用手电照了照，我的胃又是一阵翻腾，黑黑的血迹上面好几只绿头苍蝇在飞。

宋队探手扫了扫飞舞的苍蝇，转脸和我说："为了确定第一现场的位置，我已经通知鉴定科的人带发光氨来，现在和法医已经在路上了。"用发光氨可以显出擦拭过的血迹，血迹的来源就该是第一现场。当然，前提是第一现场在楼里。

对这个楼层其他人的询问正在进行中。306的那对夫妻还在屋子里，我的同事小李正在和他们做记录。那天吓我一跳的胖女人现在看起来很平静，男人却有点掩饰不住的慌乱，在小李询问的过程中，他脸色苍白地时不时向外瞄着。301的小情侣已经带到了楼上，在他们自己的屋子里被讯问。这时有同事上来通知宋队付晓回来了，正在楼门口，问宋队是不是让他上来。宋队正好接完一个电话，让我和他一起下楼。

付晓长长的头发用发带束了起来，额前粘着白棉布，在门口看见我就招手叫："木头，我在这儿呢。"

我赶紧摆手让他别嚷嚷，把他领进了楼道里，给他和宋队互相介绍了一下，就退在一旁。宋队和付晓握了握手，然后把他让进了楼道里，说："你先给我讲讲你发现尸体的经过吧。"

付晓点点头，说："我昨晚没回家，和朋友出去通宵K歌了，早上才回来。三楼的感应灯坏了你们知道吧，走廊本就挺暗的，又没有灯，所以刚开始我根本就没注意到那儿有个尸体。直到开了我的房门，屋里的阳光照出来我才发现好像那儿躺个人，过去一看差点没把我吓死。"

宋队问："然后呢？你就下楼去找房东？之前有没有做什么别的？还有就是，走廊里当时有没有其他人？"

"没有别人，今天是周末啊，那时候刚过7点，应该都在睡觉。我没干什么，就是吓得够呛，腿发软，坐在地上缓了一会儿才下的楼。结果下楼时还从楼梯上摔了下去，你们看，我脑袋刚去医院缝了两针。"付晓抬手指了指粘着白棉布的地方，"你们有什么发现吗？死者的身份确定了吗？"

"呵呵，这是我们警方的工作，现在还不方便透露。"宋队笑笑，转头和我说，"你给他做个记录吧，记住要客观。鉴定科的人到了，我去招呼下。"

我看了一眼门外，法医的车确实到了，就停在楼门口。我没再多说，带着付晓上了楼，去他的屋子做讯问记录。没了旁人，付晓又开始嬉皮笑脸，进屋之后让我透露点进展给他。我瞪了他一眼，说："死人了你怎么还这么兴奋？昨晚和谁出去玩通宵了？”

付晓拿过水杯喝了口水，说：“我以前的经纪人，就是那天同学会喝完酒来接我的那个。我不是今天过生日嘛，给我庆祝一下。你是不是都忘了我的生日啊？”

我说：“别扯没用的，我问你，就你们两个人吗？”

“是啊，就我们两个人，喝了一晚上的酒。喏，这是发票。”付晓掏出钱包，拿出一张发票递给我。

“嗯，我就是随便问问。”我接过来仔细看看，发票的时间是今天早上6点26分，那个KTV我知道，从路程上看应该没什么问题。

付晓哼了一声，说：“你随便问，又不是我做的。”

我皱皱眉，付晓现在的表现反而让我起了怀疑。正常来讲，罪犯在犯案之后的一段时间内都会处于兴奋状态。从早上给他打第一个电话到现在，我就感觉付晓相对于平时有点话多，有点反常的兴奋。不过我想大家以前都是学心理学专业的，就算他上学时不好好听课，也不至于这么露马脚吧，况且动机何在呢？可能是因为这小子的酒劲还没过吧，或者是真的被吓蒙了，处于极端情绪之下。

我尽量让自己不受私人感情的影响，以防关心则乱，客观严谨地对付晓昨晚到今天发现尸体的经过做了记录。他描述的过程和房东说的差别不大，临末我要了付晓经纪人的电话。付晓给了我一张名片，我这才知道他经纪人叫柏祈。

做完记录，我准备找宋队汇报情况。走廊里一地发光氨喷出的荧光蓝，直通到隔壁的屋子304，我心里一沉，看来这案子和304是脱不开关系了。几个同事正在配合法医检查尸体，我过去询问了一下，他们告诉我第一现场找到了，就是304，宋队现在就在那儿。见我要去304，付晓也要跟着去，被我制止了，我让他老老实实在自己屋里待着，不许乱走。

进了304，宋队和两个同事在屋子里。空气中有淡淡的血腥味，门旁的墙上还有喷溅的血迹，在雪白的墙壁上显得更加触目惊心。按照血迹的喷溅形状判断，死者应该是在门口遭遇的袭击。向里走，地上有好大几摊已经干了的血迹，很明显是有人擦拭过，应该是为了破坏遗留的脚印。当看到床上的景象时，我这次真的是没控制住，干呕了出来，赶紧用手捂住嘴。

床上铺着好几层被褥和衣物，都带着大片的暗红，中间放着一把菜刀，不用离近就可以看见菜刀的刃上挂着一些紫黑色的人体组织，黏黏的，看起来像是气管和一些碎皮肉。

“付晓的记录做完了？”宋队见我进来问道。

我长吸了一口气，压制了一下胃部的难受，心里暗骂自己太没用，这点事都承受不住。我说：“嗯，没发现什么有价值的东西，他提供了不在场的证明，但是还需要核实。这就是第一现场吗？”

宋队点点头，说：“这里是杀人分尸的第一现场，分尸的位置在床上，法医根据尸僵程度，初步推断死亡时间是在四五个小时之前，具体的时间需要解剖才能证实。床上的被褥明显是后来铺上去的，可以起到很大的隔音作用，凶手应该是怕分尸的声响被邻居听到。但是我刚才问了房东，楼下其实是没有租户的，而且你说付晓昨天也不在家，所以凶手的这个担心多余了。至于这把菜刀，应该就是这个屋子里的，因为在厨房里没有发现其他的大型刀具。只是现在不好判断菜刀是不是唯一的凶器，只能确定是分尸的工具。嗯，还有就是除了被斩首，法医在死者身上没有找到其他明显的伤口。”

我的大脑不停地运转，努力跟上宋队的思路。我问：“那个骷髅头是怎么回事？”

宋队叹了口气：“那个人头……还没有发现能处理成它那样子的工具或物品，而且本该在骷髅里的脑组织也没有找到，不知道哪里去了。我想法医之后的报告或许能找到答案吧。目前看来，死者极有可能就是304的租客，当然现在还没法完全确定，需要DNA鉴定报告。但如果是的话，我怀疑是熟人作案，因为门锁没有任何被破坏的痕迹，死者身上也只穿着睡衣，而钥匙和手机都放在屋子里，说明死者在被杀之前处于一个放松的无防备状态。虽然斩首这种杀人手法是过度杀戮，基本上可以定性为仇杀，但是现在屋子里被翻得乱糟糟的，也没法判断是否少了财物，所以一切还有待考究。我已经通过304租户的手机联系到了他的一个朋友，一会儿会去局里认尸。现在先把尸体弄回局里再说吧。”

我和宋队说话时，鉴定科的同事已经将一些重要的证物进行了收检，比如那把菜刀、手机，等等。按照宋队的指示，我和小李给304的窗户和门上贴了封条。在其他人协助法医将尸体运出去之后，我和小李又在303和306靠里侧的门框上扯了几条警戒带，但并不会妨碍付晓和胖女人他们两家的日常生活。走之前我们和三楼的三家租户交代了一下，让他们不要去走廊的那边，而且近期都不要出城，以防我们警方有需要时找不到他们。

临走时我告诉付晓，美心晚上应该会找他吃饭，还给他买了点生活用品。但是吃饭就不用等我了，这次案情恶劣，加班是必然的，让他们好好玩好好过生日。付晓拍拍我的肩膀，说：“你就别担心我们了，好好工作就行了。”我点点头，没再说什么。

〔 3 〕

“这就是对我们警方的挑衅！”宋队在会议室里咆哮着。我嘴里嚼着三鲜馅的饺子。

回到局里已经有一会儿了，在会议室里，宋队主持召开了案情分析会。我们叫了外卖，边吃边把自己掌握的情况统一进行了报告。说实话，想着那么恶心恐怖的案子吃饭，并不是一件容易的事，但是时间紧迫，也没有别的办法。

目前的情况是已经确定了死者就是304的租客，名叫陈远章。虽然明早DNA鉴定才能出来，但是陈远章的朋友已经来认了尸。对于我们的诸多询问，他的朋友表示自己很久没有和陈远章来往了，对他的近况也不清楚。但是他说了一个很重要的信息，就是陈远章近一年来经常到处借钱，而且每次都借了不还，所以导致很多人都躲着陈远章。陈远章并不是本地人，是个北漂，来这儿五六年了。

在我们之前的讯问记录中，不止一个邻居反映陈远章经常被打得鼻青脸肿，我也在会上证实了陈远章有过被打的经历。所以可以推断他的社会关系复杂，这样案件的侦破难度就更大了，很难找到准确的突破口。

法医的初步报告在开会期间送了过来。根据食物在胃里的消化程度推断，陈远章的死亡时间应该是凌晨一点到两点之间，致死的凶器是不是菜刀已经不好判定，因为颈部被彻底斩断，而且少了连接头骨的一小截，很难再进行有效推断。但陈远章身体其他部位没有致命伤，所以致命伤一定是在颈部。血液检测没检测到死者服用过什么药物，也没有吸毒。至于骷髅头的问题，法医在头骨上检测出了很低的pH值，骨骼已经软化，所以分析应该是被某种酸溶液浸泡过，这样处理过的头皮很容易从骨头上扯下来。但如此作为需要做足准备工作，毕竟装得下脑袋并且可以不被酸溶液腐蚀的容器不是那么容易找到。而凶手将经过处理的尸体摆在走廊里，明显是故意想被人发现，没有掩盖的意图。

凶手这样做的动机是什么呢？难道凶手要警告楼里的其他人？那又是警告谁？我飞速地思考着。

随后送来的鉴定报告，证实菜刀之类的现场证物上并没有发现指纹，想到现场也没有脚印之类的痕迹留下，可以看出作案者很仔细，而且有备而来并不慌张。能这样冷静地做下如此凶残的案子，可以说作案者具有反社会人格。

宋队阴沉着脸，说：“关于斩首的事我询问过了法医。斩首并没有大众认为的那么简单，甚至可以说很难做到，需要用利器在脊椎最脆弱的地方——第三到第七颈椎之间，反复砍才可以。当然了，有一定人体解剖经验的人也能够比较简单地做到，但由现场来看，凶手应该并不掌握解剖学的知识。通过法医报告我们知道把人头处理成那个样子需要很长时间，对于罪犯来讲，作案时间越长风险就越大，凶手冒着风险这样做的意图到底何在？我想他特意将尸体摆在走廊里一定是要给某个人看，或者是要给我们警方看！今天要加班，相信我不说你们也都有心理准备了。”

医学解剖？听到这儿，我心里一动，房东和306的胖女人都是护士出身啊！虽然斩首进行得很粗糙，但也不能就此认定凶手就一定没有医学背景，毕竟分尸这种事本身就不是平常人可以做到的，心理上是要承受巨大的负担和压力的。

宋队说完之后就由我们每个人做补充，由于对陈远章的个人情况还不是很清楚，所以就先由我和其他几个对三楼其他租客问过话的人发言。301的小情侣对案子表现出一无所知，而且他们对陈远章都没什么印象，所以负责讯问他们的同事也就没什么可以陈述的。然后就轮到了我，我提出了房东和306女人的医学背景，引起了大家的关注。不过对于房东，我直言感觉不大像这个人干的。如果是单纯的杀人还可以怀疑她，但把现场故意搞成这么恐怖，那她的租房生意基本就废了，所以动机上不是很能说通。除非她和陈远章有深仇大恨，但就目前来看，没有证据表明他们有过节。因为医学背景的问题，大家都把目光集中在了小李的身上，因为讯问306的就是他。

小李说在讯问过程中确实发现了很多疑点，不过更多是表现在那个男人身上。306的男人叫胡而珲，他媳妇叫徐珊。胡而珲出来看见尸体时的表情不光惊恐，还很慌乱。在讯问过程中，胡而珲经常打断徐珊的话，比如当问到是否认识304的人时，正要说什么的徐珊就被胡而珲打断，他抢着说根本不认识，小李注意到胡而珲当时狠狠瞪了徐珊一眼。就此可以推测，胡而珲当时应该就已经知道死者是陈远章，他身上的疑点剧增。

我想起房东和我说过胡而珲对徐珊的家暴情况，立刻告诉了大家。这件事更是引起了宋队的重视，如果胡而珲存在暴力倾向，再加上他对认识死者的事隐瞒，那他就可以定为目前的第一嫌疑人。而徐珊的医学背景也值得注意，因为现在无法确定凶手的人数，所以不排除夫妻共同作案的可能。在长期家暴的情况下，徐珊很可能对处于强势角色的胡而珲言听计从，协助他完成凶案。

宋队决定立刻把胡而珲和徐珊带回局里进一步讯问，他亲自出动，让我和小李跟着。其他人则开始对陈远章的户籍档案和交际圈进行逐一排查，寻找有用的线索。

在路上，宋队让我明天找时间去核实付晓昨晚去KTV的事，而房东的不在场证明则让小李去调查。他说要尽快清除一些人的嫌疑，给案件的侦破扫清不必要的障碍。我立刻按照付晓给我的名片联系了柏祈，柏祈对此一点儿都不惊讶，应该是付晓已经告诉了他公寓发生凶案的事。对于我的要求，他表示明天要出差，有事的话最好今天晚上谈。我请示宋队，准备处理完手头这件事就过去先见柏祈。宋队点头同意。我和柏祈定在了晚上8点见面，地点就是在那家KTV附近的一个咖啡厅，这样方便去KTV做进一步核实。而房东方面则是定在明天白天和小李见面，因为她已经到家了，表示今天不方便。

到了公寓，带走胡而珲夫妇时，夫妻俩的表现很不一样。徐珊表现出的完全是一种事不关己的态度，一直默默不语，让怎么样就怎么样。我这时发现她挺正常的，不像有什么精神情况，可能真的是在雨天才会发作吧。而胡而珲就不一样了，不停地叫嚣我们没有理由带走他，坚决不跟我们走，任宋队怎么解释只是去配合调查都不行。最后还是小李冲动得差点揍他才把事情解决掉，果然是个色厉内荏的家伙。小李一米八五的身高、二百多斤的体重，发起飙来确实挺吓人。

回局里的路上，无论我们怎么施加压力，胡而珲就是死不认账，一口咬定他不认识陈远章。由于他在一旁，徐珊也没能开口，她应该是不敢讲什么。丈夫长期的家暴应该在她心里产生了根深蒂固的影响。所以我们只好决定到局里之后再分开问，希望能在徐珊身上打开突破口。到局里已经快6点了，宋队没再让我继续参与调查，而是让我尽快去见柏祈，核实付晓的事。

虽然定的是8点，可这个时间正是下班高峰期，交通拥堵得严重，半个多小时的路程怎么也要花一个多小时的时间。果然，我虽然抓紧吃了口饭，6点半就出发了，但是到咖啡厅时也不过只提前了十分钟而已，而柏祈来得更早，已经在里面等着我了。我多少有点奇怪，他难道就住在附近吗？

互相自我介绍寒暄时，我打量着眼前的这个男人，同学会那天我喝得迷迷糊糊的，虽然扫过他一眼，但是对他并没有什么太深的印象。柏祈身高和我差不多，一米七七或者一米七八的样子，不过要比我壮实很多，胸肌撑起了T恤，长相也蛮帅的，留着很有型的短胡子，张学友的那种，和付晓看起来完全是两种人。怪不得付晓说和他合不来，我心想。握手之后大家落座，服务员过来问我们需要什么，我说暂时不用，打发服务员先离开。然后和柏祈客气了两句之后，我直奔主题：“我想付晓应该已经和你说了他住的那栋楼出事了吧？”

柏祈点点头，说：“嗯，是的。有什么问题您尽管问，我肯定会尽力配合。我经常听付晓说起你和他姐，他的朋友就是我的朋友。”

我笑笑说：“好，那就多麻烦了。”心想，听这话的意思，他和付晓还是很熟的，经常听付晓说起我和美心，“我来找你的主要任务，就是核实付晓昨晚的不在场证明，他是否一晚上都和你在一起，直到早上6点多才离开？”

柏祈说：“是的，他不是今天过生日嘛，说是准备和你们一起过，所以我找他提前出来乐乐。就我们两个人，一直喝酒来着，我可以证明他一直和我在一起。”

我点头在本子上做着记录，继续问：“怎么就你们两个人呢？没有别的意思，你也知道我和付晓的关系也很好。问得越仔细就能越快洗脱他的嫌疑，越早排除越好。”

“嗯，这个我懂。”柏祈点着头，“付晓最近心情一直不是很好，而且经济上也出了问题。所以不喜欢热闹，要是人多的话，他肯定不会出来了。”

“你知道付晓的经济情况是怎么回事吗？”我停下笔问道。这个是我个人最关心的，付晓一直都没有跟我和美心讲。

“你不知道吗？”柏祈疑惑地看了我一眼，“他父亲赌博输光了家里所有的钱，母亲都被气住院了。”他若有所思地点点头，接着说，“他没告诉你也正常，毕竟这个事他自己感觉挺丢人的。”

原来是这么回事，不过听完之后我心里多少有点不舒服。以我们跟付晓的交情，这么大的事居然还要从别人嘴里听说，实在是让我对付晓有点意见，难道这个柏祈和他的关系比我们还好吗？我继续问：“你早上送付晓回去的吗？”

柏祈说：“没有，早上我胃有点难受，可能是酒喝多了，所以结账出来就先回家了，付晓自己打车回去的。”

“你和陈远章熟吗？”我突然问了一句。

“嗯？”柏祈一愣，“那是谁？”

“哦，没有，我就是随口说说。”我笑笑，合上手里的本子，起身说，“我们去昨天的KTV核实一下吧！这是必要的程序。”

“哦，好。”柏祈被我突然一问搞得有点迷茫，不过也没多说什么，跟着我也起了身。

付晓之前说得对，我的确不会随意地问问题。这个柏祈对现在付晓的了解要比我多，如果付晓认识陈远章的话，他应该会知道。我突然问起陈远章的名字，他的瞬间反应是最真实的。不过看柏祈的反应，对陈远章应该是没有听说过的。

那家KTV离咖啡厅很近，也就不到500米。出来时天彻底黑了，KTV外墙的霓虹灯已经全部打开。这是个三层的KTV，墙体外面由玻璃构成，玻璃反射着霓虹灯的光，在夜色里显得金碧辉煌。“这地方好像装修了。”我对柏祈说，“我之前也来过，怎么感觉不大一样呢？”我确实来过，而且就是在上个月，和现在的感觉很不一样，现在感觉这楼像是新的一样。

“没啥不一样的，昨天清洗外墙了。”柏祈在后面说。

“晚上清洗外墙？”我停下来，转头看向柏祈。他是晚上和付晓来的，那就是在晚上看见这儿在清洗外墙。

“嗯？”柏祈一愣，转而反应了过来，一笑说，“哦，我是白天路过这儿看见的。要是白天没注意到它，晚上也不见得会来这儿。我感觉这地方还不错，你看，不还打折呢嘛。”柏祈指了指门口写着打折的招牌。

“哦。”我点点头，没再说什么，推开了KTV的大门。

门口的服务生见我们进来立刻打着招呼，服务态度很好。我径直来到吧台，吧台的服务员朝我笑笑。还没等她说话，我就掏出了警官证。服务员愣了一下，问：“您有什么事？需要找我们的值班经理吗？”

我点点头，说：“嗯，麻烦你帮忙找一下吧。”

服务员点点头，拨了个电话，冲着电话说：“前台有个警察来，你来处理一下？嗯，说要找你。好的。”挂断电话，服务员笑着对我说，让我去大厅的沙发上稍等片刻，经理马上就过来。果然，一会儿楼上下来了一个三十多岁的男人，穿着整洁的西裤汗衫，朝我小跑着过来，笑着握手。

握手时，我问：“你怎么知道我是警察？大厅这么多人。”我四下看看，人确实不少，这点让我很奇怪。

“呵呵。”经理打着哈哈，说，“你们警察身上都带着一股非同寻常的气质，我看得出来。”说着就给我递烟。

我抬手阻止了，说：“我来没什么要紧的，你不用紧张，就是核实一点事情。”说着我拿出了付晓给我的那张发票，递给那个值班经理，问：“昨天是你值班吗？我想核实下这张发票的事。”

“是我值班啊，这几天晚上都是我值班。”说着，他接过发票看了一眼，想了想，抬手指着我身后的柏祈，“这个发票就是这位先生昨天消费的啊，有什么问题吗？”

“你对来的每一个人都记得住？”我多少有点惊讶。

“呵呵，是啊，干这行没这个本事还怎么混啊！每一个来的客人都得记住。”经理笑着说道，“这张发票就是这位先生和他的一个朋友消费的，都是好酒量啊，两个人一晚上喝了两箱啤酒、几瓶洋酒。”

我问：“你确定吗？他们中间有没有离开过KTV？”

“确定啊，两个人喝那么多酒那是挺少见的，是昨天消费最高的单子了，我印象很深。客人们离没离开过我还真就不清楚，我们这是娱乐场所，也不能监视客人的一举一动啊。”值班经理顿了一顿，又说，“对了，门口有监控，有需要的话可以拿给您看，出没出去就一清二楚了。不过要查看的话您就自己查吧，我比较忙，就不能帮忙了。请问这位先生犯什么事了？”

“那把昨天的监控录像给我复制一份吧。”我没理值班经理的问题。

“什么时间段的？”值班经理问。

我转脸问柏祈：“你俩什么时间段在这里。”

柏祈想了想说：“我们应该是10点多来的，具体的时间记不住了。离开的时间就是发票上的。”

“那就昨晚10点到今天早上7点的。”我对值班经理说。

值班经理笑着点点头，让我们坐在大厅的沙发上稍等，他去给我拿监控录像。就在值班经理离开的工夫，我接到了宋队的电话，接通之后所听到的事让我大吃一惊。因为宋队告诉我已经锁定了嫌疑人，我不由得看了柏祈一眼。

〔 4 〕

“你那边不用太费力，简单处理下就快点回来，已经确定嫌疑人了。”队长在电话里说。然后宋队给我说了一下案子的进展，这案子应该和付晓没有什么关系，我这三个小时算是白折腾了。

胡而珲承认了和陈远章认识，他们是赌友。在住到公寓之前，两个人互相并不认识，住进来之后，两人一次偶遇在了城郊的一个地下赌场。因为住在一个楼里，互相都有点印象，所以聊了几句之后就熟络起来。之后两个人就开始策划一件大事——出老千，是陈远章提出来的。

起初胡而珲不敢出老千，他这人胆子小，别看他敢打老婆，这种人一般都是这样。他也不是傻子，知道在赌场出老千被抓住的话，可不是电视里演的少个手指头那么简单，现实要比戏剧残酷很多。不过人的贪欲是不好控制的，尤其是这些嗜赌的人，更是贪欲的奴隶。所以最后胡而珲还是没架得住陈远章的蛊惑，决定铤而走险，搏一次运气。可是运气哪有那么好搏的，尤其是他们这种人，与其说是在搏运气，不如说是在搏命，结果可以预见，第一次就出事了。陈远章被赌场里抓赌的人逮了个现行，胡而珲当然也没跑得开，他们早就被看场子的人盯上了。不过这伙开赌场的人并没有把他们怎么样，把两个人抓到了一个废弃的仓库里，恐吓一顿就完了。不过要他们一周之内交出5万元，不然就弄死他们。同时也警告他们不要想着跑，因为会有人一直盯着他们。

不过按照时间算，一周的期限还没到，赌场的人为何要提前动手呢？

按胡而珲的说法，认识陈远章的人都知道他没有钱，这是很容易发现的，赌场的人估计也有察觉。为了不让到手的肉全飞了，所以杀鸡儆猴，杀了陈远章，然后故意把尸体摆在306门口，让胡而珲看。这就可以解释故意制作摆放恐怖尸体的动机了，但是如此大费周章只是为了一个胡而珲，值得吗？我心里有点犯嘀咕。

在胡而珲交代之后，宋队立刻通知了武警支援，按照胡而珲说的地下赌场的位置，全体出动实施抓捕。而我现在赶回去也赶不上行动了，所以宋队让我直接回局里等着，他告诉我小李也留在局里，正看着胡而珲夫妇。

挂断电话之后，那个值班经理正好给我拿来了监控录像，我谢过他之后，就和柏祈一起出了KTV。鉴于案子还没有彻底定案，所以我也没和柏祈多说什么，只是感谢他抽出时间来配合，然后告诉他不用担心付晓，就辞别了他赶回局里。

我回到局里时快11点了，宋队他们也刚回来，抓住了一个人。小李和我说这是个头目，赌场就是他开的，东北人，叫慕仁就。抓捕开始时，慕仁就为了掩护手下逃跑，自己拿着枪吸引警方的注意，做得很成功，但是自己也落网了。由此看来，这该是个硬骨头，审起来估计很困难。宋队找我简要了解了一下柏祈的情况，就让我和他一起进了审讯室。

宋队和慕仁就对视了一会儿，说："我们有话直说好了，你今天暴力抗法和开设赌场的事已经没什么好讲的了。现在要问你的是另一件事，希望你能老老实实地交代，这样还能争取到宽大处理。"

慕仁就随和地笑了一下，说："那得看你们要问什么了。"明显是耍滑头的架势。

宋队冷冷地说："我要问陈远章的事。"

"陈远章？"慕仁就愣了一下，"他有什么好说的，一个烂赌徒而已。"

"这么说你承认认识他了。"

“当然，这又怎样？”慕仁就一脸的无所谓。

“他死了。”我插了句嘴。

“啊？”慕仁就惊呼了一声，转瞬明白了宋队要问他什么，但也没有紧张，“人不是我杀的，我没必要杀他。”

宋队一笑，让小李去隔壁把胡而珲带了过来。进屋之后胡而珲一眼就看见了慕仁就，脸一下子就白了。慕仁就也上下打量了一下胡而珲，恍然大悟：“哦，是你啊，肯定是你说是我杀的陈远章吧。”

“没错，的确是他说的。你之前是不是说过如果他们不还钱，就杀了他们？”宋队抬手让小李把胡而珲送回去。既然慕仁就承认认识胡而珲，那胡而珲就没必要再留下来对质了。

慕仁就叹了口气，说：“人真的不是我杀的，也不会是我手下干的，听我说完你们就明白了。我杀了他根本不划算。”

原来出老千被抓这件事的真相并不像胡而珲说的那样，当然他也没有撒谎，因为他一直被蒙在鼓里。陈远章之前欠下了太多的赌债，慕仁就也知道他无力偿还，所以就和他达成了一个协议，让陈远章帮他钓鱼抵债。所谓钓鱼就是胡而珲经历的那样，陈远章想办法去骗一个赌客和自己一起出老千，然后赌场就去抓，抓到了就勒索那个赌客的钱。一般在威胁人的时候，赌场方面都会揍陈远章，以此来吓唬被骗的人。这就是陈远章经常鼻青脸肿的原因。

解释完了之后，慕仁就又说了一句：“我不是傻子，胡而珲那家伙什么经济情况你们清楚，我更清楚。你们说为了他，我有必要去杀人吗？”

“那你案发时在哪里？就是今天凌晨。”宋队问。

“当然是在赌场啊，能作证的人很多，但是我一个都不会交代。反正人不是我杀的，想怎么样你们随便。”慕仁就一脸的无所谓。

我和宋队面面相觑，虽然还需要进一步证实慕仁就所说的情况，但是就目前来看，陈远章真的不像是他杀的。这样的话，骷髅案的侦破就再次退回了原点。我和宋队低声研究了一会儿，会不会是之前被骗的赌客回来寻仇，但是立刻就被我们否定，因为寻仇的话杀了陈远章就可以了，没必要搞出那么恐怖的现场。看来现在破案的关键，是弄清楚凶手制造恐怖现场的目的，不然侦破寸步难行。

之后宋队开始审讯慕仁就关于开设赌场的事，我没有继续参与，跟宋队请示去上厕所，而真实原因是我的手机一直在振动。出门之后，我与一个女同事擦肩而过，她快步走进了1号审讯室。我认出她是110接警中心的人，心里不禁一动：他奶奶的，难道又有案子？这两天是怎么了？

我离开审讯室门口几步远，掏出手机一看，有三个未接电话，都是美心的。我心里急了起来，因为没有什么要紧的事，她是不会这么给我一直打电话的，我赶紧回了过去。之后，美心在电话里告诉了我一件事，真的让我很震惊。

那里怎么会又死人了？我脑袋里只有这一个念头。

〔 5 〕

我不信邪，不过这事确实有点邪门了，实在是太少见。

美心打电话是告诉我付晓住的公寓又死人了，这次是自然死亡。她给我打电话时120已经到了，出事的是301那对小情侣中的女孩，心脏病发作。美心是在送付晓回家时遇上这事的，在所难免，她又是好一顿埋怨让付晓住在那么不吉利的地方。我听到那地方又死人了，脑袋就有点发麻，一个月在一栋楼的同一层死了三个人，还死法不一，真让人有点后脊梁骨发冷。我没心思听美心的抱怨，脑子里想着这次的案子会不会和骷髅案有什么联系。但我马上就否定了自己的想法，毕竟心脏病发作这种事人为很难造成。美心抱怨完之后，说要找个宾馆让付晓住，暂时离开公寓，我告诉她看着办就好，我没什么意见也没心情去想这些。

挂断电话后，我脑袋里胡思乱想着就回到了审讯室。宋队见我进来冲我点点头，苦笑说："你和小李再辛苦一趟吧，刚接到报警，那楼里又死了个人，真是邪门了。死者是301的女孩，和她住一起的那个男孩报警说是谋杀。现在人手实在不够，都在忙，就你们暂时没事，就辛苦一点吧。去看看情况，要注意细节。"

谋杀？我一听心里就是一动。刚才美心不是说心脏病发作吗？我心里纳闷，不过也没多问。心想美心也只是偶遇，可能不了解细节，只是随口说的。冲宋队点点头，我和小李出了审讯室。小李向我要了钥匙去取车，我在大门口等着他。想了想，我给美心又打了个电话："喂，你和付晓还在公寓吧？"

"是啊，120还在就地急救呢，不过我看没什么希望，那孩子一点儿都不动了。怎么了？"

"你们先别走，我这就过去。"

美心疑惑地问："你过来干吗？案子忙完了？"

"没有，我是出现场。我们接到报警电话说是谋杀，现在我和小李就过去。你和付晓别离开，也需要你们的笔录。"

"那好吧，我们在公寓门口等你。对了，301的男孩跟着救护车去医院了。"

公寓离局里并不远，晚上路上车很少，所以我们很快就赶到了。

到了门口看见两个人影，正是美心和付晓。小李看见美心就是一愣，说："嫂子怎么在这儿？"我才想起来一直忘和小李说美心在这儿的事。

"你好！"美心笑着和小李打招呼。她和小李也认识，回身指了下付晓，说："我弟住这儿，我送他回家，正好遇上出事了。沈墨让我在这儿等他，我就没走。"

小李愣了愣，点头说："嫂子好，呵呵。"然后，看了看付晓，又看了看我，把我拽到一旁。他小声说："沈哥，这个付晓是你小舅子？那陈远章的案子你是不是应该回避啊，他毕竟还是怀疑对象之一。"

我也有点不自然，说："没有，他不是美心的亲弟弟，我们都是大学同学，他和美心的关系很好，干姐弟而已。而且付晓只是赶巧住在这楼里，我查过了，他不在场证明很充分。"其实我知道在没有排除付晓的嫌疑之前，原则上我是应该回避案子的。但是我从来就没认为付晓会是凶手，所以现在被小李发现了，我也有点尴尬。

小李咧咧嘴，说："说是这么说，可还是不好吧。我想你最好还是和宋队说一下，不然要是等他知道了，肯定得骂你。沈哥，这事你自己不说的话，我肯定得汇报，你可不能怪我。"

"行，还是我自己回去和宋队说吧。"我想了下宋队的脾气，确实还是自己说比较好，小李也点点头。"我们上车边走边说吧。"我和几个人说。

上车之后付晓指路，我们直奔120急救车去的那家医院。离得不远，上次付晓给额头缝针就是在那里。在路上，我问了美心和付晓一些情况，但没什么有价值的，他们遇上的时候120急救车都已经准备出发了。

我见到301男子时，已经是深夜，大概凌晨一点半的样子，医院里的人已经很少了。由于女孩在没有来医院之前，就已经没有了生命迹象，所以医院并没有做过多的抢救。但是女孩的尸体还在病房里，没有运到停尸间，因为还有家属马上要到。我之前见过301的男子，年纪和我相仿，并没什么太深的印象。带我们上来的护士将他指给我看，他正双手抱头，蹲靠在走廊的墙边抽泣。我走过去叫了他好几声他才有反应，拿开抱头的双手，慢慢地抬起头，目光涣散，茫然地看着我们四人。

我略微俯下身，看着他问："您好，请问是您报警的吗？"

男子一瞬间好像还没有反应过来，稍微愣了一下之后才点点头说："是，是我。"他从地上站了起来，可能脚蹲麻了，起身之后手依然扶着墙，脚不停地在地上拧动，冲着我身后的付晓和美心说："谢谢你们啊。"

付晓和美心都朝他笑笑，没说话。小李在一旁先问：“我们刚才问了下护士，你女朋友死因是心脏病发作，你怎么报案说是谋杀？”这也是我心里疑惑的事情，美心和付晓也向前凑了凑。

男子说：“我女朋友确实是心脏病突发死的，可是为什么会突发？就是因为有人故意害她！”他的声音激动了起来。

我劝道：“你别激动，有话好好说。”他的情绪有点过于激动了，身子在不停地抖。男子点点头，深吸了几口气，说：“一切都是房东干的！”他眼中的愤恨和话语让我大吃一惊。而且不光是我，在场的所有人都是满脸的愕然。

之后我开始对他做讯问记录，而记录的同时，我也对他的个人情况进行了初步的了解。以下是援引301男子的口述：

301的这名男子名叫王伟，24岁。死者是他的女友，叫周笑，和王伟是大学同学，但是高王伟一届，两个人是恋人。毕业之后，由于周笑的家里嫌王伟比周笑年纪小，不同意他们在一起。周笑却对王伟死心塌地，为了和家里抗争，也算是表明态度，就从家里搬了出来，在城里租了一个隔断间。过了几个月，王伟也毕业了，两个人自然就住在了一起，而周笑家里也拿女儿没办法。因为隔断间很简陋，隔音也不好，很多时候不方便，而且虽然只有几平方米，但是租金也有900元，所以后来两个人就决定搬出来，宁愿住得偏一点，也要自己一个屋子。之后两个人找了很多地方，发现了现在住的这个公寓。由于是刚建成，房子很新，而且交通也很便利，所以就算比原来住的房子租金上还贵了100元，两个人也决定租下来，就住在这里。可没想到的是刚住进来没多久，楼里就死了个人，两个人感觉很晦气。

按照王伟的想法，反正住了也快满一个月了，一个月一付的房租也没赔钱，不如另找地方搬出去。但是周笑却不同意，这个女孩子的想法很特别。周笑想继续在这里住下去的原因是，大学毕业之后她和王伟都没有找到理想的工作，收入很吃力，因为自己家里依然不同意她和王伟交往，所以想家里资助是不可能了。而王伟的家境很不好，家里不用他养就算不错了。所以，生活中首要的事，就是节省开支。现在到处都在涨房租，如果从这里搬出去的话，很难再找到比这里性价比高的地方了，死个人在周笑看来没什么大不了的，反正她不怕。而且按照她的想法，换个角度看，这还是个好事，因为可以迫使房东降低房租。

王伟当时感觉趁火打劫确实不大好，但是他们也的确在经济上比较紧张，所以也就同意了周笑的想法。周笑很有头脑，知道自己去和房东谈成功的概率不大，所以就联合了一些租客一起去，结果是房东迫于无奈真的降了房租。王伟说虽然当时去的租客不少，但是整件事都是周笑作为代表在和房东谈。他当时就担心房东会针对他们使坏，可是周笑却感觉没什么可怕的，对这件事还有点自豪的感觉。不过那次之后，房东除了看到他们不搭理之外，还真就没怎么样。

让人没想到的是一周之后楼里居然又死人了，王伟说昨天下午我们处理完陈远章的尸体，周笑就又张罗着去找房东要求降低房租，王伟劝她这次别再做出头鸟，可是周笑不听，还是去找了房东，而且故技重演地再次联合了一些租客以退房作威胁。不过这回谈话进行得很不愉快，双方大吵了起来，但是最后房东为了留住已经不多的租客，还是同意降价了。按王伟的说法，正是这件事埋下了祸根，导致了晚上的悲剧。

王伟最近刚失业。昨天是周五，周笑的工作是过双休，所以两个人看电影看到了夜里。年轻人精力旺盛，到了夜里也不太困倦，他们就开始亲热。虽然周笑有先天性心脏病，做什么都不能太激烈，但是王伟说周笑当时有点兴奋，稍微不舒服也没太在意。可就在要结束时，房门被敲响了。外面的人说自己是304的人，问有没有看见他的脑袋在哪儿，一边说还一边挠着门。周笑当时就被吓得晕厥了过去。王伟说自己当时也很害怕，但是很快他就发现不对劲，因为门外是个女人的声音。304的人他虽然不认识，但是也知道那是个男的。所以王伟气急败坏地冲了出去，看见了一个人的背影，据他所说他很确定就是房东。但是王伟并没有追过去，因为那时周笑已经躺在地上不省人事了。王伟赶紧先打了120，之后又打了110报警。但是一切都于事无补，周笑在120急救车上就离开了人世。在王伟的强烈要求下，到了医院之后，医生再次对周笑进行了努力抢救，但是周笑的生命迹象已经完全消失了。

说完了这些，王伟再次泪流满面，又蹲回了地上不停地抽泣。

明知心脏已经不舒服了还要继续，未免太欠考虑了吧！我从头又看了一遍记录之后心里冒出这个想法，不过我问的是另一个问题："你确定你看到的是房东吗？我记得三楼的感应灯好像坏了呀，如果只是靠你屋子里照到走廊的那点灯光，应该很微弱，你怎么能肯定是她，况且你说只是看到了背影。"对于这个描述，我持怀疑态度。

王伟又有点激动："就是她，不是她还有谁！就是因为白天房租的事情报复！"他倒是很肯定，一口咬定他看到的就是房东。

在我准备继续问时，楼梯口传来了人声，扭头看去，一位护士带着两个人向我们走来。稍微近点了才看清，是50岁左右的一男一女。男人脸色铁青，而女人已经哭得不成样子。当她看见蹲在地上的王伟时立刻哭号着扑了上去，疯狂地厮打着，口中怒吼着："你个挨千刀的！你为什么要害我女儿，你还有没有良心？谋财害命的王八蛋！"

我们赶紧上前拉开了那个女人，女人有点精神恍惚的样子，站都站不稳。我扶着她的同时，向身后的美心说："美心，你过来帮忙扶着点阿姨。"

可是美心没有回答我，我转脸看去，美心的脸色惨白得发青，在白晃晃的灯光下都有点瘆人，身子倚在墙上摇摇欲坠。其他人这时也发现了美心的异常，付晓赶紧过去扶住了她："姐，你怎么了？哪儿不舒服？"

"我没事，胃有点难受，我去下卫生间。"美心推开付晓扶着她的手，“不用担心我，我没事，你们忙你们的。”

“我陪你去吧。”付晓说。

“我去女厕所，你陪个屁。别跟着我。”美心白了付晓一眼，快步去了卫生间。我给付晓打了个眼色，让他悄悄跟着，付晓点头跟了上去。

“我女儿呢？”一直没有说话的男人出声了。带他们来的那个小护士一指旁边的病房，说：“在里面。”男人闷声走了进去，而那女人哭得都瘫软了，挣扎着要跟上去，我和小李只好扶着她也进了病房。

进了病房看见尸体之后，女人免不了又开始号啕大哭，而男人赤红的眼睛也流下了无声的泪水。我和小李站在一旁劝着两个老人。这一定就是周笑的父母，目前他们的心情可以想象。而王伟还在门边蹲着，脸刚才都被抓破了，可是他却一声都没吭。

想到周笑的母亲刚才大喊谋财害命。我和小李对视了一眼，难道这个案子里面真的有隐情？

〔 6 〕

在医院送来死亡通知单时，周笑的父母终于止住了哭泣，尸体也被送进了太平间。之后他们却提出了一个让我颇感意外的要求——对周笑进行尸检。

“为什么要尸检，难道笑笑已经走了还不得安生吗？”王伟的情绪很激动。

“怎么？你害怕了？”周笑的母亲冲过去指着王伟。我和小李赶紧拦住她。

“我怕什么？你为什么这么说？”

“你自己心里清楚！”

我感觉这里面一定有事，赶紧劝周笑的母亲平复一下情绪，有话好好说。但是老太太太激动了，我只好去问周笑的爸爸。然后他说出了一件很重要的事：在两个月之前，周笑向家里要钱买了一份人身意外险，受益人写的是王伟。我看了看王伟，他脸上满是震惊，不知道他心里想的是什么。

“笑笑是先天性心脏病，平时自己很注意，怎么会说发病就发病了呢？而且之前刚买过那个保险！”周笑的父亲说。

“我怎么会为了钱去害笑笑！”王伟说话了，他没有否认保险的事。不过我对保险也有些了解，以他和周笑这种男女朋友的关系，是不能成为互相的保险受益人的，所以我提出了这个疑问，可王伟的回答让在场的人都十分震惊：“我们已经结婚了！我怎么会去害我的妻子。”原来王伟和周笑已经结婚半年了，当然是瞒着家里领的证。由于周笑家里一直以来都反对他们交往，所以在一次和家里大吵之后，周笑偷走户口簿，偷偷地和王伟结了婚。王伟本不想这个时候说出这些，他还想再瞒几天。

听完王伟的解释，周笑的父母都愣住了，好半天都没有说话。过了一会儿，她的父亲开口了：“我不承认你是我们家的姑爷，警察同志，我们要求对笑笑进行尸检，一定要做！”

“大叔，医院已经证实是心脏病突发了，尸检没什么意义的。”当下的这种情况我也不知道该怎么处理，但是我认为没有做尸检的必要。

“谁知道是不是他给我们笑笑下毒了！我知道他大学是学化学的！”

“是房东搞的鬼！怎么会是我？那是我的老婆啊。”王伟激动了起来。

“行了，行了，大家都冷静一下。”我赶紧控制局面，“咱们先回局里说吧。周笑的尸体暂时先存放在医院的停尸间，到底需不需要进行尸检，我们回头再研究，大家看这样好不好？”周笑父亲说的话让我也小心起来，毕竟氰化物、蓖麻毒素之类的有毒物质都可以制造出心脏病突发的假象，但是这些东西也不是很容易能搞得到的。不过现在考虑到王伟的化学专业背景，再加上有保险理赔这件事，那就不能忽视这种可能了。而对王伟一直坚持说是房东吓死周笑的说法，我多了更深层次的考虑。因为这不仅关系到案子的定性，而且如果只是心脏病突发，没有人为的诱因，是绝对不能得到理赔的。

对于我先回局里的建议，两方都表示认同。美心和付晓在我们要离开时才回来，美心的脸色依然不好看。我想让她在这儿挂个急诊看看是怎么了，但是她坚持说自己没事了，就是胃有点难受，可能是晚上吃烤串喝啤酒弄的，让我不用担心。就这样，出了医院我们就分开了，美心带付晓去找宾馆，我和小李带着那三个人回局里。到局里时已经快3点了，宋队还在审着慕仁就，这家伙的情况太复杂，除了陈远章的案子，还有太多事需要他交代，比如开赌场、私藏枪支之类的。

在走廊里，我们向宋队汇报了出警的情况，在我说出和付晓的关系时，宋队不出意料地骂了我，责怪我为什么开始时不说。最后他说现在人手紧张，周笑的这个案子就由我去负责，暂时离开陈远章的案子。看来宋队还是小心得很啊，虽然我已经说明了付晓的不在场证明很充分，还有监控录像作证，但在没定案之前他还是不疏忽一点儿问题。我虽然不甘心，但是也没有多说什么。然后我和小李分别对周笑父母和王伟进行了详细讯问。

周笑父母一口咬定了王伟是谋财害命，虽然没有什么确切的证据，但坚持要做尸检。他们是死者的家属，而且案子确实有很多疑点，这个要求是可以受理的。但是也需要得到王伟的同意，毕竟他是周笑法律上认可的丈夫。

王伟不同意尸检。他的理由是不想自己的老婆死后不得安生，希望可以尽快下葬。而且他还坚持说是房东吓死的周笑。

“你们一定要去调查一下，我肯定是她干的，不能这么就放过了她。笑笑是被她吓死的啊！还有，保险的事并不是我要求买的，是笑笑自己要求的。当时我在保险公司做业务员，一直拉不到业务，眼看就要被开除了，所以笑笑才张罗着我们自己买了一份。毕竟是给自己买保险，也不算浪费钱，我又可以保住工作。”

现在周笑已经死了，对于王伟的说法是没法核实的，所以我没有纠结在这上面，转而问道：“你明知周笑有心脏病，而且你之前说了，当时她已经表现出来不舒服的症状，为什么还不小心一点儿？”我提出了这个一直在我心里的疑问。

“不是我不小心啊，是笑笑自己坚持说没事的。她今天，不对，是昨天一直都有点兴奋。”

“因为房租便宜了的事？”

“不是，我感觉她好像被白天的尸体吓到了，晚上的时候她一直说不想睡觉。我问她是不是害怕，她说不是，但是我能看出来她就是害怕。”

对于王伟的这个解释我认为还是说得通的，因为恐惧和兴奋这两种情形并不矛盾，而且恐惧会刺激人脑产生多巴胺，这种物质就会使人处于兴奋状态。周笑虽然利用陈远章死亡的事情在房东那里获得了房租上的便宜，但是作为一个女孩，看见那种恐怖画面之后很难在短时间内消除心理上的影响。无论案子的真相是怎样，周笑为了便宜的房租而选择继续住在公寓显然不是一个明智的选择。

“你应该同意对周笑进行尸检，这样才可以洗清你的嫌疑。”

“为什么？我怎么会害我的妻子。她都已经死了，难道连个全尸都不能留吗？我真的不知道她爸妈是怎么想的，笑笑活着时他们就对我们的事百般阻挠，现在又提出这种事情！”

“我实话实说，你身上的疑点是很突出的。你想，你是化学专业出身，理论上你就有了她父母说的投毒的能力。其次你和周笑是偷着结婚的，婚后不久就给周笑买了意外险，受益人是你，然后她这么快就死了，我想这很难不让人生疑吧。你现在不想尸检，又坚持说周笑的死亡是房东一手造成的，想让我们给案子定性为谋杀，这完全是可以合理拿到理赔的路子。你说呢？”

“你……”王伟一下子就站了起来。小李一步冲过去又把他摁了下去，大吼：“你要干吗？恼羞成怒了吗？还想要袭警吗？”小李在医院的时候就已经和我说过了，他更倾向于周笑父母的说法，理由是房东作为一个成年人怎么可能去做如此幼稚的恶作剧。但是小李也提出了疑问，就是无论出于何种目的，王伟如果是撒谎的话，那个这个谎言也未免过于容易被拆穿了。所以，事实到底是怎么样，还要等我们亲自去找一下房东才能有进一步的结论。

“你不要冲动，这对查明周笑的死因毫无帮助，如果你坚持你说的是事实，那我还是希望你同意尸检。这样排除了你的嫌疑，我们才能把精力集中在其他人的身上。”

思量了很久，王伟终于点点头，说：“好吧，我同意进行尸检。但如果尸检没有问题，你们是否就会对房东进行抓捕？”

“这是两件毫不相干的事情，尸检只是证明周笑的确切死因是不是心脏病突发，严格意义上说都无法完全排除你身上的疑点。你对房东的指控，我们还要进一步去调查，不能因为你的一面之词就去抓人，对吧？但是请你放心，我们一定会尽力查明真相的。”我拿出周笑父母已经签好名字的尸检申请书递给王伟，“你签字吧。”

王伟签好字，我让小李去把申请书拿给法医，剩下的就是法医和医院沟通的事情了。我对王伟说：“那今天就先这样吧，你可以走了。但是我要提醒你一点，就是近期你不要出城。嗯，你现在不是还没有工作嘛，所以尽量在家里待着是最好的，这样我们都少些麻烦。你看行吗？”

“我不想住在那个屋子了，想先去朋友家。”

“那也行，反正方便我们联系到你就可以了。”

小李回来时王伟已经离开了，我提出可以送他，但是他拒绝了，说想自己走走。我询问了他要去的朋友家的地址，也就没有过多地阻拦。周笑的父母还没有离开，我和小李又劝说好一会儿，他们的情绪才勉强平静了下来。然后小李就送他们去医院。本来是想直接送他们回家的，但是他们提出还想去医院看看女儿，毕竟我们说尸检明天就会进行。

这真的是漫长的一夜，舟车劳顿，一直都没闲着。但在周笑父母离开之后我也还闲不下来，得去给宋队汇报这件事的情况。此时的宋队已经停止了对慕仁就的审讯，将他收押了起来，正召集大家开案情讨论会，他并没有让我参加。他安排同事们进行自由讨论，然后拉着我去了他的办公室。我有点不舒服，这明显是防着我的样子嘛，虽然我知道他做得没什么不对。

陈远章和慕仁就两个案子已经让宋队焦头烂额了。他听完我的汇报之后说：“这样吧，这个案子就由你和小李一起负责。在尸检报告出来之前，我认为没有必要加派太多的人手，况且现在也没有人手可以分配了。小李不是原定要去找房东了解陈远章被杀当晚的不在场情况嘛，正好连同这个案子你们就一起都问了。小李回来之后，你们都抓紧时间休息下，天亮了就去找房东吧。现在是非常时期，大家都辛苦一点儿吧。”

“好，您放心吧。对了，之前付晓去的那家KTV的监控录像我拷贝完忘给您了。”说着我掏出那张光碟递过去，“队长，看看吧，要是能确定他没什么问题的话，我还是希望能调回专案组。”

“行，我先仔细看看再说。你现在也不是没有事，用心办好周笑的这个案子吧。都是案子，没有什么轻重之分，你心里也不要对此有什么意见。”

“队长放心，我不会的。”

汇报完我回了自己的办公室，准备等小李回来一起吃饭，然后就去找房东。回到办公室，看看时间，我犹豫了一下，还是给美心打了个电话，想确定下她是否安全到家了。电话通了之后被她挂断了，我立刻紧张了起来。但马上就收到了美心的短信，她说已经回家了，让我不要担心好好工作，她实在是太困了，就不说了。我想了想，又给付晓打了个电话确认了一下，电话里他告诉我美心把他送到宾馆之后就回去了，都有很长时间了，到家时也给他打过电话。听付晓说完，我这才放心。

早上和小李去找房东的路上，小李有一搭没一搭地和我说了个事。小李说把两位老人送到医院之后，他尿急去上厕所，在走廊里好像看见了美心，可是叫了又没搭理他。由于急着上厕所就没追过去，等他出来时人已经不见了。听完我不禁笑话起了小李："你说你挺大个个子，熬了一晚上就头昏眼花，人都认不清了。我告诉你，你嫂子早就回家了。你到医院的时候，估计她都睡着了。"

小李挠挠头，嘟囔了一句："我看错了？可能是看错了吧。"

〔7〕

"她这两天晚上一直在家，我可以证明。"一直没说话的男人开口了，房东脸上露出了惊讶。

男人是房东刘玫的老公，是在我和小李对房东讯问接近20分钟的时候回来的，进来之后就一直没说话，在旁边静静地听着。他应该刚喝完酒回来，身上的酒气很浓，步伐还有点发飘。看样子他们夫妻关系应该不好，因为房东看见他的时候一脸的厌恶，没有丝毫掩饰。听他搭话，我转脸去问他："你这两天都在家吗？"

"是啊。"

我又看向刘玫："你刚才不是说没人能证明吗？而且你也说了昨天家里只有你。"

刘玫被我问得有点张口结舌，不知道该如何回答。应该是男人在做假证包庇她，我这样认为。

男人又说话了："我们夫妻关系不好，想必你们也看出来了。她是不想求我，是吧？”说话间他面露些许得意地看着刘玫。

刘玫明显犹豫了一下，最后还是点点头：“嗯，他说得对。我刚才说谎了，他确实在家。”

“你当我们在这儿玩呢啊？”小李不乐意了，叫了起来，“你这叫妨碍我们办案知道吗？”

“反正我昨天没在场。”刘玫一副死猪不怕开水烫的模样。

问到这儿我有个感觉，刘玫一直在强调她昨天晚上并不在公寓，却一直忽略了我们也在问的前天晚上她在不在的问题。我想她和陈远章的案子应该是没什么联系，但是对于周笑的死亡，或许王伟说的是真的，所以她才特别紧张我们问起昨天晚上的事。我决定再诈她一下。

“可是昨天王伟很肯定看见你出现在了301的门口，对此你怎么解释？要知道从公寓到你家的这一路上肯定会有监控摄像头，我们很容易就可以搞清楚的。”

“你们要是认为那丫头是我吓死的，那就抓我啊！”刘玫不乐意了，叫嚷起来。

“我们也在调查嘛，您别激动。这样，我们还是继续说说前天晚上的事吧。”我感觉对于昨天晚上的问话已经没什么意义了。王伟十有八九说的是真的，但是刘玫摆明就是死不认账的态度，没有确凿证据的情况下，我们也拿她没有办法。况且就算是她真的出现在了301门口，也没法认定周笑的死与她有直接关系，只能说她有嫌疑而已。还有就是现在法医的报告还没有出来，就目前来看，王伟和刘玫的嫌疑都很大。

“前天晚上我也在家，出事那天我不是什么都和你说清楚了吗？”

“那我想问问徐珊有没有和你提过304陈远章的什么事情？她老公和陈远章认识，而你和她又是朋友。”虽然宋队将我排除在专案组之外，可是我并不想当自己是局外人。

“没有。从她住进来，我就没怎么和她说过话，有什么想问的你还是直接问她去吧。”刘玫回答得很干脆。我很难判断她说的是真是假。

“你们不是认识很多年的朋友吗？而且你之前说过，徐珊没有地方住了才投奔你的，关系应该不错吧。”我咬着这个问题不放。

“我只是认识她很多年而已，当年我们也就是普通的同事关系。”

“那你知道她的精神偶尔失常的原因吗？”我考虑陈远章案的另一个可能性，会不会是精神失常的人干的，比如徐珊。虽然现场的痕迹处理得很好，让我们找不到任何线索，但是精神失常并不代表就是傻子，凶手处在一个妄想的精神状态之下也是有可能的，况且现在没有确定凶手的人数。如果凶手是精神失常的人，那动机就不可捉摸了，我们目前的侦破方向就完全走入了误区，想到这儿我不禁额头冒出了汗。我又想起帮付晓搬家的那天，徐珊发神经抓了我的胳膊，那股力气真的很大，一般男人应该不是她的对手。就在我问这个问题时，我观察到刘玫的脸上浮现出来一种奇异的表情，说不清是厌恶还是恐惧，虽然只有那么短短的一两秒。

“我不知道她怎么疯的，你们还是去问她男人吧。”刘玫没有吐露任何事情，但看得出她是在隐瞒。

我不想在刘玫这儿继续浪费时间，看得出她对我们的抵触情绪极大，基本什么都不会说。“那好吧，谢谢您的配合，今天就先到这儿吧，打扰您了。”我和小李都起身准备离开，走到门口时我提醒了一下刘玫，“近期请您不要离开本市，以防我们有什么需要您的地方。”

“我家在这儿能往哪儿去，反正谁死了也和我没关系。”说着“咣”的一声，她关上了门。

下楼回到车上，小李气呼呼地说：“沈哥，我现在感觉王伟说的应该是真的。刘玫的老公明显是在做假证嘛，他说刘玫昨天晚上一直在家时，刘玫一脸的惊讶，你也看出来了吧。”

我点点头，说：“我们看看这一路上有没有摄像头吧，不然没有确切证据说什么都是白搭。”不过我并不抱太大的希望，这里已经接近城郊，基础设施并不完善，至少来时我并没有发现摄像头。现在只能寄希望于或许哪个店家的门前会有。

回到局里时已经是中午，我和小李随便在路边吃了一口就去找法医拿尸检报告。

“刘玫运气真好，这一路一个摄像头都没有看见。”小李气不平地嘟囔道。

我摇摇头：“其实就算是有，也不见得会好使，那边太偏了，公共设施基本没人维护。还是先看看尸检结果吧！如果真的检出毒来，那还真冤枉刘玫了。”我现在真的无法判断真相是什么了，毕竟王伟在周笑死前很短的时间内与其结婚并买保险的事，怎么看都让人起疑，虽然他解释得很顺畅。但现在周笑已死，无法对质的情况下，他怎么说都是可以的。

到了法医室，尸检报告还没有出来，这两天法医也忙得够呛，因为我们分局就只有一个法医。他告诉我们还需要等一个小时才行。

小李去找宋队汇报工作了，我是被排除在专案组之外的人，不想去自讨没趣。坐在法医室的外屋，看着忙碌着的法医，我脑袋里不停地冒出各种问题——

尸检的结果会是怎样？王伟真的会为了钱来杀害自己的妻子吗？如果尸检什么都没有查出来，那这个案子是按意外结案，还是继续查下去？如果真的是因为刘玫的恶作剧吓死了周笑，我们又该怎么去证明呢？徐珊精神失常的原因或者说触发因素是什么？会不会和陈远章的案子有关系呢？

从303自杀案开始，半个月的时间里同一楼层已经死了三个人。闻着浓烈的消毒水味儿，我不由自主地哆嗦了一下。

房东的自白

〔 1 〕

我叫刘玫，46岁，没工作。

我曾经是个护士，不过十年前医院改制之后，我买断了工龄，下岗回家。买断工龄的钱虽然不算太少，可是我的工作没了，对于我这个家庭而言是相当大的打击。因为我丈夫是个酒鬼，而且也下岗了，下岗之后他就没去找过工作，每天除了喝酒啥也不干。人家都说男人可以顶着天，可我家的这个糟老爷们就是个废物，家里什么事也指望不上他。每次见他喝多了我都骂他，他也不吱声。好在我还有个宝贝儿子，儿子去年刚考上大学，真给我长脸。不过他的开销要比高中时大多了，而且再过几年他就该娶媳妇了，我想怎么着也得给儿子攒个首付钱出来。所以迫不得已，从来没做过生意的我，也开始试着做起了生意。

我这个酒鬼丈夫唯一的优点，可能就是他是我们这代人中少有的独生子女，他爸妈死了之后，留下了块不算小的宅基地，也没有兄弟姊妹来争遗产。而且宅基地的位置也挺好的，这些年城市扩建，那块地正好在五环的边上，离4号地铁线的最后一站只有不到一公里的路程。现今全国各地的人们都涌向这里打工，城里房子的租金是一个月一个样，越来越高，所以很多人都开始移向周边的地方。反正对那些外地打工仔和打工妹来讲，只要有地铁，在哪儿住都差不多。我想方设法找亲戚朋友借了些钱，也把家里多年的积蓄都拿了出来，想盖个自建房对外出租屋子。这个生意挺赚钱的，我看周围人家都在干这个，有的一年就赚了辆小汽车。我也不奢求太多，儿子上学和以后结婚不太拮据就行了。

从施工到建成用的时间并不久，盖的是一栋三层的小楼，每层有七个房间，除了一楼对着大门的那个屋子我用作传达室，其他的都对外出租。刚开始招租的那两天真的是高兴死我了，感觉自己这步真的是走对了。全楼二十个房间，刚开始的三天就租出去了十多户，乐得我晚上回家看见那个一身酒味的死男人也不是那么厌烦了。

我本以为之后的生活就算是有保障了，可是没想到开头的顺利没超过三天就开始急转直下。第一件倒霉事就是，我居然遇见了徐珊。

哼，徐珊！

徐珊是我以前在医院时的同事。这人脑子有点笨，呆头呆脑的，在医院时我就不爱搭理她。后来要不是一起经历过那个倒霉事，我恐怕都记不得还认识这么个人。那天是和两个朋友去逛街，一个邻居和一个同学的妈妈，在马路上遇见了徐珊。现在想来，自己真是太傻了，当时嘴怎么就那么欠呢，居然主动地叫了她。

徐珊离开医院的时间要比我早，她是自己辞职的，离开医院不久就嫁了人。她结婚我也去了，冷清得很，而且席面很差劲，我的礼钱算是赔进去了。她嫁的那个男人看起来也不怎么样。现在十多年过去了，果然不出我所料，一看就知道徐珊过得挺惨，她一个人大包小包地在马路边站着，到处张望。我看那几个包就是她的全部家当了，包都是编织袋，有的都破了，看得见里面鼓鼓囊囊地塞着被褥和锅碗瓢盆之类的东西。起初我还以为她离婚了呢，一问才知道是她租的房子涨价了租不起，被房东给撵出来了。我好奇地问怎么不见她男人，她支支吾吾地说她男人忙，没空帮她。哼，拙嘴笨腮的货，一看就是一嘴的瞎话。

聊了几句我就要走，实在是懒得理她，可是徐珊知道我开了个出租公寓之后，红着脸和我说能不能借她住几天，可怜巴巴地说她现在实在是没地方住了。一听说是借住，我只好敷衍徐珊，说回头再说。没想到徐珊非让我给她写个地址，说自己晚一点儿过去就行。我只好故意把地址写错了一点，没想到那个邻居真是烦人，看了一眼居然指出了错误。没办法，最终我只得把正确的地址给了徐珊，告诉她晚一点儿我才能过去。

我可不是晚了一点，而是压根就没去，心想徐珊要是有点自知之明自己就该滚了。结果第二天早上我到公寓门口时吓了一跳，居然看见徐珊大包小包地在门口待着呢。而且一问才知道，她竟然在那儿坐了一整个晚上，她老公仍然不知道跑哪儿去了。我想没准是上哪儿嫖去了，哪个男人爱搭理徐珊这个傻帽。不过这么一弄，我还真就不好意思不让她住，只好拿了钥匙带她去找屋子住。

我本来想给她个一楼的房间，徐珊说她老公风湿，怕潮，一定要住三楼。他奶奶的，一楼二楼的屋子里没有厨房，而三楼的有，所以要比下面的贵200元呢，居然不给钱还想住好的！不过我还是心软了，心想住就住吧，反正现在也还没住满，让她先住几天，等人住满了再撵她滚蛋也不迟。我给徐珊住的房间是306。那屋子是三楼最不好的，前面被别人的楼挡住了阳光，不好出租。不过徐珊倒是没多说什么，乐呵呵地就把她那些家当给搬了进去。

由于施工刚结束不久，地上有很多的碎砖末和泥土，徐珊居然厚着脸皮让我帮她一起打扫。我这人就是好面子，这点不好，连个傻货的要求也很难拒绝，可徐珊带来的包里只有一把笤帚，我懒得下楼去传达室拿，就去对门303敲门，想借一把来用。从门缝下面能看见屋子里亮着灯，所以肯定有人，可是我敲了二三十下，里面的人居然一声都不应。帮徐珊打扫屋子就够让我憋气的了，这下我更不乐意了。我也不知道自己当时是怎么想的，掏出兜里那一大串楼里各家的备用钥匙，找出303那把，拿起来就打开了门。

当门被我猛地推开时，一股难闻的味道扑面而来，那味道让我想起小时候在农村的日子，应该是死耗子的味道。当时我很诧异这味道是怎么来的，不过冲动之下的我并没有多想，径直进了屋子。我一点儿不怕屋子里有人，因为本就冲着吵架来的，所以当我看见屋里床上躺着人时，更是气不打一处来，想都没想，过去照着床头就是一脚，大叫："你聋了！听不见敲门啊！"

床上躺着的是个长发女人，穿得很整齐，脸朝里面，蜷缩着身子，一只手搭出了床的另一边。我踢得床都晃了一下，可是床上的女人却毫无反应，当时我心里就升起了一股莫名的慌乱，怎么这人没反应呢？壮着胆子，我向前挪了两步，看到了她头的一边。我伸手轻轻地推了推她的肩："喂，醒醒！醒醒！"

我声音虽然很抖，但是并不小，而且她身子被我推得晃动了几下，可是依然没有答话也没有反应。在好奇心驱使之下，我爹着胆子俯下身，探手过去扳她的脸。想来我当时真是中了邪，居然不想想为什么死耗子的味道越来越浓烈。在用手扳她的脸时，手指感觉软软黏黏的，可还没等我用力呢，那女人的身子却猛地翻了过来，她的脸差点儿就撞到了我的鼻尖，死鱼一样的眼睛死死地盯着我！

天哪！那是一张人的脸吗？

脸已经肿烂得看不出之前的相貌，皮肤肿胀，黄黄的，还在渗出汁液。我被吓得一声尖叫，手刨脚蹬地向后仰去。她，还活着？脸烂成那样了还活着？

当我栽倒在地上时，我才知道床上的女人为什么能翻身，居然是那可恶的徐珊干的！不知道她是什么时候跟进来的，我的注意力完全被床上的女人所吸引，所以根本没有注意到她，是她手贱，在床尾的位置翻了那个女人的身子。

"这人死了？"徐珊的声音也走了调，可手里还攥着那女人的脚，我想她应该也吓坏了。

〔 **2** 〕

警察来了之后盘问得很仔细，可是我提供不了什么信息，我和租客们都不熟。死的这个女人是最早一批住进来的，她住进来时我随口问过，她好像是个写小说的，之后就很少见她露面。那个一直盘问的警察很烦，好像是怀疑我杀了303的女人一样，他也不动动脑子，我杀她干吗？对我有什么好处？他对我的盘问直到找到了那个女人的遗书才算告一段落。那个遗书我也偷着看了一下，寥寥几行字而已，大概就是说厌世了，感觉活着没意思。我暗骂，想死去别的地方死啊。

“你说，我们这么倒霉，是不是有那个孩子的关系？”警察走了之后，徐珊在我身后突然说了这么一句。也不知道是她嘴里的气吹到了我脖子里还是怎么着，我浑身鸡皮疙瘩都冒了出来。“你有病吧？什么孩子不孩子的！我告诉你，再和我提那事，你就赶紧给我滚蛋。”骂完她，我就走了，哪里还有心情帮她打扫卫生。不过被这个傻货说得我回家的一路上都神经兮兮的，总怕身后有什么。

到家时11点多，死男人已经回来了，又喝得烂醉如泥，见到我就扑过来要亲热，被我一把推开。我哪里有这个心思，公寓里死了人，明天估计会有租户来退租，想到这事我就头疼得要命。钱都是借的，还有一些是贷款，我真怕到时候还不上钱。洗澡的时候死男人又来纠缠我，气得我和他厮打起来，滚在地上，浑身多了好几处淤青。晚上我在枕头下面放了把菜刀，警告死男人再敢骚扰我，我就不客气了。儿子上大学之后我们就一直分房睡。

其实相对于死男人的骚扰，我更怕的是徐珊口中的孩子……

第二天果然和我预想的一样，值班室的门口聚了好几家的人说要退房，领头的是301的女孩。“反正你多少得降点房租吧，不然我不介意再去找房子。”在我百般劝说之下，301的女孩说出了这么一句话。原来她不是真想搬走啊，我心想。但迫于无奈，我只好给全楼的人都降了100元的房租，给301的降了200元，她说自己在三楼，怎么也该比别人降得多。我没太在意，反正现在三楼只301和304两家而已，徐珊本来也不给钱。虽然大多数人都是来砍价的，但也有两家是真心想搬的，我也没太挽留。

之后的日子还算平静，这是个人口流量极大的城市，每天都有大量的人涌入，所以生意也就萧条了不到一周，又好转了起来。毕竟对于虚无缥缈的晦气，人们更在意口袋里的钱能不能流失得慢一点儿，我公寓的租金已经是极便宜的了。但是三楼依然不好出租，死人之后只新入住了一户，是个长毛小子，是被上次那个很烦的警察领来的。我搞不清楚他为什么要住死过人的303，不过我也没多问，反正是警察领来的，出什么事也和我没关系。可没想到，他倒是没出事，304的出事了。

出事的早上我刚到值班室长毛小子就闯了进来，吓了我一跳。

“楼上，楼上死人了。”他上气不接下气。

“啊？”我以为自己听错了，主要这小子看起来像在演戏，很夸张的感觉。

“三楼走廊里有个死人，脑袋掉了。你快去看看吧。”

我感觉自己半边身子一麻，不会是真的吧，我心里只剩下了这个念头。没再理长毛小子，我火急火燎地就向楼上跑。因为还很早，走廊里很昏暗，刚从楼梯上来我并没有发现什么尸体，后面跟上来的长毛小子说：“在里面呢，303和304中间。”我赶紧又向前跑了几步，然后我就看见了那个诡异的尸体。

“我得去下医院，您自己能行吗？赶快报警吧。”长毛小子在身后拍了拍我，这时我才注意到他额头上的血迹。“你这是怎么弄的？这人是你弄成这样的？”我愤怒地问。不知道是怎么回事，我居然一点儿害怕的感觉都没有，只感到愤怒——怎么又死人了！我的房子还怎么租！

“您开玩笑吧，我都要吓死了，刚才急着下楼找您，从楼梯上滚下去摔的。疼死我了。”说着他龇牙咧嘴地捂着额头，“您赶紧报警吧。”

“哦，好。”我这才恢复了一点儿理智，也感觉有点儿害怕了，赶紧掏出手机拨打了110。直到我报完警，长毛小子才离开。他好像在观察我，我突然有了这种感觉。

这次负责盘问我的又是那个很烦的警察，而且他又一次开始怀疑人是不是我杀的。脑袋里有屎吧，我真的想骂他。问话时他表现出对我之前在医院工作的事情很感兴趣，但我真的不想说，他爱怎么想就怎么想吧，反正人不是我杀的。警察忙活了三个小时才离开，他们离开后301的女孩又来了，她没张嘴我就知道一定是又想砍价。

“我不能再给你便宜了，你看看附近还有比你的租金再少的房子了吗？”

“您看，这次我自己来找您，您这么说，但上次我和大家一起来时您可好说话多了。那我是不是还得找大家一起研究下啊？”

“不爱住你就走。”我对这女孩已经忍无可忍了。没想到的是她还真就走了，可我更没想到的是，一小时之后她带着五六家租户又出现在我的面前。事情的结局是，每家每户再减100元的租金。我真想撵走301那个女孩，可是在这个节骨眼上，我不想再节外生枝，她太能折腾了。可是，我心里真的咽不下这口气！

这口气一直憋到晚上回家，儿子给我打电话说想要点钱，正在气头上的我把他一顿臭骂，儿子生气地挂了我的电话。死男人摸过来又想骚扰我，我也不知道自己怎么就那么冲动，摸到枕头下的菜刀就抡了过去，差点就砍在了他脑袋上。吓得他骂骂咧咧地跑了出去，我自己也有点后怕。

独自坐在空荡荡的屋子里，泪水不由自主地流了下来。难道真的是报应吗？不然怎么当年经历过那件事的三个人过得都很不好。我和徐珊就不用提了，至于老张，先是儿子前些年出了车祸，差点被撞死，后来又早早地得了老年痴呆，他才比我大五岁而已啊。困倦的我慢慢地躺在了床上，衣服也没脱，太累了，不想动。

唉，那个花心的老张啊……

“被家属发现怎么办？我们这是杀人啊！”徐珊不停地嚷嚷。

“闭嘴！”老张恼怒地瞪了徐珊一眼，然后对我说，“快点儿，你先出去，我去吸引家属注意力。”他头上的汗珠被病房里的灯光晃得那么亮。

“那好，你应付好了，我去处理这个。”我抱起那床被单走到门口，不放心地又嘱咐了一句徐珊，“你一会儿别说话，让老张说就行了。我告诉你，别给大家添乱。”可徐珊却低着头没理我，气得我过去踢了她一脚，然后她的头晃了晃，掉了。

“啊！”我吓得一声惊呼。那颗头追着我滚到了脚下，说了话：“我给你添麻烦了吗？”怎么是304的那颗头！

“我给你添麻烦了吗？”身后有人拍我，我猛地转过身去，是一张烂掉的脸。“啊！”我疯狂地叫了起来，用手去捂自己的脸，可突然发现手上已经空无一物，却满是血污。床单呢？床单哪儿去了！

“小心那个孩子！”徐珊不知道什么时候在我身边冒了出来，阴恻恻地说着。

“滚！”

我猛地在床上坐了起来，内衣已经湿透了，有点冷飕飕的感觉。原来是又做了关于那一夜的噩梦，好多年没有这样了。我擦了擦头上的汗，看了下钟，已经快夜里11点了，死男人还没回来。我突然灵机一动，想到了一个可以报复301的办法！哼，不让我好过，你们也别想睡得舒坦。

换了件内衣，我马不停蹄地出了门向公寓赶去。我有点兴奋，车子蹬得飞快，好久没有发泄过了，一直都是我在忍着别人。我把车子停在了楼门口，没有上锁，为了一会儿可以快速地离开。这时我很庆幸三楼的感应灯一直都没修，黑暗给了我安全感，至少对于我将要做的事而言。还没到三楼，我就听到301里面传出男女欢爱的声音，真是不要脸，我暗骂。

踮着脚尖，我小心翼翼地到了301的门前，没发出一点儿声响。门板突然“咣”的一声，吓了我一激灵，转身就想跑。又奓着胆子再一听，才发现原来是这两个兔崽子正靠在门上乱搞呢。我屏住呼吸听了一会儿，过了好一会儿才想起来正事还没办呢。不过现在应该是最好的时机了，我想。

深吸了一口气，我也有点紧张，然后猛地抬起手，在门上一顿玩命地猛拍，又在门上猛挠了几把，压着嗓子喊：“我的头呢，你们看见我的头了吗？我的头！还我的头来！”声音在幽闭的走廊里回荡，让人心头发堵，让人恶心反胃，好像不是我说的一样。我不禁打了个哆嗦。

就在我做这一切时，屋里的欢爱声戛然而止，同时传出了一声女人惨厉的尖叫。折腾完我没敢多停留，转身就往楼下跑去。万一要是他们胆大出来，看见是我的话，肯定得打我。可惜我还是慢了一点，刚到二、三楼缓步台时我就听见身后有开门的声音，微弱的光从后面照了过来。我一刻也不敢停，头也不回地向楼下飞奔而去，身后传出301男人的骂声，好像是认出我了。

出了楼，我跨上自行车就玩命地蹬了起来，可是蹬出了一段距离后，发现后面根本没人追出来。我心里不禁冷笑，这两个小兔崽子肯定是吓得不敢出来了。哼，起哄压价，当老娘是好惹的吗？吓死你们这对王八羔子！看以后你们还敢不敢乱起哄。

这个恶作剧让我心情大好，一夜安眠。

〔3〕

关上门，我心里还是忐忑。她怎么会真的被吓死呢？

死男人从身后抱住了我，我厌恶地想推开，他嘴里喷着臭气在我耳边说："要么，咱们把警察叫回来实话实说？"我立刻就没有脾气了。他架着我就向卧室走去，是我的卧室。难道以后都要受这个死男人的威胁了吗？我的心里五味杂陈。

下午到了公寓，我有点怕，怕遇见301的男孩，可是他并没有出现，也不知道他还在不在屋子里。我现在心里真的很矛盾，不想回家，因为家里有那个死男人，但也不想在这儿，不光是心里不舒服，也怕301的男孩报复我。几经考虑，我还是决定早点回家，死男人再烦，也不会把我怎么样，可别人就不好说了。我坚持到了下午4点多，比平时早了一个多小时离开公寓。

从公寓出来我就感觉有点不对劲，有种被人盯着的感觉，四下看看，并没有发现301的男孩。我感觉可能是自己多想了，可这个念头还没在脑袋里过去，旁边的灌木丛里横着蹿出来一个人影，一下子将我连人带车都扑倒在地。是301的男孩！他向躺在地上的我抡起了手中的棒子，棒子砸在了我的头上，我的视线变成了红色。棒子是铁的，我感觉出来了。接着一下又一下，他不停气地抡着，我用胳膊紧紧地护着头，听着铁棒砸在自己身上的闷响。我感觉自己要死了。

在昏过去之前，我最后听见的是徐珊的声音。

再醒来就是在医院里了，睁眼的一瞬间我以为又是在做梦了，看见徐珊就下意识地一推，生怕她的头掉到我身上。然后，徐珊给我讲了我昏过去之后的事。

她当时正好从公安局回来，胡而珲没有和她一起，因为他怕黑社会的人报复他，让徐珊先回家探路。这叫什么男人啊！就算是讨厌徐珊，我也替她深感不平。徐珊到公寓门口时看见前面有些人围着，就凑过去看热闹，发现里面是我在挨打，赶忙出手制止。据她说王伟当时状若疯癫，周围的人谁也不敢管，但她力气大，三下五除二就制服了王伟。周围的人也报了警，警察很快赶来带走了王伟，也送我和徐珊到了医院。

看来让徐珊住到楼里还是有点用的啊！我心想。

我没有在医院继续待下去，虽然身上都是淤伤，但并不严重，严重的是有点脑震荡，可我并不想为这点事浪费钱。没理徐珊的劝说，我叫来护士办理了出院手续。徐珊不放心我自己回家，一直把我送到了家门口才离开。我一直对她冷淡，没想她还这么有用，我心里暗暗感慨。可这个想法没有持续太长的时间就被另一个想法取代了——她不是想借钱吧？瞬间我对她的好感全无，到家也没请她进屋就打发她回去了。

我再去公寓时已经是一周之后了，死男人什么事也不会处理，还得我亲自来，虽然我还是有点怕，也不知道301的男孩放出来没。到了公寓门前我心里像吃了苍蝇一样的感觉，门口那棵我亲手栽的小树居然死了，真是晦气！

徐珊看见我很高兴，非拉着我去她家吃饺子。我真的不想去，首先怕她借钱，其次也不爱搭理她家那个男人。不过架不住她一再邀请，我还是给了她这个面子。进了306我才发现，她男人并没在家，顺嘴问了句：“你男人哪儿去了？”

徐珊的脸上很不自然，紧着向里走了两步，跑到我的前面，强笑着说：“他害怕，不敢回来。”

“还不敢回来啊？他可真行！”我不禁咂咂嘴。

徐珊也没多说什么，从冰箱里拿出两帘自己包的饺子去煮。

“你男人不回家，你包这么多饺子干吗呀？”我也没什么可干的，就躺在床上看电视，有一搭没一搭地和徐珊说话。

“哦，我闲的，没什么可干。”徐珊说话支支吾吾。我也懒得理她，开始专心看电视。

没等多久，饺子就煮好了。嗯，不得不说，徐珊这人傻了吧唧的，但手艺真好，饺子特好吃。吃完饺子，我让徐珊送我回家，因为来时我还是感觉有人盯着我，真怕301的小子再袭击我一次。唉，希望霉运就此结束吧。

不知道为什么，我最近总感觉心里特别慌。

沈墨的手记

〔 **1** 〕

“周笑这案子就这么不了了之了？”小李坐在我的桌子上问。

“那你还想怎么样？”我正在写手记，推了推小李的大屁股，让他别坐桌子上，“尸检报告已经证明了是心脏病突发。”

小李撑住桌子，跳了下去，说：“沈哥，你这可就是装傻了。不尸检也能知道不是王伟害的周笑吧，我看就是房东去吓死的周笑。你说，他要是胡诌，那天至于把房东打成那样吗？”

我停下笔，看了小李一眼：“然后呢？我们根本就找不到证明房东与周笑死亡有关系的直接证据，录像、目击者都没有，拿她根本没有办法啊。”

“我们那天去她家，她老公明显就是做假证。”小李愤愤不平。

“那我们也没办法，能指证她当晚去过301的只有王伟，别说王伟的身份了，就是独立证言也毫无效力啊。我们要抓她，就得我们自己找到能证明她有罪或者至少是有嫌疑的证据。唉，这个还用我给你说吗？你是怎么进的警队啊？”说实话，提到这个案子我心里也不舒服，可是无能为力。

“我感觉应该和周笑的父母说一下，不然他们到现在为止还认为是王伟害死周笑的呢。”

“你可别嘴贱！”我瞪了小李一眼，“以我们的身份能随便说话吗？你有没有想过后果啊？动动脑子，别总意气用事。”

“那王伟就在他岳父岳母那儿一直背这个黑锅了？”

“首先，这事不是我们能管得了的。其次，周笑的死，王伟是要负一定责任的，如果当天晚上他重视周笑的异常，可能惨剧就不会发生了。还有就是，单单从案件出发来看，如果定性为有预谋的谋杀，王伟还会是第一嫌疑人，毕竟他和周笑的结婚时间与买保险的时间太惹人怀疑了。”

“不会吧，他那天打房东下手可够狠的，绝对不是装出来的。”

“所以我说是单单从案件本身来看。”说到这儿，我突然想起来件事，“对了，王伟拘留多长时间？现在放出来没？”

“今天几号？”

“24号。”

“那早着呢。拘留15天，30号才能放出来。那房东还算有点良心，主动说是普通纠纷，不然够判这小子的了。怎么了？你问这个干吗？”

“不是我问，是房东。她昨天给我打电话问了这事儿，说是感觉有人跟踪她，合计会不会是王伟又去找她麻烦了。”

“做贼心虚呗。”小李一脸的不屑，看了眼墙上的钟，“哟，到点了，我得去开会。唉，还是沈哥你清闲啊。”说完这小子就离开了。

没错，现在全队就我最清闲。周笑的案子已经定了是意外事件，慕仁就的赌场案也审完移交检察机关了。现在就剩下陈远章的骷髅案，可是我被排除在专案组之外，成天没什么事做。明天就是周末了，估计更无聊，美心也不在家，被单位派到外地已经好几天了，看来我还得去找付晓玩。付晓又回到公寓住了，他就在宾馆住了两天就非张罗着要回去，说是在宾馆住不习惯，美心拿他也没办法。其实我们心里都清楚，这小子就是好面子而已，不想花我们的钱，而自己又没钱。

那天在柏祈那里听说了付晓家里的变故后，我也跟美心讲了，最后我们一致认为既然他不想我们知道，那我们还是装傻好了。所以这么长时间，我也没有点破这件事，还是平时一样地玩闹。

周末。

付晓是个懒家伙。出门之前给他打了个电话，那时已经是上午10点了，他居然还没有起床。我开车到公寓花了一小时，在外面又等了半小时，可他依然没下楼，打电话就说“马上马上”的，气得我只好上楼去找他。

公寓里一个月之内死了三个人，可以被称为凶楼了，所以很多人都搬走了。全楼现在好像只有六七家在住，走在空荡荡的楼梯和走廊上，感觉怪瘆人的。付晓门旁的警戒带还在，提醒着我陈远章的案子还没有完结。想到那恐怖的黑色骷髅，我心里还是很不舒服，不知道付晓天天在这儿是怎么睡着的。

门开了，我看见付晓嘴里正叼着支牙刷，满脸的贱笑，口齿不清地说：“我马上就下去了，你急个啥啊。”

我抬起手腕在他面前晃了晃：“废话，我都等半个多小时了。”说话间我就进了屋。关上房门，付晓指了指椅子让我坐，他进了卫生间。

那天给付晓做笔录之后，我就没再来过这里。现在和刚住进来时比较下，确实更像个家了，多了一些简易的家具和厨具，我想应该都是美心买的。屋里挺乱，一看就是单身男在住，被子都掉到了地上，我好笑地过去帮他拾了起来。叠完被子，我正好看见了枕头旁还放着画本和文具，随手就拿了起来。我这人没什么艺术细胞，对画画写字啥的都不懂也不感兴趣，只是好奇他成天都在画什么东西。

翻了几页，虽然我不懂，但也能看得出付晓画得很好，很有立体感和视觉冲击力，可是我却慢慢皱起了眉头，心里暗道：这小子怎么画的是这个！我正看着的一张是在一个幽闭走廊里的无头尸体，画得阴森森的，我感觉应该是陈远章的案子，赶紧又翻了一页。这页画的是一个狰狞可怖的骷髅，骷髅上面那黑咕隆咚的眼睛画得特别传神，让人不寒而栗。我运了口气，正要继续向后翻，可画本却被人一把夺走，抬头付晓正瞪着我。

“懂点隐私权好不好？”付晓抖着手里的画本。

“隐什么私啊！你画出来不就是给别人看的嘛。”我回瞪了他一眼，但没有开玩笑的心思，“你怎么画的是304的事啊？这可是还没侦破的案子，不能向公众泄露细节的。我告诉你小子，因为你，我都被开除专案组了，可别再给我添乱。”

付晓撇撇嘴：“那真是对不起沈大警官了，都是小弟的不好。”

“没什么好不好的，反正你最好别画这个东西。”我感觉自己口气有点重了，赶紧降低了音调。

付晓白了我一眼，把本子随手往床上一甩：“我又没在上面注明是真实事件，更没透露什么真实信息，你紧张什么啊。行啦，你这人能不能别一天到晚脑子都离不开工作啊。”

我看着付晓那吊儿郎当的样子气又上来了：“你能不能别一天到晚什么都无所谓！有些事是不能随便玩的。喂，你能不能认真听我说话！”这小子完全当我不存在一样，一边穿衣服一边在屋子里东瞅西看，也不知道在找什么。

“哟，这儿呢！”付晓在窗台上拿起了钥匙，朝我一招手，“走吧，沈大妈。”

我无奈地摇摇头，跟着他出了门。

这时306正好门也开了，徐珊从屋里出来，看见我和付晓愣了一下，立马转身又回了屋里，“咣”的一声关上了房门。“你和人家吵架了？”我问付晓。

“我和她吵什么架。”

“那这是怎么回事？明显是冲着你才回去的。”

“大哥，咱俩是一起从门里出来的好不好，什么叫冲着我啊。”

这徐珊又犯什么毛病？我心想。

〔 **2** 〕

这树怎么死了？眼前飘落的黄叶像一把钥匙，打开了我一直困顿的思维。

公寓门前的那棵小树死了！来时我没有留意，可现在我注意到了。我清楚地记得帮付晓搬进公寓的那天，这个小树还好好的。现在正是盛夏时节，雨水充足又不过多，怎么会短短半个多月就突然死掉了呢？我兴奋了起来。

“傻笑什么呢？”付晓拍了我一下，“赶紧吃饭去吧，我都快饿死了。”

我没有心思理他，蹲在树下仔细地观察了一会儿后，起身去车上翻出来一个塑料袋，接着就用车钥匙在树下面的土地上戳了起来。

“哥们儿，你没事吧？”付晓蹲在一边紧张地看着我，抬手就摸我的额头，被我用胳膊挡了下来。我很兴奋地抖了抖手中的塑料袋，说：“这可是袋宝贝。”里面已经装满了我从地上挖出来的土块。付晓像是看怪物一样看着我，哭笑不得的样子。“走吧，上车和你细说，我得先去趟局里。”

“不是吧，我真的很饿。”付晓抱怨着和我上了车。

“你还记得陈远章的脑袋变成骷髅了吧？”边开车我边和付晓说话。

“废话，你刚骂完我的画。”

我没理付晓的不满，继续说：“那是因为被酸溶液处理过才变成骷髅的，而且酸溶液的用量一定不会很少，这事我特意问过法医。案子侦查了这么久，有一个谜一直困扰着我们，就是凶手所用的酸溶液最后是怎么处理的，倒到哪里去了？304的屋子我们已经仔细搜寻过多次，就算是倒进马桶也会留下蛛丝马迹的，可是，我们没发现丝毫线索。虽然队里的其他人对这个事并不特别重视，但我一直认为凶手对酸溶液的处理应该是案子的突破口。因为这可以弄清楚凶手的行动路线，从而能推理出很多东西。所以刚才我注意到那棵树死了，就想到或许答案就在这儿。”我又抓起那袋子土朝付晓晃了晃，“也不知道你还有没有印象，那棵树在你搬进公寓的那天还特别茂盛，而现在离你住进来也不过大半个月而已，它却死掉了，你不感觉有点奇怪吗？”

付晓还是吊儿郎当的样，瞥了我一眼：“我没事注意一棵树干吗啊？”

我没理他那死态度，继续说：“我刚才发现树死了之后，就立刻蹲下观察，看见树下面有很多蚂蚁，并且长得都很大。你知道蚂蚁是食腐动物吧？所以事情都联系起来，是不是可以推出一些事情了呢？”我得意地看了付晓一眼，但是他没有接话茬的意思。我继续说：“我要把那些土块拿到局里做下检测，看看我的推测是不是对的。如果陈远章的头颅组织被酸溶液处理后倒在了那棵树的下面，那在这袋土里一定可以检测出他的DNA。”

付晓说：“你不是因为我的原因被排除在那个案子之外了吗？还操这个心干吗？”

我认真地说：“我是警察好不好？破案是我的责任，人家不让我去查，我就把自己置身事外，那怎么行！”

付晓问：“那就算证明你是对的，又能怎么样？这能让你抓到凶手吗？”

“这还真说不好，但多弄清楚一件事，对破案总是有帮助的，要知道没有案子会被做得天衣无缝。”我真的很兴奋，眼看要被定为悬案的案子终于出现了一丝希望。

之后付晓突然就沉默了，搞得我很奇怪，问：“你咋了？咋不说话了？”

“饿了。”他如是说。

到了分局门口，我让付晓在车里等着，拿着那袋土就去找宋队。

“你小子怎么来了？”宋队对我的到来很意外。

“队长，我有陈远章案子的线索了。”

宋队皱眉犹豫了一下，然后说：“什么线索？”

我把手里的塑料袋递过去，说了一下我的想法。我知道宋队那认死理的脾气是很不想我接触骷髅案的。虽然小李告诉我，他已经观看了两遍KTV那晚的录像，并没有发现什么关于付晓的问题。我一路这么兴奋就是想着他会因为我的积极性，能让我重新回到专案组。可没想到他却泼了冷水。

“你这个发现……我首先肯定得表扬你。但是呢，我感觉意义不大，就算证明了你的推测，也只是能得到凶手的行动路线而已啊。”

“有了行动路线，至少对我们寻找目击证人提供了很多帮助吧。”我有点不高兴。

“好吧，不管怎么样，化验是肯定要进行的。等有了结果我会通知你。”宋队脸上的疲惫难以掩饰，看来这半个多月他真的是累坏了，案件一直没有任何突破可能让他有种挫败感吧。我点点头，没再多说什么。

付晓这家伙真是够厚脸皮，说我让他饿了这么久，必须得补偿一下，非要吃海鲜，搞得我破了次大财。吃饭时我实在是好奇，想问他家里的事，所以考虑再三之后，我决定迂回着问问：“伯父伯母现在都还好吧？”

付晓有点心不在焉的样子，边剥着虾边问：“柏祈和你说了什么吧？”

我赶紧就坡下驴：“既然说到这儿了，那我可得说说你。怎么有事不跟我和美心讲呢？弄得我们还得在别人那儿听消息。”

付晓倒是挺平静，波澜不惊地说：“这事挺丢人的，我不想你们知道。”

我对他这个说法有些不高兴：“我们之间还有丢不丢人这一说吗？还

是说这两年不见，我们之中的谁变了？和以前不一样了？”

付晓把手里剥好的虾扔到嘴里，抬头一笑：“反正你是肯定变不了，你是木头嘛！最多烂了变朽木。”

我用酒杯砸了砸桌子：“和你说正经的呢！”我就受不了他这个啥时候都没个正经的样子。

付晓叹了口气：“其实也没什么，就是我爸不知道怎么的突然就迷上了赌博。你知道我家是有点钱，不过老头玩得太大，跑去澳门赌，我家那点钱哪够他输的，所以……这些柏祈应该也和你讲了吧？我家里房子、车什么的都卖了，就是为了给他还债。那些黑社会天天上门来闹、催债，我妈后来被气得也住院了。事儿就是这么回事儿，我确实是懒得说。”

“过年时我和美心去看伯父伯母了啊，二老看起来不像有事儿啊。”

付晓说：“那时候我不在国内，家里都瞒着我，我妈怕我知道，当然也会瞒着你们了。况且过年时房子还没卖出去呢，你们当然更发现不了什么。”

“怎么会突然迷上赌博呢？你爸原来好像没这个嗜好吧？”我对这件事很奇怪。

付晓摇摇头：“我哪儿知道他哪根筋搭错了。反正我在国内时，是从来没发现他有这个癖好。唉，不说这个了吧，提起来就烦。”

我不禁感慨：“唉，赌博是不能沾的，那个陈远章不也是好这个嘛，我想他的死一定和赌博有关系。”

付晓突然很不高兴地说：“你这人啊，就是啥时候也忘不了你那点事儿，就不能工作是工作，生活是生活，分得清楚点吗？”

我搞不清楚他不高兴的原因，不过也没多说什么，笑着换了个话题：“那你以后准备怎么办？不找份稳定的工作吗？就一直画漫画？”

付晓说：“暂时先这样，我也不会干什么别的工作，也就这个做得还比别人强一些。而且我现在手里有个合同，做完了就能赚些钱。”

我立刻就想到那个画本上的东西，禁不住问："就是我看到的那个吧？我不大赞成你画跟案子有关的东西。"

付晓皱着眉，吧唧了一下嘴："你说你要是不认识我的话，你还管得着吗？行啦，我那玩意儿出版时你案子早就破了。"我感觉现在的付晓有点像火药桶，随时都会炸，赶紧笑着又岔开话题。想一下，这事也还真是自己有点钻牛角尖了，要真是不认识的人画的，我还管啥啊。不聊家里也不聊工作之后，饭吃得还是挺开心的。

吃完了看看时间还早，我们就找了个台球厅打球。别看我们是两个男的，可这台球还是在大学时美心教我们的。想到美心我有点不舒服，这都快一个礼拜没见到人了，昨天给她打了个电话，她说还得几天才能回来。唉，也不知道他们报社哪儿有那么多采访要做，记得上个月刚出了次差，这个月又让美心去。结婚一年多，在一起的时间还没有大学时多呢。

第二天，我接到了宋队的电话，他告诉我化验结果出来了。鉴定报告证明了我的推测完全正确，陈远章被处理过的大脑皮肉组织就是被倒在了那棵树的下面，那些土里面除了陈远章的DNA，而且土壤的pH值非常低。

临末，宋队和我说了一件事，我才知道他那天的疲惫和消极源自哪里。

从案发到现在已经半个多月了，没有丝毫进展，而且这个案子很恶劣，已经传到市领导耳朵里去了，分局的领导们压力非常大，想要尽快结案。目前唯一的嫌疑人就是开设赌场的黑老大慕仁就，而且在动机上也勉强说得通。领导们找宋队谈了一次话，意思虽然没有明说，但宋队也清楚，就是想让他把骷髅案算在慕仁就的身上。

听完之后，我心里很不好受。虽然慕仁就不是什么好人，但是他也不该承担自己没犯的罪责吧。而且慕仁就做的事不至于判死刑，但加上骷髅案，他就必死无疑了。如果他死了，估计他的手下是不会放过胡而珲的，那徐珊也会跟着遭殃！这些领导们都是怎么想的，我心里暗骂。不知道为什么，我总觉得这个案子让我有种看得见可又看不清的感觉。所以不管局里最终怎么定这个案子，我暗下决心，一定会继续查下去，要查个水落石出！

这时家里的座机响了，宋队正好也说他还有事，就挂了电话。

我过去看了眼座机，是美心的妈妈打来的。“喂，妈啊，您有啥事？”

“我……”老太太支吾了半天，最后说了一句，“啊，我没啥事，没啥事。”说着老太太就挂了电话，搞得我莫名其妙。想打回去，可是又一想，我还是打给了美心。电话接通后，我说：“喂，美心啊，你哪天回来啊？”

美心嗲嗲的声音从话筒里传来：“昨天不是和你说过了嘛，这得听单位的安排。又想我了啊？”

我被嗲得浑身都是一麻，憨笑了一声：“呵呵，是啊。”然后赶紧说正事，“刚才你妈往家里来电话了，不过老太太欲言又止的。你是不是刚才关机了啊？我合计妈可能是找你吧，你赶紧给妈回个电话问问。”

美心说：“是吗？那行，我这就打给她。”

“好。”

〔 3 〕

早上起床时我突然想起了一件事，就是昨天和付晓吃了两顿饭，这小子居然没有张罗喝酒，这可真是太少见了。昨晚我一直都没睡好，心里一直想着陈远章的案子，所以今天还得去一趟公寓。这可能是职业病，只要遇见破不了的案子我就抓心挠肝地难受。今天去的目的是想再问问楼里的人，看看有没有谁又想起什么遗漏事。首先就是付晓，毕竟他是第一个发现尸体的人。然后还得问问徐珊和胡而珲，可能事发的晚上他们听到过什么，但因为紧张害怕，所以当时没想起来。

赶到公寓时，付晓又是刚起床，正好我急着出来也只吃了个鸡蛋，现在也有点饿，准备和他去楼下饭店随便吃一点。开门出去时正好遇到房东上来，一脸笑容地和我们打招呼："过来找你哥们儿玩啊？"

我也笑着回应："是啊。您这是收房租？"

"没有。"房东摆摆手，一指306，"闲聊，呵呵。"

"那我们先走了啊，这小子都饿坏了。"我抬手指指身后的付晓。

"还没吃饭啊，这都几点了，你们年轻人啊。"房东摇头感慨着，"那赶快去吧。"

我笑着点头，和付晓往楼梯口走。可还没走出几步，就听见房东在后面叫我们，让我们回去。

我回头问："怎么了？有事？"

"你们不是没吃饭吗？一起吃吧，我过来也是吃饭，徐珊叫我来的。"房东见我们要推辞，又说，"一起吃吧，正好我有事想和你说说，徐珊的饺子包得挺好吃的，我前天刚吃过。"

"不好吧，大家又不熟。"付晓懒洋洋地在一旁说。

"没事没事，我说没事就没事，再说她男人也不在家。"说着房东就开始敲门。

房东这么热情，我们也不好推辞。不过我还真就挺高兴，因为我想问的人都在场了。付晓好像还处于半睡不醒的状态，说完那一句之后就低着头，晃来晃去不再出声。片刻，徐珊把门打开了，开门之后就是一愣，杵在那里动也不动。我不由得回头看看付晓，记得上次遇见徐珊时，她就是这个表情，到底是怎么回事？我暗想。

"愣着干啥呢？"房东不乐意地猛一推门，门正好撞到徐珊的脸上，"砰"的一声，估计挺疼的。徐珊吓得一激灵，但没有生气。徐珊表现出来的明显是不欢迎我们，我有点不好意思，就和房东说："我们还是先走吧，就不麻烦了。”

“走什么走，进来！”房东完全无视徐珊的存在，抬手扒拉开徐珊，拉开门就让我们进去，好像这屋子是她的家一样。我和付晓尴尬地站着，感觉进退都不大好。徐珊这时候才反应过来，表情尴尬，不过也让了一下。我和付晓这才进屋。

徐珊包的饺子确实挺好吃，我没话找话地问她有没有什么秘诀，没想到她只说了两个字：肉多。把我搞得哭笑不得，不过想想也是，可能就是肉多的原因，肉多当然香了。

房东夹着一个饺子在碗里翻来覆去地蘸着醋，问我：“那个304的案子咋样了？”

我说：“还没结案呢。对了，您不是有事要和我说吗？”

“是啊！”房东点点头，犹豫了一下，放下手里的碗，“301那小子你记得吧？”

我点点头：“记得啊，怎么了？”

房东问：“他放出来没？”

我想了想，记不清小李上次和我说的日子：“可能还没吧，我也不大清楚。怎么了？你看见他了？”

房东尴尬地笑笑，说：“没有，我最近几天总感觉有人跟踪我，我就想会不会是他。”

“哦，这样啊，那我帮你问问吧。”我放下碗，给小李打了个电话。然后告诉房东，王伟后天才能出来。

“奇了怪了，那能是谁呢？”房东低声嘀咕了一句。

我没接这个茬，其实我挺不爱和她打交道的，因为在我看来，周笑的死亡和房东脱不了关系，只是没法证明而已。她现在疑神疑鬼的，估计就是心里害怕，老话说得好：不做亏心事，不怕鬼叫门。不过现在为了进一步调查陈远章的案子，我只能和她继续打交道，而且希望一会儿我问到徐珊时，她能帮我做做思想工作。徐珊这个人挺不爱说话的，问起来肯定很困难。

我清了清嗓子："现在大家都在，我正好想问大家一些事，希望大家能配合我一下。"

"又要办案啊？真受不了你。"付晓明显很不爽。

"办什么案，就是和大家随便聊聊天。"我冲房东和徐珊笑笑，不过徐珊没搭理我。

房东说："啥事你就问吧，配合你们警察办案是应该的嘛。"我发现她被王伟揍了一次之后，对我的态度变得特别好。

"我就是想再问问陈远章的案子，也就是304的那个人。"三个人都停下了筷子，向我看来，"我想问问大家，对于那天早上和前一天的晚上，还能想起来什么？比如付晓，你是第一个看见尸体的，那刚看见尸体时，有没有什么……怎么讲呢，就是特别一点儿的发现，不容易让人注意到的？"

"你们法医都查过了，我还能发现什么特殊的。"付晓爱理不理地说。

我反驳道："不见得，因为法医只管尸体上客观存在的证据和线索，而现场可能有什么是我们警方遗漏的事情。"

"没有。"付晓回答得很干脆。

我有点不高兴，这小子怎么一点儿都不捧场呢？我说："你仔细想想再说，那你刚看到尸体时就没什么让你特别注意的？"

付晓看了我一眼，晃着头装着想了想，又说："没有，当时只有害怕。我可不像你，总和死人打交道。"

房东插嘴说："我当时也就剩下害怕了，不过我比你这哥们儿强一点儿。毕竟我以前在医院工作，也接触过死人。他当时是吓坏了，慌慌张张的，你就别逼着他问了。”

我点点头，转脸问徐珊：“你老公干吗去了？”

徐珊吃着饺子没抬头：“跑了。”

“跑了？”我不禁反问，可是徐珊没理我。

“害怕人家报复他！”房东在一旁解释。

难道胡而珲怕慕仁就的手下来报复，吓得连家都不敢回了？我真的有点对胡而珲这家伙无语了。不过我并不关心这个，转而继续问徐珊：“案发的那天晚上，你和你爱人有没有注意到什么？比如走廊里的声响什么的？”

徐珊回答得很痛快：“没有，胡而珲那天喝多了，睡得很死。而且他鼾声很大，我什么都没听见。这些我之前都和你们警察说过了。”

我点点头：“嗯，我就是随便问问，您尽量想想，看看能不能想起来什么忘了和我们说的。”

徐珊想了想，说：“没有，就是那天和你们说的那些。”

付晓和徐珊都没有说出什么，虽然有点失望但也在我的意料之中，今天也就是死马当活马医地试一下。问到这儿我就停了，没再继续。

大家吃完之后，徐珊收拾着碗筷，我拉着付晓帮忙，不过房东没让我们动。徐珊在收付晓碗筷的时候，她盯着付晓的额头看了半天，突然问了一句：“你这儿拆线了也得小心点，尽量别被风吹，会感染的。唉，那个陈远章真不是个好东西，对邻居下手这么狠。”

我感觉心猛地抽搐了一下，猛然抬头向付晓看去。正在玩手机的付晓也抬头看向我，脸色有点尴尬。

“304那个人打过你？”这时房东在一旁问道。付晓依然和我对视着，没有说话。

我站起身看着付晓，心里很乱，转脸和房东说：“我们还有事，就不打扰了。”

房东这时候也感觉气氛不大对，虽然她好像还没有摸清楚是怎么回事。她点点头：“哦，那行，你们忙吧。”

和徐珊打过招呼之后，我和付晓离开了306。出门走出几步，我问付晓：“出去说还是回你屋子说。”

“去你车里说吧。”

在车里，我和付晓都半天没有说话，气氛很沉重。最后还是我先开了口：“说说吧，没什么想说的吗？”

“那得看你想问什么？”

我冲着他的额头扬了扬下巴：“就说说你那伤吧。”

“看来沈大警官是对兄弟我起疑心了？”

我有点烦躁，不喜欢他开玩笑的样子，语气加重说：“我只想知道你为什么没有说实话！”

付晓平静地看着我：“我怎么没说实话？”

我问：“你的头是摔伤的吗？难道不是陈远章打伤的吗？”

“都是。”付晓抬手摸了摸他额头上的伤，“我住进公寓之后是和陈远章有过一次冲突，他把我打伤了。而出事那天我从楼梯上摔了下去，正好又把伤口摔开了。请问这有什么不对的吗？”

“两次伤在一个地方？”

“你知道为什么一直都不告诉你这个事吗？因为我就知道你会是这种反应。随你怎么想吧。”说着付晓开门就下了车。在关上车门前，他转头又和我说，“我真的不喜欢你做警察。”

付晓和美心都叫我“木头”，因为我这人遇到事就一根筋，有点死心眼。看着付晓发脾气离开了，我心里也很不舒服。我虽然想告诉自己或许是我想多了，可我却控制不了自己想去核实一下付晓的话。所以在车里发了一会儿呆，我扭转车头，直奔付晓缝针的那家医院。我开导自己：我是付晓的朋友，那我就有义务去排除掉付晓身上的任何疑点！我想，这才是对朋友负责。

医院方面给予了极大的配合，按照值班记录，我找到了那天当班的医生。那医生对付晓挺有印象，我一说他就想起来了，原因就是付晓两次伤在了一个地方，医生那天还说了他不小心。看来我真的是多虑了，只是个巧合而已，我心里松了口气。谢过医生之后，我立刻回公寓找付晓，想给他道个歉。可到了303门口，我听见里面传来付晓的吼声。我不知道自己是怎么想的，就在敲门的时候我犹豫了，转而把耳朵贴在了门上。

“现在不要总和我讲什么合同，到日期我会把画交上去的！等我违约了，你们想怎样都行！”付晓好像在和签约的公司吵架，“我告诉你们，为了这个本子，我已经付出很多了！而且也完全是按照你们的市场要求做的。合同截止之前不要再给我打电话！”

“砰！”门上猛地传来一声巨响，吓得全神贯注的我一哆嗦。我想应该是付晓气得用手砸了下门。

犹豫了片刻，我敲响了门。付晓开门见是我就是一愣，冷冷地问：“你又来干吗？”

看了眼屋里，原来刚才不是付晓用手砸门，因为门口的地上躺着他那厚厚的画本，都摔得散开了。

我有点尴尬：“我是来给你道个歉，之前不该不相信你。”

付晓盯着我看了一会儿，摇摇头叹了口气，说：“你已经是去医院核实过了，对吧？”

我张张嘴，不知道说什么。

“没事，我理解，职责所在嘛。我刚才有点反应过激了，你别多想。”付晓笑笑，抬手拍拍我的肩膀，“我今天有点累了，想睡会儿，就不陪你了。”他脸上难掩疲惫。我点点头，没说什么，也拍拍付晓的肩，和他告别。

和付晓分别之后，我没有回家，而是直奔城西而去。

我要去那间KTV，就是案发那天付晓去过的那间！刚才在付晓屋门口见到散落一地的画本之后，那一张张画仿佛一直在我眼前飘荡。虽然车里开着空调，可是我还是有种闷热得要窒息的感觉。“我付出够多了！”付晓歇斯底里的吼叫还有那一地的关于案子的画……我真的不想多想，可是，我又怎能不多想！记得在案发的那个早上，付晓当时的言语就让我起了疑心，但我一直在强迫自己不要怀疑他，因为我一直不愿意相信付晓是那么丧心病狂的人。

巧得很，到了KTV才发现今天的值班经理还是上次我来时遇到的那个家伙，这家伙在吧台里站着左顾右盼。看见我之后立刻就出来了，马上满脸堆笑地冲着我跑了过来，又是点头又是鞠躬：“哟，您怎么又来了？这是来玩还是怎么着？我们这儿楼上还有房，我给您找个音效好的屋子？”

我摆摆手，没心情和他闲扯：“我是公事。”

值班经理点着头说：“哦哦，那需要我协助什么呢？”

我开门见山地说：“你还记得上次和我来的那个客人吧？我要去一下他那天消费的房间。”

值班经理一脸的老于世故：“您看您说的，我就是记性再好也记不住这么久的事啊。您这是难为我了，那位先生犯什么事了？”

我懒得理值班经理的搪塞，直接说：“少和我打马虎眼，你们这儿电脑里有消费的记录吧。我知道是哪天，你去查下就行了。”

“这个不好吧，这属于商业机密啊。”值班经理一脸的为难状，“我做不了主啊。”

没想到这家伙还扯出个商业机密来，搞得我哭笑不得，说：“那你让说话算数的人和我讲。”

“那行，您稍等，我打个电话。”值班经理点头哈腰地说着，掏出电话走远了点。

趁着值班经理打电话的工夫，我过去和一个打扫卫生的阿姨打招呼：“阿姨，您好。”

阿姨有点莫名其妙：“你有什么事？”

“您是在这里工作吧？”

“是啊，我是清洁工，您是？”

“呵呵，我就是想问问，这里除了正门，还有没有其他的门可以出去？”

“有啊，后厨就有一个，往里面走还有个安全通道，不过这都是不允许客人走的。小伙子，你要干吗啊？”

“呵呵，没事，就是随便问问。”

娱乐场所不止一个出口算得上是常识，但是上次我来时忽略了这一点，因为我潜意识里就没当付晓是有嫌疑的人。由此看来宋队把我调离专案组还是有道理的，每牵扯到付晓的问题，我是很难做到绝对客观的。

值班经理的那个电话打的时间不短，好一会儿才过来叫我。他冲我一笑，向着楼上做了个请的手势，说：“我们老板要见您，请跟我来吧。”

我眉头一挑，不知道这个老板是什么意思。可当我上楼之后见到那个所谓的老板时，不禁大吃一惊。

怎么会是他！

〔 4 〕

总经理办公室的装潢蛮雅致的，墙上挂着几幅我看不懂的油画，墙角还有青铜雕塑和很大的金属地球仪。不过这些都没有吸引住我的目光，我的注意力都集中在了那张大大的红木办公桌后面的人身上——柏祈！

我无论如何也没想到这家KTV的老板居然会是柏祈，脑袋一瞬间就乱了。难道付晓的不在场证明是假的？他现在主动找我是要干吗？

“沈警官，请坐。”柏祈站起身对我笑笑，抬手往沙发上让我。我强自定了定心神，坐了下来。

柏祈朝着值班经理挥挥手，说：“你出去吧，告诉任何人都不许进来。”值班经理点点头，转身出去，反手带上了门。柏祈坐在旁边的沙发上，递过来一支烟，我摆摆手推辞掉。他又给我倒了杯茶水，推到我面前，接着说：“沈警官，你来我这儿是为了付晓的事吧。”

我摸不透他的意思，不过也没有隐瞒我来的目的：“没错，我确实是为他的事情而来。没想到你就是这里的老板啊。”我死死地盯着他的脸，可这家伙的表情没什么波澜。

柏祈一笑：“我并不是老板，我爸才是，只不过日常管理的事情是我来弄而已。这种小店面他根本没时间管。”

我玩味地看着他：“柏先生，我上次来调查时，你那出戏演得不错啊。”对于上次的事，我有种被捉弄的愤怒。

柏祈神色出现了些尴尬，打着哈哈：“其实吧，我是一直都想去找您说清楚的。上次我也是一时糊涂嘛，毕竟我和付晓关系挺好的。”

我冷冷地说：“我和付晓的关系也挺好的。”他这话更让我不高兴。

柏祈一愣，说：“那是那是，这个我是知道的。”

我说：“那你说说吧，到底是怎么回事？”

以下是根据柏祈的讲述进行的整理记录：

13日下午，柏祈给付晓打了个电话，约他晚上出来玩。目的就是给付晓过生日，因为付晓已经告诉他，生日当天要跟我和美心一起过。

吃过晚饭两个人就回到了柏祈的KTV。其间柏祈问付晓是不是需要找些以前的朋友来，毕竟只他们两个人的话，没什么气氛。但是付晓否决了这个提议，原因柏祈之前说过，家里出事之后，他不喜欢热闹。

在包房里，付晓喝了很多酒。对于这件事，之前的值班经理并没有说谎。之后发生了什么，柏祈说他其实也不是很清楚，因为他本人酒量并不好，所以很快就喝多睡着了。大概凌晨1点左右，他醒了一次，发现付晓不见了，马上给付晓打了电话。付晓在电话里说出去办点事情，让他别担心，很快就回来。当时付晓喘息得很厉害（柏祈的回忆），可是柏祈头很疼，也顾不上多想什么，很快又迷迷糊糊地睡着了，等再醒来就已经是早上了。

睁开眼睛，柏祈看见付晓正在包房里不停地走来走去，很烦躁的样子。之后他问起付晓晚上干吗去了，付晓支吾了一会儿，说如果有警察来问他昨晚的情况，一定要说他们两个人一直在一起，没有离开过KTV。柏祈听完感觉不大对劲，可是不管怎么问，付晓都不肯说出夜里到底发生了什么，只是告诉他知道得越少越好。

付晓当时就已经想到了事发后，警察会核实他晚上的行踪，所以告诉柏祈一定不要向警方透露KTV是他们柏家的产业，为此，他还让柏祈故意做了那出结账的戏。至于门口监控录像，就算没人去查，他们也会主动给警方，因为付晓晚上走的是安全通道（钥匙柏祈身上就有），那里没有监控。这样付晓不在场的证明表面上看起来就很充分了，只要警察不把嫌疑的重点放在他的身上就不会有问题。

我找柏祈核实情况并且取走监控录像，柏祈说他当时心里很紧张，我走后就立刻给付晓打了电话。但是付晓只是告诉他放心，说现在应该没有事了，他有把握警方不会再调查他。

出于个人感情（两人私交很好），柏祈说自己一直纠结于是不是向警方说出真相，虽然他不知道夜里付晓去干了什么，但是很清楚不会是什么好事，所以心理压力很大。所以当我今天再次找了过来，他几经思索，最后决定向我说出一切。

柏祈讲完所有的事情时，一共抽了两支烟。他在烟灰缸里摁灭了手里的烟头，沉重地说："我听说是死人了是吧？我也是后来才知道的。我刚才没有告诉付晓你又来调查的事，所以你想怎么做，就是你自己的事了。我不想再和死人的事有瓜葛。"

我身子向后靠去，把脑袋搭在沙发的靠背上，浑身都没有力气。难道骷髅案真的是付晓做的？那动机又是什么呢？想到这儿，我问："死者是之前打过付晓的一个邻居，付晓被他打了的事情你知道吗？"

柏祈点点头："他被打后，我见到了他头上的伤。我也问过这事，但他没说是因为什么。"

对于动机，我首先想到的就是陈远章打过付晓，但这应该只是个潜在因素。付晓一直都是个豁达的人，不管遇到什么事情都是第二天就忘。但是我想他在经历了家庭的巨变之后，性格和心态可能都发生了很大的变化。想到这儿，我很自责——自认为是他最好的哥们儿的我，居然一直都不知道他生活中发生的巨变，总在心里觉得一个富二代肯定没什么烦恼事。

其次，我想陈远章嗜赌应该是个诱因。付晓虽然一直都没有说过他父亲一句不好，但我想，他心里一定对自己的父亲有所不满，他回国之后没有在家住就是很明显的例子。所以，在潜意识里，付晓有可能把对自己父亲的怨恨转嫁到了同为赌徒的陈远章身上。胡而珲和付晓住对门，所以他偶尔听见胡和陈两人的只言片语，知道两个人是赌徒也不足为怪。

这两点，再加上当天喝了很多酒，付晓才失去了理智。我推测付晓的作案动机应该就是这样。可是突然——

"创作来源于生活！""为了这个本子，我已经付出很多了！"那天偷听到付晓说的那些话，还有他画满骷髅案细节的画本飞速地在我脑海里重现。付晓会不会是为了给自己创造触发灵感的机会，才做下那样恐怖的案子呢？！柏祈办公室里的空调开得很大，可是我的汗却流了出来。不过现在最重要的是，我该如何抉择，到底抓不抓我这个最好的哥们儿！

“沈警官，我知道你现在纠结什么。我再多说一句话，你虽然是个警察，但别忘了，你也是个人。你在屋子里慢慢想吧，我不打扰你了。”柏祈起身要离开。正是他这句话，终于让我下定了决心。“你先别走，等抓到付晓你再离开吧。”我冲着已经把手放在门把手上的柏祈说。

柏祈转身看着我，看得出他很激动，在努力控制着自己：“如果不是付晓和我讲过你们的往事，知道你是他最好的朋友，我现在真想揍你。”坐回沙发，他继续说，“怕我反悔，给付晓通风报信是吧？你可真是个圣人，铁面无私。不过你守着我的话，还怎么去抓他呢？哦，你是让别人去抓。我看你是不敢去面对他吧。”声音里满是鄙视和不屑。

我看了柏祈一会儿，一笑：“那就是我的事了，不用你操心。你如果不是为了自保，也不会说出这些事情吧。因为你知道就算不说，今天我也会查出这一切，到时候你难免落个包庇的罪名。”

柏祈的脸色突然变得很冷，说：“哼，我没什么好担心的。”

我没再理这个人，立刻给宋队打了电话，把这一切都向他做了汇报。虽然只是在电话里，可我也能感觉到宋队的震惊和激动。他告诉我立刻就会带人去抓付晓，也要我看住柏祈，直到抓捕结束。利用这段时间要我对柏祈的证言做好整理，让他签字画押。挂断电话，我长长地出了一口气。无论怎样，我都已经做出了抉择，我相信这是正确的决定。

端起茶碗，喝了一大口凉了的茶水，可却凉不过我的心。突然我想到了一个问题：如果案子真的是付晓做的，那他把尸体摆在自己的门口是什么用意呢？

〔 5 〕

我回到局里时，付晓已经被抓回来有一会儿了，听同事们说抓捕行动进行得极为顺利。付晓就在三楼公寓的家中，警方敲门时很配合地开了门，没什么反抗就跟随同事们回了局里。但是，从头到尾付晓一句话也没有说，而在他的屋子里也没有发现任何作案工具。

我先给美心打了个电话，和她说了付晓的事。开始她还以为我在开玩笑，可当她确定了我说的是真的，立刻就决定要赶回来。在电话里听得出来她对我很不满，但我也没办法，面对这一切，我又能说什么呢。挂断电话后，我靠在墙上发呆，不知道自己心里是什么滋味。这时小李过来告诉我，宋队正在办公室等我。

到了宋队的办公室，他见我进来就说："呵呵，回来啦，辛苦了啊！你这件事做得很好啊。"宋队朝我竖了竖大拇指，继续说，"你和这个付晓的私人关系挺好的是吧？"

我点点头，没多说什么。

宋队说："把他带回来也有一个小时了，可是他一直什么都不说。所以我想，是不是你去和他谈一谈，这样他的抵触情绪能少一点儿。你也参与了这个案子的早期工作，也该知道这么恶劣的案子，如果他能配合一点儿，或许还有一丝活下来的可能，不然可就完了。"

我在心中冷笑，对宋队在我面前耍计谋很是不满。按这个案子的情况，不管付晓配不配合最后也难逃一死，哪会有什么一丝活下来的可能！宋队走了过来，拍了拍我的肩膀，说："我知道你现在心里不好受，但是事情已经到这里了，难道还有退路吗？付晓早点认罪的话，对他对你对所有人都有好处。"

我沉默了好一会儿，和宋队说：“您给我一点儿时间吧。我调整一下情绪。”

宋队点点头：“行，那你就在我屋里调整吧，也能安静一点儿，我不会让人打扰你的。如果你准备好了，就直接去3号审讯室，付晓在那里。”他拍了拍我的肩，没再说什么，出了门，又把门关好。

独自坐在屋子里，我感觉自己有点后悔，因为脑海里满满的都是这些年和付晓在一起的快乐时光。我真的好想回到过去，回到一起吃烤串喝啤酒的大学时代，让时间停住，不再前进。我也恨自己没有对朋友多一些关心，不然一切也不会发展到如今无法挽回的境地。我好一会儿才冷静下来，理了理思绪，我知道不管是埋怨自己还是怀念过去都改变不了现状，现在最要紧的事情就是想想怎么样才是对付晓最有利的。虽然宋队说付晓还有活下来的机会，那基本就是一句废话，不过虽然机会渺茫，但也该试试，现在也只能死马当活马医了，尽量让他能争取到死缓的判决。所以我一定要劝他尽快交代清楚一切，认罪伏法，争取可以宽大一点。然后，不管花多少钱都要给他请最好的刑事案律师。正所谓：尽人事，安天命！

到了3号审讯室，我让其他的同事都退了出去，我想单独和付晓谈。这样的话，他的抗拒情绪应该会少一些。我坐下来，看着对面低着头的付晓，说：“想什么呢？”

付晓抬起头，甩了甩额前的长发，笑着摇了摇头，我不清楚他是什么意思。

我叹了口气，说：“你感觉……该怎么办？”

付晓笑了：“你这个谈话技巧也太弱了吧。”

“你怎么会做出这样的事啊！现在说什么都晚了，你能不能配合一点，多多少少争取一点宽大处理。可不可以不要再死扛着了？你到底要干吗啊？”我感觉自己已经是在哀求了，带着哭腔，“我……”

付晓打断了我的话："木头，我知道你在想什么，你不用自责。你做的事情都是对的，而我做的事情也是必须做的，所以这一切不是任何人的责任。"

付晓的话让我很生气，难道到现在为止他还认为他做的没有错吗？我有点急了："你到底为什么要杀陈远章啊？难道……真的是为了那个漫画？"这真的让我很难相信。

可是付晓再次陷入了沉默，无论我怎么说，他都不再理我。这样的僵持持续了一个小时之后付晓又说话了。他说："让我见下柏祈吧。"

我有点奇怪："你要见他干吗？"

付晓说："我就是想见见他，然后我就会交代一切。"

"好吧。"我搞不懂付晓在想什么，不过还是决定尽力争取到他的要求。我出了审讯室。宋队就在外面等着，我向他汇报了这个情况。然后我和宋队说现在审讯毫无进展，只能先顺着付晓来，或许付晓之后真的就会完全交代。宋队现在也是无计可施，只好同意试试看。

付晓要见柏祈是干吗？难道是心有不甘想骂柏祈？毕竟如果没有柏祈说出一切，他还有可能逃过。可是柏祈会同意来见付晓吗？我的心里满是疑问。

之后我联系了柏祈，他正在忙，在电话里听见他正让人搬东西。听我说付晓要见他，他没有犹豫就答应下来。我有点奇怪他的反应，他好像对见付晓没有一点儿抵触情绪，难道他对自己出卖朋友没有什么愧疚吗？因为我在面对付晓时感觉十分艰难。或许吧，他们只是以商业利益为基础建立的友谊而已啊。

付晓见到柏祈之后很平静，可柏祈倒是有点激动，一直都在说对不起。而付晓只说了一句："我不想再见到你，别让我失望，现在就走吧！"在一旁的我看得有点莫名其妙，难道付晓让柏祈来只是告诉他，不想再见到他？就这么简单的目的？我总感觉有点不对劲，可是说不出来哪里不对劲。之后柏祈是哭着离开的，哭得稀里哗啦。

付晓并没有履行他的承诺，而是再次陷入到了沉默，这让宋队大为光火。宋队决定暂停对付晓的审讯，把他单独关在审讯室里一段时间，看看他能不能自行崩溃，主动坦白。我一直都在思考着到底是什么地方不对劲，但是宋队可能是感觉我心不在焉，就好心地和我讲，说不行的话就先回家歇歇。我倒是没有坚持留下来，以目前的情况，我在不在都没什么大的帮助。而且看看时间，美心的飞机要到了，我正好可以去机场接她。

我到机场的时间有点晚，美心的那班飞机已经落地有一会儿了，好在我从局里出来时就给她发了短信告诉她我会来，在大厅看了一圈就找到了手里拎着大行李箱的她。不出意料，见了面她就大发脾气，当然是因为付晓的事情，而我也有史以来第一次吼了她。美心被我吼得一愣，因为从认识那天开始我就没吼过她。愣了片刻之后，美心猛地用力跺了跺脚，自己拖着箱子冲了出去。我立刻就后悔了。

等我追出去时，美心已经上了一辆出租车，我赶紧过去拦下出租车。美心摇下窗户朝我挥挥拳头，让我让开，不然就不客气了。我咽了口唾沫，看美心不是说笑的样子，只好让在一旁，看着出租车离开。然后我赶紧上了自己的车，跟了上去。就这样，一直到回了家美心还是没理我，进屋就直接去洗澡了，而我在客厅里无聊地翻着电视节目。从1开始摁，摁到没台了再摁回来，心里乱糟糟的，根本就没有注意电视上在演什么。突然美心从浴室里冲了出来，气势汹汹的，而且没穿衣服。她站在我面前，不说话一直看着我。我被弄得浑身都不舒服，唯唯诺诺地说：“刚才是我不好，不该吼你。我心情也不好啊，付晓出事我也很难受。你当我想抓他吗？可是我是警察啊，我有什么办法。”我想我没什么心虚的，可是自己根本控制不了。

“你当我气的是你抓他吗？”美心扯下头上包着的毛巾摔在我身上，“我气的是你居然不相信他！这么多年的朋友了，他是什么样的人你不了解吗？说付晓会杀人，我死都不信！你还记得他当年多少次为别人打抱不平，想要维持公平正义吗？他不见得没有你善良。”

“可是事实在那儿好不好，我就是不相信有什么办法？那是客观事实！”我又有点激动，赶紧克制了一下自己。

美心弯下腰，和我面对面：“什么是事实？这世界还有多少事实？你当你看到的听到的就是真的吗？”

我被美心问得不知道说什么好，因为我都搞不懂她怎么冒出这么一句话。

“不管你怎么样吧，反正我是不信。我要亲自去付晓的屋子看看，没什么发现的话，我再去见见付晓。我现在就走，你跟不跟我来？”美心直起腰盯着我。

我苦笑着说：“付晓那屋子已经被封了，进不去的。”

美心说：“没事，付晓留给我一把备用钥匙。”

我摇摇头：“我说被封是被警方贴上封条了，无关人员不能进去。”

美心冷笑了一下，歪头看着我，说：“我就问你去不去，反正我有钥匙。”

我是真拿她没办法，就算我不跟着，她自己也一定会去的。所以只好答应和她一起去，毕竟如果出问题的话，我可以找借口说是我想去的，因为想起了疑点之类的原因，这样比较好开脱。我问：“我去没问题，但是去了要干吗啊？”

美心说：“我也不知道干吗？但是我相信付晓不会杀人，他不是能杀人的人。我想他一定是被人陷害的，说不定就是那个柏祈！他屋子里或许有能证明他清白的证据。”

我反驳道：“付晓在局里见过柏祈了，要真是被陷害的，那他为什么不说？”

美心说：“能不能别那么多废话，你不是已经答应和我去了嘛！”她有点急了。付晓就像她的亲弟弟一样，我理解美心的不甘心。

我叹了口气，没再多说什么。不过我心里也产生了一丝希望，美心推测的会不会是真的呢？而付晓之所以没有揭发柏祈是因为他感觉欠柏祈的人情。他不会这么傻吧？这可是死罪，他扛得起吗？！但是，我也相信，付晓不是能杀人的人。可真相到底是什么，或者说，真的有其他的真相吗？

出门时已经是晚上了，外面下起了大雨。我想起付晓住进三楼公寓的那天也下了大雨，这一晃过去半个多月了，真是发生了太多的事情啊。

到了公寓之后，美心没等我拿伞就下了车，而我锁好车时，美心已经上楼了。她真的是太心急了，我赶紧快步跟上。

现在一楼的感应灯也坏了，估计房东不一定会去修，毕竟租户越来越少。今天来我并没有通知房东，毕竟私拆封条可不是件合法的事情，还是尽量不让别人知道的好，而且美心有303的钥匙。走到二楼，发现二楼的感应灯居然也坏了，我有点哭笑不得，这楼真是一种寿终正寝的架势啊。好在我带了手电，不过想到美心没有拿手电，我赶紧加快了上楼的脚步。可是走着走着我听见身后有一种奇怪的窸窣声，好像有人在吞咽食物，我刚才没注意到后面有人啊。我转过身，用手电向后照去，然后我看见了一张流着水的脸！下颚不断地活动着，吞咽着未知的东西。

我大叫一声，条件反射地抡起了手电，但是被什么东西挡了一下，脱手而去。同时一声清脆的响声响起，“啪！”

由于用力过猛，我跌坐在了楼梯台阶上，而手电已经掉到二、三楼之间的缓步台上。昏暗间，我模糊地看见一个身影向我扑了过来。这一瞬间我倒是冷静了，我突然想会不会是徐珊又发神经了？还没等我多想，我就感到身旁来了一股劲风。那身影还没碰到我就反向退了回去，顺着楼梯向下栽了出去。可是没有惊呼的声音。

这时美心的声音在旁边响起："你没事吧？那是谁？"

"我也不清楚。"我站起了身，感觉右手有点痒，用左手抓了一把，黏糊糊的。没多管这些，我赶紧向着缓步台跑了过去。

那身影还没等我靠近就站了起来，美心在身后一个箭步蹿了上去，把我挡在了身后。可是那身影根本没有理我们，从我们身边走过，向楼上跑去。接着停在了刚才的位置，俯下身子在地上摸索着，不知道在干什么。

我能听见美心粗重的呼吸声，看来她也挺紧张的。我弯腰从地上捡起手电向楼梯上照了过去。果然不出所料，正是徐珊。她怎么又疯癫了？我心里一动，难道是因为下雨？上次她疯癫时也是在下雨，平时看她挺正常的。

美心拍了拍发愣的我，问："她是谁啊？"

我说："是付晓对门的，精神好像有点问题。"

"吓死人了，她干吗呢？"美心疑惑地看着徐珊，她在地上捡着什么，然后又送进了嘴里。

"过去看看。"我说完就往前走，却被美心拉住了。

美心抓着我拿手电的右手，说："怎么弄的？"

我这才注意到，右手上满是血迹，可是怎么割的就不知道了。我顾不上这个，拿开美心的手，赶紧到了徐珊的身边，俯身问："大姐，你这是在干吗？"

等徐珊转脸看向我时，不用她说我就知道她在干吗了。地上有好几个散落的饺子，徐珊正捡起来往嘴里塞。

"大姐你咋吃掉在地上的东西呢？快起来。"我赶紧去扶她，可是徐珊一把推开我。她飞快地把剩余的几个饺子捡了起来，塞到嘴里。徐珊的嘴塞得鼓鼓的，还在不停地蠕动着，在手电的光圈下是那么诡异。这时候我也知道我的手是怎么割破的了，应该是刚才我抡手电时正好打到了徐珊手里的盘子上，是盘子将我割伤的。我注意到徐珊一身都是湿漉漉的，头发一绺一绺的，还在流着水，难道她一直在楼外吃饺子吗？

想到这儿我心里就是一寒，这也太诡异了吧！

美心过来拽了拽我的衣服，给我使着眼色，让我赶紧走。在我犹豫时，徐珊从地上站了起来，眼神空洞地看着我和美心，用她那和外形不符的柔美声音说："那孩子就在这儿，我能感觉到，我能感觉到……"说着，徐珊先我们一步上了三楼，拐弯进了走廊。

我能感觉到美心拉着我的手在疯狂地颤抖，转脸看向她。就算是在手电那昏暗发黄的光圈里，我也看得出美心的脸色惨白得吓人。因为美心紧贴着我，我还能看到她额头上细密的汗珠。我赶紧将她拥在了怀里，再能打架也还是女人啊，这气氛我都有点脊背发冷。

"咣！"关门的声音在三楼走廊里响起，徐珊回屋了。我没听见打骂声，看来胡而珲还没回来，难道他不要这个家了？

我想有了两次的经验，下次徐珊再发神经估计就吓不到我了，不过我应该不会再来这楼里了。等美心平静了一点，我们才上了楼。慢慢地揭下封条，尽量不让它破损，因为出来时还要贴好。之后，我们打开了303的门。

我们进屋之后关好了门。美心背靠着门半晌没动，我想她可能还在为刚才的事情后怕，就扶她去床上坐着。床上的被褥还在，别的东西基本都没有动，因为队里只是搜查可疑的物品，并没有带走其他的。美心坐下之后摆摆手，让我别管她，快去找找有没有什么有价值的物证。当时队里搜查时我并不在场，所以在心底我也抱有一丝希望，希望能发现一些证明案子不是付晓做的证据。

我翻了一会儿，美心的情绪也平复了，开始和我一起寻找。不过找了半个小时，依然一无所获。这也没什么意外的，毕竟队里的搜查就很仔细，有什么和案件相关的蛛丝马迹基本不会漏掉。我叹了口气，起身叫美心准备离开，可是喊了两声，在我身后蹲着的美心却没有理我。我转头看去，美心正皱着眉看手里拿着的一个盒子。那盒子外面是紫色的包装纸，还用玻璃绳打着蝴蝶结。如果这东西是别人送给付晓的，那个人一定很了解付晓，因为付晓很喜欢紫色。

美心晃了晃盒子，说："这东西不大像是以前的，还有包装呢。"

我想了想说："付晓刚过完生日，可能是朋友送的吧。"

美心把那个盒子递给我，说："我们帮付晓拆开看看吧，估计他没机会自己看了。"看来美心也开始接受现实了。

我点点头，接过来。在拆时我发现，这个包装纸粘得并不紧，里面是用两面胶粘的。仔细看了看，我发现这个包装应该是打开过的，然后又按原样包好了。付晓为什么拆开之后又要包回去呢，里面是什么？我三下两下拆开了包装，从里面掉出了一张纸。我认识那种纸，和付晓画本上的一样。还在蹲着的美心伸手捡起了掉在地上的那张纸，看过之后递给我："付晓有女朋友，你知道吗？"

我一愣，说："不知道啊，没听他说啊。"接过那张纸一看，我知道美心为什么这么问了。那张纸上写着："我对你的爱一直未变，至死不渝。如果你看到这个，应该也已经看到了我给你的惊喜，生日快乐！我的爱人。"看笔迹不是付晓的。

我皱皱眉，说："他有女朋友不会不告诉我们吧。这小子到底在搞什么？"我继续拆开里面的盒子，盒子里的东西很简单，是块玉石，而在玉石上面还有张纸签，写的也是祝福的话，笔迹和刚才那张纸是同一个人的。我不禁疑惑了起来，一个礼物为什么放着两张写着祝福的纸呢？

我的思维开始疯狂地旋转起来。我想礼物的包装被拆开应该就是为了放入盒子外面的那张纸，那张纸是付晓平时画画的纸，所以纸上的话应该是在付晓屋子里写的。问题是什么时间写的呢？生日礼物都是生日当天送，而陈远章的案子发生那天正是付晓的生日。那天白天我一直都在公寓里办案，所以礼物在白天送来是没有可能的，不然我一定会看见。之后付晓就被美心找出去玩了，一直到夜里周笑出事时他们都在一起。难道是美心和付晓出去玩时遇见了熟人？我赶紧问美心，可美心说当天没有见到有什么人给付晓礼物，更没见到付晓拿着这个礼物。这个礼物到底是谁送的呢？什么时候送的呢？

美心这时说："要不给柏祈打电话问问吧。或许他能知道，毕竟付晓这两年和他在一起的时间比较多。"

我点点头，立刻掏出手机给柏祈拨了过去。"您拨打的电话已关机……"打了几次，柏祈的电话一直打不通。突然，我脑海里闪现出从案发那天开始的所有片段，这些记忆的碎片突然以一种奇异的顺序拼凑了起来。付晓苦于没有创意完成合同，陈远章的尸体正好就摆在303门口，礼物里面那张纸上写着的"惊喜"，柏祈在办公室里主动对我讲述付晓杀人的事，之后在电话中听见柏祈在叫人收拾东西，柏祈和付晓之间怪异的见面，等等。我心里不禁一颤，我知道我一直以来感觉的不对劲在哪里了：所有的事情都是在柏祈口中讲出来的，而却没有任何证据能证明他所说的！

我突然感觉后背凉飕飕的，有种在别人设计的圈套里面的感觉。因为一直以来我的思路好像都在被人牵引着，无意识地绕着真相走。这到底是怎么回事？！

"你愣着干吗呢？"美心在一旁推了推我，很是焦急。

我的大脑还在不停地运转："美心，付晓是不是性取向不大对头啊。"

美心 愣，不过她立刻明白了我的意思了："你是说他和柏祈……"

我点点头，说："如果是这样，那一切就都解得开了。如果我推测不错的话，那礼物是柏祈送的，而人也是柏祈杀的！而付晓在被抓之后要见柏祈，说再也不想见到他，应该就是让柏祈逃的意思。柏祈之前和我说的那些都是假的，他知道已经东窗事发就栽赃了付晓，而付晓因为感觉欠柏祈的人情，就想要帮柏祈扛下这个案子！付晓怎么想的，这可是会判死刑的案子，他扛得起吗？”我的声音都抖了起来。

美心边听边点头，说：“付晓的性取向好像是有点不大对头，上学时我就有点发觉。哎呀，先别说这些了，快点让你的同事去抓柏祈啊！”

我着急地抖着手：“可我们现在说的这些完全都是推测，局里不可能因为我这些没根据的推测就去抓人啊。”

“他手机都没开机，肯定是跑了。再不抓就晚了，你还能不能有点用啊！”美心吼了起来，“他跑了付晓就完了！”

我心里也急了起来，掏出电话给宋队打了过去，向他说出了我的推测。宋队听完之后并没有当真，但是柏祈的电话打不通也让他起了疑心。在我的恳求之下他决定立刻派人去找柏祈，暂时监视他的行踪。挂断电话之后，我收拾好礼物、纸条和包装纸，立刻向局里赶去。而美心放心不下，一定也要跟着去。

我的推测是对的吗？这会是付晓的救命稻草吗？

〔 6 〕

由于付晓依然不开口，所以宋队没有阻拦美心要见付晓的请求。在他看来，只要有人能让付晓说话就行。

我和美心进了审讯室之后，我把那件礼物和纸条都放在付晓面前。我开门见山地问：“你和柏祈到底是什么关系？”这个时候我已经失去了和他慢慢说话的耐心。付晓没理我，倒是和美心打了声招呼。之后就又开始沉默。

美心说："付晓，到底是怎么回事啊？你告诉姐，是不是那个柏祈陷害你的？"见付晓还不说话，美心气得过去就给了付晓一巴掌，"就是你不为自己着想，难道也不为你爸妈想想吗？你有个三长两短，他们怎么办？"我赶紧过去把美心拉了回来，这可是在局里，不能太随便了。付晓还是低着头，一声不吭，不知道他在想什么。

"喂，喂！"我叫了两声，终于引起了付晓的注意，他抬头看着我。我说，"你是不是看我不顺眼啊？你要是不明不白地死了，我下半辈子还怎么活？怎么说也是我抓的你。"我真的被付晓那死样惹得生气了。

美心说："付晓，就算你不顾及别人，那你想想你自己好不好。你的梦想怎么办？难道就这么完了？"

付晓看了看我们，笑着说："我想大家都清楚，一份独立证言是不能将我判有罪的吧。并没有其他的什么证据指向我就是凶手。"然后他活动了一下脖子，"木头，和你们宋队说一下，我要求测谎。你们放心，人真不是我杀的。我根本就没有杀人的胆子。"

美心气得一拍桌子，吼道："我知道不是你杀的！可你就不能把实话说出来吗？"

付晓苦笑着说："姐，你别管了，好吗？我有我的苦衷。"

美心厉声说："苦衷个屁！你是不是感觉欠那个柏祈的人情啊？还是说……还是说你真的那什么他？他在害你好不好？你能不能清醒一点？"

我看美心有点太激动了，赶紧把她拉了出去。出去之后，我和宋队说了付晓提出测谎的要求。现在只有一份柏祈的独立证言，付晓刚才说得对，独立证言在法律上是不成立的。如果付晓通过了测谎，那就连延迟拘留的理由都找不到了，立刻就得释放他。宋队考虑再三决定，同意付晓的测谎要求，同时告诉派出去的同事，只要找到柏祈立刻进行抓捕。到现在所有人心里都清楚，不出意外的话，付晓是肯定能通过测谎的。那也就是说，凶手极有可能就是柏祈。

俗话说关心则乱，虽然所有人都清楚付晓的测谎能通过，可是我和美心还是很担心。直到付晓出来时我们才松了一口气，他的确通过了测谎。不过这时派出去抓捕柏祈的同事们传来了一个不好的消息，柏祈两个小时之前已经登上了飞往美国的飞机。看看时间，他应该是从局里出去之后直接去了机场。一切都不言自明了，等我们找到证据，柏祈估计已经站在了美利坚的土地上，中国的法律对他就没有作用了。宋队愤怒地一拳击在了墙上，瞪着眼像是要吃了付晓一样。美心上前一步挡在了付晓的前面，冷冷地和宋队对视。可是付晓抬手轻轻地拉开美心，对宋队说："我会说出真相，让沈墨来和我说吧。"

说完，付晓就独自向3号审讯室走了过去。宋队阴沉着脸，冲我点点头，我立刻跟了上去。到了门口，付晓转脸对同样跟上来的美心说："姐，让我单独和木头说吧。"美心一愣，点点头留在了门外，我和付晓进了审讯室。

坐下之后，付晓看着我说："对不起，我惹这麻烦让你们为难了。"他说得很认真。

我苦笑了一声，说："麻烦？这还能叫麻烦吗？你当是搞恶作剧啊。我问你，你和他是不是……那个啊？"我不知道该怎么开口。

付晓笑了："你要问我和柏祈是不是同性恋，是吧？"

我说："这么说是了？"

付晓摇摇头："他的确喜欢我，不过我对他没什么感觉。我不是和你也讲过嘛。"

我皱了皱眉，问："那你到底喜欢男的还是女的？"

付晓没有直接回答我，说："这事，不重要吧？"

我没有纠结在这个问题上，转而问："到底是他陷害你的，还是你和他早就计划好了？"这才是我最想弄清楚的问题。

付晓说："这个不重要吧？我不想说这个。不过他杀人的事情我真的没有参与，当时也不知情。我会帮你找到他作案的证据，至于我做的事情，我也愿意接受法律的惩罚。"

"这个怎么不重要？"可是见付晓没有回答的意思，我又问了下一个问题，"他到底为什么要杀陈远章？难道就因为陈远章打过你？这也太牵强了吧。"

付晓叹了口气："说起来，这事还是怨我。"然后给我讲了那天在KTV的另一个版本。

记录如下：

付晓一直以来都很压抑，但是却在所有人面前强颜欢笑。不过那天在KTV喝了很多酒之后，他终于失控了。他先是和柏祈絮絮叨叨地说起了自己的工作，本来付晓是想指望这个赚点钱补贴家用，但是一直都没有灵感。如果到期未交稿的话，不光拿不到钱，还要赔人家违约金。这事给付晓带来的压力很大。之后付晓想起了他父亲赌博的事，他一直都是心有怨言却无处诉说。由此，付晓又讲到了陈远章和胡而珲，因为他在无意中发现他们都是赌徒。付晓告诉柏祈他额头上的伤就是劝陈远章不要赌博而被打的。然后他又说了很多很多，但是自己也记不大清了，后来不知不觉就睡着了。之后发生的事情和柏祈讲的差不多，只不过人物角色对调了。

付晓夜里醒来，发现柏祈不在屋里就打了个电话过去。柏祈在电话说自己有事，付晓也就没有多问，挂了电话继续睡。而当付晓早上见到柏祈时，柏祈正神经质地在包厢里走来走去，见付晓醒了就神秘兮兮地急着要送付晓回家。付晓当时就感觉柏祈有点不对劲，可是并没有多想，因为他在桌子上看到了一些大麻。付晓说柏祈一直以来都有吸食大麻的习惯，当时他认为柏祈一定又是大麻吸多了。然后他们就离开了包房，而柏祈在吧台坚持要结账。不过因为柏祈经常在KTV吸毒，大家对他这个样子已经见怪不怪了，所以服务员们都很配合他。可就是因为这样，才让我在监控录像上没有发现什么疑点，更没有想到柏祈是KTV的老板。

之后付晓严词拒绝了柏祈送他的请求，毕竟柏祈神志不太清晰。然后付晓就打车回了公寓，到楼上看到尸体之后差点没吓死他，坐在地上缓了几分钟才稍微镇定了下来。而就在他拿出电话准备报警时，柏祈的电话却打了过来。付晓接起电话之后，柏祈问了一句："你到家了吗？"声音里充满了兴奋。付晓说他当时心里就是一颤，有种不好的预感，就下意识地问了一句："是你做的？"

付晓说到这儿时声音抖了起来，停下之后，深吸了几口气。然后他说出了柏祈当时的回答。柏祈说："生日快乐，这个礼物满意吗？"声音中依然充满了亢奋。付晓想不起来自己之后说了什么，又是怎么挂断的电话，被吓坏了的他疯狂地下楼去找房东，结果摔了一跤。

这就是付晓叙述的案件经过。

之后付晓对我说："剩下的你都清楚了。"见我还要继续问，他又说，"你们去查一下柏祈那辆尼桑吧。我虽然没有问过他作案的具体细节，但是他当天是开着那辆车去的公寓，车上一定有线索。"

我问："那他杀人到底是为了什么？是为了给你制造灵感还是因为陈远章之前打过你呢？"

付晓说："他的动机估计连他自己都说不明白，因为他在清醒之后给我打电话，我明显感觉到他很害怕、很惊慌，好像都吓哭了。我想，可能主要还是毒品的原因吧。而且他本身的性情就有点暴戾，在毒品的作用下变得更癫狂，或许这就是他的本性，说为了我什么的，呵呵。"他无可奈何地笑着摇摇头，"只是个借口而已吧。"

我问："你被抓真的是柏祈陷害你吗？我知道柏祈在来局里和你见面之前就已经收拾好了行李，他不立刻逃走还来见你是为什么？"我再次绕回了这个问题。

这次付晓沉吟了一会儿，说：“不能说是陷害，因为他的做法在我的意料之中。”他叹了口气，“他也知道我一定会帮他的，所以才敢来见我。不过我也就想帮他拖住你们一天而已。他要是没逃掉，只能怨他自己。”

我眯着眼紧盯着付晓。我总感觉他说的并不全是实话，可是又看不出哪里有破绽。柏祈的逃脱看起来像是偶然，但是我总感觉没那么简单。我又问：“也就是说一开始时你就知道柏祈杀了人，但是你没有想过对我说出来，是吗？”付晓点点头，没说话。我沉默了一会儿，说：“我问完了，你要是没什么说的那我就出去了。”我真的希望付晓还能说点什么，但是他依然什么都没有说。然后在我开门正要出去时，身后传来付晓的声音：“木头，我们还是朋友吧？”我咬咬嘴唇，没说什么，出了审讯室。

我向宋队汇报了情况，宋队立刻派人查找柏祈的那辆尼桑。在找到柏祈的车之后，在车里我们发现了少量的血迹，经检测就是陈远章的。而在柏祈停放这辆车的车库里，我们还发现了两个瓶子，在瓶子外面的标签上写着玻璃清洁剂。把这些瓶子送交鉴定科之后，陈远章的那个恐怖骷髅头的形成也真相大白了。

玻璃清洁剂俗称化骨水，里面的主要成分是氢氟酸。氢氟酸的腐蚀性很高，头颅在里面浸泡一段时间就可以很轻松地将头皮撕扯下来。但是短时间内不能完全溶掉皮肉，所以我们认为一些较大块的头皮组织应该没有倒在那棵树下面，而是被扔到了其他地方，我们推测应该也在公寓附近。不过时隔半个多月之后恐怕找不到那些皮肉了，毕竟三楼公寓附近的野狗野猫很多。而玻璃清洁剂的来源也很快查清楚了。在案发那天上午，柏祈家的KTV对建筑进行了外墙清理，其间工人们的玻璃清洁剂不够用了，所以柏祈就去买了一些。车库里发现的两瓶可能是工人们没用完的，被他随手放在了后备厢里。我想起第一次去找柏祈讯问情况时，我感叹那家KTV看起来变新了，他就提到了是因为外墙刚被清洗过。当时我问柏祈怎么知道KTV

的外墙被清理过时，他脸上明显有尴尬的表情，只是没有引起我的重视。而且我没有想到KTV会是柏祈家的产业，这些都让我错过了早一点儿发现真相的机会。

KTV里的那个值班经理后来也被叫到了局里讯问。这家伙没有做什么抵抗，到了局里之后就全部交代了，佐证了付晓的口供。不过他确实是什么都不知道，只是按照老板的吩咐做事，所以对笔录进行签字画押之后，我们就让他离开了。虽然案子最终破了，但是却没有抓到凶手，这让队里每一个人都感到很泄气。而好处就是，大家紧张了半个多月，终于能休息一下了。

付晓很快就被移交给了检察机关，将以包庇罪被提起公诉。与付晓在审讯室里分开之后，我就没有再去见他。找律师之类的事情都是美心去办的，我对他的一切都不闻不问，只和美心一起去看了付晓的父母，他妈妈当时就哭晕了过去。对于我的态度美心很是不满，在她看来我没什么可埋怨付晓的，毕竟不是他杀的人。不过美心不知道我的心里所想，我一直认为付晓对这个案子还是有所隐瞒的。

他和柏祈到底是不是恋人关系？柏祈到底是为什么才做下如此可怕的案子？难道真的是为了付晓？付晓为什么要那么帮他，这里面到底有什么隐情？还有最重要的一点，我隐隐约约有种感觉，付晓好像从一开始就策划好了帮柏祈逃走的一切，我也是他计划中的一颗棋子。

应该是我想多了吧，我很快否定了自己的想法。付晓怎么会算计我呢？我强迫自己这样想。

第四章 Chapter

付晓的自述

〔1〕

在看守所里，美心来看了我两次，每次都会和我嘟囔沈墨太过分。我知道美心这么说是因为自从我进来后，沈墨就没有来看过我。但是我心里其实一点儿都不怪沈墨对我的态度，因为对不起朋友的人其实是我，也只有我自己知道这点。提到这事儿，当然还是那个骷髅案的问题。我和柏祈的关系……唉，说不清啊。

认识柏祈对我来讲真的是一个错误，不过可能这就是命运吧，你无法预知在生命里遇见的人，也无法预知他们会给你带来什么。第一次见到柏祈时，我还没有大学毕业，但是我的漫画已经有了一点点的名气，很多经纪人想要和我合作，他就是其中之一。记得那时的柏祈比现在要张扬得多，开跑车戴名表，说话也粗声大气的，蛮惹人反感。不过认识了之后，我发现他这个人还是挺好的，只是有些纨绔子弟的坏毛病。说来好笑，以前沈墨也说过我有纨绔作风。

接触几次后，我就决定与他合作，因为他当时也是刚做漫画行业，很用心。而且重要的是，他很有钱，不为经济苦恼，还欣赏我的作品。其他的那些经纪人都想让我转变一下画风，好适应市场的潮流。但是我不想那样，我只想画自己的东西。

之后我和柏祈的合作蛮顺利的，他不是一个差钱的人，所以做事也不会急功近利。因为这点，我们就很合得来，接触得也就越来越多，平时偶尔也会在一起玩。现在回想起来，当年我忽略了不少的事情，其实很多事都可以算是柏祈杀人分尸的前兆，而他本身就是一个天生残忍又睚眦必报的人。比如有一次我去他家找他，看见他车子下面有一只死猫。看毛色应该是刚死不久，但是已经被轧扁了，像一张小小的恐怖地毯。我想轧一次是不会成那个样子的，只有多次碾轧才会。而且那只猫我认得，当然也可能是我认错了，因为野猫长得都差不多。而如果我没认错的话，那只猫就是在之前抓过我的手的那只，因为那天我看见它就过去逗它，但是野猫很凶也很怕生，就攻击了我。而大概就是一周的时间之后它竟然就死在了柏祈的车轮下面，而且还那么惨。我当时居然没有多想什么，只认为是个意外而已。我想那个时候柏祈或许就已经喜欢我了，不然他应该不会那么做。

没错，柏祈确实在性取向上不同于常人。

其实，我并不是真正意义上的同性恋。按照同性恋和异性恋的区分原则：同性恋者会对同性产生性冲动，异性恋者则是对异性产生性冲动，还有一少部分人会对两个性向都有冲动，这种就是传说中的双性恋。而我呢，哪种也不属于，我对谁都没有性冲动，或者说对什么都没有性冲动。但是我身体是没毛病的，生理刺激下，我也是有反应的。不过在心理层面上，我确实是对谁都没有过性冲动，或许，我该叫无性者或者性取向疑惑者。

对于我的情况，美心早就有所察觉。毕竟上学时成天混在一起嘛，而且偶尔也会去我家一起看暴露一些的电影，不过木头倒是傻了吧唧的一直没有发现。美心发现我的问题之后，逼迫我去医院检查过一次，她怀疑我生理上有毛病，说要是有问题就要早点医治。后来医生的诊断证明了我生理上确实没什么毛病，不过她还是半信半疑。想来我和美心的关系也够奇特的，亲姐弟也不会对这种事随便过问。可是从我认识美心的那一刻起，我对她就有种恍若隔世的感觉，很亲切很熟悉。不过我知道那肯定不是爱情，但具体是什么，我也说不清楚。

因此，我对同性异性这些概念没什么直观的感受。所以柏祈后来追得紧了，我虽说没同意，但是也没拒绝。而那之后没多久，我自己家里就出事了。而到现在我也不能原谅爸爸赌博这件事，钱什么的没了就没了，没什么所谓的，但是看着妈妈每日以泪洗面，我真的受不了。当时出事时我不知道，而柏祈知道得要比我早很多，因为那时候我还在日本，他在国内，经常去我家里串门。我不知道他是不是把自己当成了我家的一个成员，他知道了消息之后居然没有告诉我，而是先自作主张地处理了起来。这简直让我气得不行，也导致了我和他关系破裂。当时我臭骂了他一顿。说实话，现在想来当时自己骂得有点难听。然后我告诉他，以后再也不想见到他。

之后我收拾好所有的行李，坐上了回国的飞机。飞机起飞的那一刻，我知道，我的梦想折翼了。

本以为我不会再和柏祈有任何瓜葛了，但是到家之后我才知道，家里为了还债出售固定资产时，基本都是他帮着卖出去的，而且还有一些是他自己花高价买下来的。老话说得好：拿人家的手短，吃人家的嘴软。当他又追上来时，我就没有拒绝，虽然也没认可。最后在柏祈的帮助下，家里终于撑了过去，爸妈对柏祈也是千恩万谢。我看在眼里，心里只能苦笑，但是想得太多无益，我急切要做的是能多赚点钱补贴家里。毕竟爸妈现在连住的地方都是柏祈提供的，我心里很不舒服。就这样，我接了个漫画公司的活儿。那个公司两年前曾经想过和我合作，但是被我拒绝了。到头来自己又去求人家，当然不轻松，拿到那个合同也废了不少的波折。柏祈知道了之后和我说，他可以全力支持我出版自己想画的东西，钱不是问题。我当然拒绝了。我赚钱是为了什么？不就是为了不再用他帮嘛。

生活慢慢地平静了下来，也逐渐走上了正轨。我虽然还和柏祈维持着关系，但是尽量避免和他多接触。而柏祈也很知趣，并没有过多地烦我。但也只是没有过多而已，比如参加同学聚会那次，他去接我就没有和我事先商量。为此，我才很急地住进了公寓，因为如果和爸妈一起住，老人都当柏祈如同恩人一样，我在家的话，是不可能避而不见的。

住进公寓的第二天，柏祈就找了过来。当时他把公寓说得一无是处，让我回去和爸妈住，或者给我再租一套好一些的房子，可是我没同意。

对于公寓的环境，我自己感觉还好，虽然我也是富裕人家长大的孩子，不过我对物质还真就没什么太挑剔的。而且这个303真的很便宜，虽然死过人，可是我一点儿都不在乎这种事。不说地球存在多久了，就是中国都有五千年的历史，五千年得死多少人？脚下能有哪块地上没死过人呢，没什么好怕的。柏祈见劝不动我，也就没有说太多，但是天天都会来看我，弄得我不胜其烦。而正因为他天天来，所以我被陈远章揍了的事也就没法瞒住他。

说起和陈远章打架的事，其实也怪我自己多事儿。那天在楼下偶然听到陈远章和胡而珲在说赌博的事，他们当时用的是黑话，不过我听得懂。因为爸爸还一直对赌博念念不忘，所以我特意研究了一下赌行的切口，以防他打电话时用黑话我听不懂。而我也知道陈远章和胡而珲都是三楼的住户，一个还住在我屋子对门。因为有自己家的遭遇在先，所以我很讨厌赌博，就没控制住自己，过去和那两个人说了些废话。无非就是告诉人家赌博是坏事，应该远离。这的确是废话，已经沉迷在赌博之中的人并不是不知道赌博是坏事，但是这事儿和吸毒一样，让人欲罢不能。记得当时胡而珲白了我一眼，骂了一句有病，就转身去了小卖部。而陈远章那时倒是蛮随和的，笑着点头也不说话，然后就和我一起向楼上走去。我没想到的是，就在我到了303正要开门时，陈远章却突然在后面就给了我一脚。我被踢得身子猛地向前一冲，脑袋就磕到了门旁的墙角上，血当时就出来了。而陈远章并不罢休，将我摁在地上抡起拳头好一顿打，一边打一边说：“我他妈叫你多管闲事！我他妈叫你多管闲事！”当时我是很莫名其妙的，也被打蒙了。真的不明白这个人从一楼到三楼怎么反差这么大。后来听沈墨说我才明白，原来是因为陈远章欠赌场很多钱，胡而珲是他帮赌场钓到的猪崽，以此来抵赌债。我差点搅黄了人家的生意，所以不揍我才奇怪呢。

在开始磕到门上的那一下我就有点晕，所以被摁在地上之后更没有还手之力，最后还是对门的那个胖女人徐珊救了我。当时她应该是听见门外有声音，就出来看。看到我在被陈远章骑着打，就赶紧过来拉架，但是陈远章却没理她，吼着让她少管闲事。结果徐珊伸手一拎就把陈远章提到了一旁，这一下把我和陈远章都吓了一跳，因为胡而珲天天打她，大家都以为徐珊是个很好欺负的人，可当时她表现出来的力气也太恐怖了！陈远章没敢继续打我，指着我骂骂咧咧地说："你小子以后给我小心点，少他妈多嘴多舌的，不然还抽你。"说完就回了自己的屋子。

之后徐珊扶我起来，看了看我头上的伤口，让我赶紧去医院处理一下。就在这时候，她老公胡而珲正好从楼梯上来，看见徐珊扶着我，过来就给了徐珊一巴掌，说她勾引男人。我想和他解释，但是徐珊推了推我，让我快走。徐珊的举动让胡而珲更是恼火，打得更凶了。我知道我不走或者说话对徐珊只有害处没有好处，所以就赶快转身回到自己的屋子。想来，第一次见到徐珊就是沈墨送我住进来那天，当时她神神道道的，所以住进来之后我看见她都躲着走。但是这次她帮我拉开了打我的陈远章，之后又因为我被她男人打，我真的很感谢她。我想，她是个好人。

我头上缝针之后还粘了块白纱布，虽然我头发蛮长的，可是也不可能遮挡住，所以第二天柏祈来看我时就发现了。他知道是陈远章打的之后，气得暴跳如雷，非要找人收拾陈远章，让我死说活说给劝住了。在我看来，陈远章那种人根本不用报复，生活自然会让他吃大苦头的。后来柏祈平静下来之后，问我后天生日准备怎么过。说实话，他要是不提，我自己都忘了马上要过生日了。我告诉柏祈，我那天应该是和美心还有沈墨在一起，毕竟很久都没有好好聚聚了。我见柏祈有些失望，就说明天和他提前庆祝，也可以赶得上生日那天的零点。他这才高兴起来。

第二天，柏祈本来还要找些他的朋友来，但是我没有心情，所以就作罢了。那天柏祈白天陪我去看了艺术展，晚上请我吃的西餐。其实吃完饭我就有些累了，但是之前答应他一起过零点，所以也不好说要回家。吃完饭实在是没什么可干的，我们就去了柏祈的KTV。这个店是他家里开的，不过和他自己开的没什么区别，因为他爸妈从来都没来过，也不管什么事，赚的钱也都是柏祈在花。

夜里在KTV里的真实情形，就是我交代的那个样子，我没有撒谎，只是做了很多删减。

早上我醒来时柏祈已经回来了。看到他第一眼我就知道他又吸大麻了，看看桌子，上面果然有那些东西在。我知道这不是他第一次吸，也不会是最后一次，所以也没多说什么，而且把他之后一系列的怪异表现都归咎为毒品的作用。但是柏祈急迫地想送我回家的样子还是引起了我的注意。可当我问他为什么想我快点回去时，他又装作莫名其妙地说："没有啊！"那明显是装的，我当时就看出来了，可是并没有感觉有什么蹊跷。

柏祈在毒品的作用下，神志很不清晰，在送我出去时还一定要在吧台结账。不过吧台的人都清楚他们这个年轻老板的问题，没多说什么，很配合地收了钱。我当然没有敢让柏祈送我，之后就出门自己打车回了公寓。记得在出租车上时我还感觉好轻松，想着这一夜总算是熬完了。没想到的是，之后我就经历了有生以来最恐怖的事情。

我是在开门时才看到陈远章的尸体的，当时真的是吓坏了。在记忆中我是大叫了一声，可是走廊里并没有谁出来。我想应该是由于那天是周末的原因，而且时间太早的缘故，其他人可能都睡得比较沉还没有醒。那时候我并不知道尸体是陈远章的，直到我和柏祈通了电话之后才知道一切的。之后我对主要的事情都没有向沈墨隐瞒，但是对一些细节，我没有实话实说。因为如果和盘托出的话，我怕我会失去这个最好的哥们儿。

因为，为了帮着柏祈逃走，我在沈墨不知情的情况下利用了他。

〔2〕

想起设计沈木头的事情，唉，真是一言难尽。我曾以为自己是好人，但是人真就不见得知道真实的自己是什么样的。

一直以来，我都认为是自己欠柏祈的，毕竟他为我们家做了很多事情，不然我们一家现在可能连温饱都成问题。所以我知道了一切之后，根本就没有想过要向警方举报他，当时下意识的想法只有一个——帮他逃掉。因为我不帮他，他就得死。最开始我还没有什么具体的计划，但是从我故意弄开头上的那个伤口开始，慢慢地，帮助柏祈逃避法律给了我一种像刀尖上跳舞的那种快感，让我欲罢不能。

弄开伤口这件事，我有两个目的：

第一，虽然伤口已经快好了，但是还没有拆线。我知道到时候来办案的警察一定会有沈墨。因为我知道303的前任租客自杀的事就是他来处理的，这里很明显是他们分局的管辖区，而这么大的案子估计刑侦人员都会出动。沈墨来了之后发现我头上的伤口是必然的，而发现了他就一定会问是怎么回事。我不想和陈远章有过节的事太早引起他或者其他人的注意，那样的话他们就会对我前一晚的行踪进行仔细调查，很容易就会牵出柏祈。所以我才人为地重新制造了伤口。当然，伤口的出现必须有个合理的理由，而因为慌乱摔破头的这个解释是合情合理的。不过306夫妻知道陈远章和我打架的事情，所以他们会不会和警方说我还真就不清楚。但那也不是我能决定得了的，我只能赌他们暂时不会说。

第二，我当时的思绪很乱，不冷静也不清晰，我需要时间仔细想想之后怎么做。但当时的时间并不宽裕，因为一直不报警的话，随着时间的推移，早晚会有人发现尸体，而这个不确定的时间因素会给我造成无法避免的心理压力，影响我的思考，我要争取心理和时间上的主动权。所以，如果我的头摔破了，就可以在报警之后有合理的理由离开现场，这样做也可以做到没有隐瞒我是第一个发现尸体的事实。我尽力避免在没必要时撒谎，因为谎言越多，被发现的概率就越大。然后我需要一个证人，证明我很慌乱，所以我在重新弄开伤口之后才下楼去找房东。

就这样，因为伤口的借口，我顺利地离开了公寓，赶往医院。在我再次回到公寓之前，我就有足够充裕的时间来思考该怎么做。

在医院凑巧的是，给我缝合伤口的医生就是上次给我缝合的那个人，他一眼就认出了我，给我缝合时一直不停地说我太不小心了。就在缝合的过程中，沈墨询问情况的电话打了过来。这个电话我之前就想过他会打来，所以我早就想好了对策，在电话中我故意把语气表现得很兴奋，而且表现出对案子的过于关心，话很多。这是针对沈墨设计的。我知道沈墨很容易就会因为我的反常表现而产生一些怀疑，毕竟学过犯罪心理学的人都会知道凶手在作案之后的常规反应。而不管他会不会和别人说出对我的怀疑，我的目的都达到了。

之前我努力地制造伤口就是为了避免沈墨对我的怀疑，那现在为什么我又要让他对我产生怀疑呢？这就是我计划中最为关键的一步。

我不知道案件调查的方向会走向何处，有可能根本就不会查到我和柏祈的头上，那当然是最好的情况，但是我想可能性不大。而如果疑点向我们身上转移的话，我就需要把警方的注意力都集中在我的身上，为柏祈争取逃走的时间。我并不在意蹲监狱，因为我的目的很简单也很明确，就是帮柏祈逃走。而且我不可能误导每一个警察，那种设想太过完美了，只可能存在于小说和戏剧中，现实中是不可能的。不过误导一个人我还是可以做到的，而他会帮我去误导其他的警察，那个人就是沈墨。我实在是太熟悉他了，熟悉到可以用他的思维来思考问题。所以不管他会不会对其他人讲出对我的怀疑，以他那种钻牛角尖的性格，在这个预设的心理暗示作用下，他一定可以配合我把其他的警察都引向歧途。

我知道调查我当晚的行踪是不可避免的。因为我是第一个发现尸体的人，调查我是刑侦必然的程序。但是如果我和陈远章有过节的事情没有被翻出来的话，对我的调查就不会太仔细。而应付不太仔细的调查，我已经想好了一个计划。我在回到公寓之前做的最后一件事就是，编排好前一夜的剧情，然后用邮件发给了柏祈。因为我知道那个时候他大麻的药劲还不会过，神志根本不清晰，说给他听是不行的。而他清醒了之后，一定会去看邮件，查看邮件是他的生活习惯。至于短信和电话，我想能不用还是不用的好。

我所编排的剧情就是沈墨第一次去找柏祈调查时所查到的情况。而当天早上柏祈神志不清地在吧台闹着要结账，真的是在无意中帮了大忙，所以那个监控录像就是警方不要，我也会设计让值班经理想办法提起来，然后交给警方。那个录像对我和柏祈都是一个很好的不在场的证明，而且不会有人想到KTV就是柏祈家的，谁会在自己店里还结账呢？我在邮件里嘱咐柏祈清醒之后，要对当天上班的员工一一作指示。我并不清楚柏祈是怎么做的，但是想来无非就是威逼利诱。KTV里的员工正常都会遵照老板的指示做事，因为这个产业本身就是处于灰色地带，在那里工作的人首先配合的是老板而不是警察。

当然，我在邮件里还写了一个备用剧情，是在没有退路时才会使用的。这取决于警方什么时候察觉到我的疑点，当他们开始认真调查我时，柏祈就会按照第二个版本，把所有的事情都推到我身上。因为那时柏祈依然不会有太大嫌疑，他的说法很容易就会取得警方的认同。而且我之前已经在沈墨的心里埋下了对我怀疑的种子，这个种子就该在这个时候发芽。以沈墨那个牛脾气，一定会引领很多人的思路走上歧途，把注意力都放在我身上。而到时候我要拖住警方多长时间，就看柏祈要用多长时间办好出国手续了。这个版本最后果然用上了，就在沈墨第二次去KTV时。至于效果，当然很成功。

在调查开始时，当我得知胡而珲和徐珊都没有说出我和陈远章的过节后，真的让我松了一大口气。而且我没想到后来还牵扯出了赌场黑帮的事，完全分散了警方的精力，这也算是意外之喜吧。所以柏祈办出国手续的时间变得很充足，直到他把一切办好之后，我们都没有事发。但正是因为这样，柏祈一直没有离开，他抱着侥幸的心理，想警方可能永远不会查出真相。我从没有那么想过，别的人我不清楚，但是沈墨这个人我太了解了，以他的性格，只要一天不找到真相就绝不会罢手。而我所有计划的目的都只是在拖延时间而已，这也是针对沈墨的性格设计的，因为我知道被他查出真相只是早晚的事情。认真的人是最可怕的。我劝了柏祈几次他都不听，坚持认为不会再有事，一定要留下来。最后我也懒得理他了，只告诉他，如果事发了，我会尽力帮他拖住警方，至于他走不走，就不是我的事了。

我的计划就这么多，并没有太多的策略，因为这些就足够了，毕竟做得越多错就越多。我的计划很简单，只是想给柏祈创造一个可以逃跑的机会而已。而到了最后，我一定会承担起我该承担的罪责，不会逃避。但是这一切当中，我在心理层面上设计了自己最好的哥们儿，这是最让我痛苦的。但是从我弄破头开始，就已经没法回头，也没想过要回头。

在那段没有事发的时间，我有问过柏祈为什么要杀人。唉，得到的答案让我哭笑不得，因为至少在我看来，实在是太过荒谬。而在这一切事件中，我想那可恶的大麻一定是起到了很大的作用。

按照柏祈的说法——

那晚我一直在哭个不停，当然还是因为家里的事。后来慢慢地，我的絮叨就由家里的事转移到了对赌博的憎恨，然后就提起了陈远章。我想可能是酒精的影响吧！因为他是个赌徒，而且还打过我，我就把一直以来所有的不满情绪都转嫁到了他的身上，不停地说他该死。柏祈说他不管怎么劝我，我都平静不下来。我悲伤压抑而又充满愤恨的情绪也影响了柏祈，心情极度不愉快的他开始吸起了大麻。之后的事情就不大清楚了，因为吸毒的原因，对很多事情他的记忆很模糊也很混乱，具体是怎么杀死的陈远章他自己都记不清了。能记住的就是在最开始他看见陈远章的门口有红光闪动，好奇之下他就走了过去……我想，可能那个倒霉的陈远章应该是在屋外吸烟吧。

那天夜里我给柏祈打电话时，他刚杀完人回到车里，恐惧和慌乱慢慢代替了毒品所带来的癫狂。挂断我的电话之后，迫切寻求逃避恐惧情绪的柏祈又开始在车里吸起了毒品。之后毒品的药力再次上来，柏祈的神经又渐渐地亢奋了起来，这时候他想起了我最近一直在担忧的漫画合同问题。由于是恐怖题材，而我从来没有涉足过，很需要灵感。在毒品带来的亢奋之下，柏祈决定帮我找到作画的灵感。他说当时的想法就是：反正人已经死了，不如废物利用一下。唉，他忘了为什么要去公寓，却还记着那天是我的生日，想着要给我一份独特的大礼——恐怖死尸。

之后柏祈就在亢奋中设计着怎么把尸体搞得更恐怖。分尸斩首是他首先想到的，但是又感觉震撼力不够。柏祈在汽车后备厢里翻找分尸工具时，发现了玻璃清洗液和一个塑料桶，都是清洗KTV外墙时买的。那天工人的原料不够用，柏祈闲着没事就去采购，结果买多了没用完。就这样，没有找到分尸工具的柏祈倒是想出了怎么把现场弄得更恐怖的方法，就是制作骷髅。

柏祈之前与清洗KTV外墙的工人聊天时知道玻璃清洗液的腐蚀性很高，俗称“化骨水”，传说把手浸在里面一段时间的话，皮肉都会脱落。“化骨水”其实就是氢氟酸，它可以腐蚀掉大多数物品，包括金属和陶瓷。但是那个塑料桶却可以盛放它，因为它的原料是低密度聚乙烯，虽然什么酸都可以轻易腐蚀掉它，但是氢氟酸却拿它没办法。柏祈当然不懂这些，用到了这个桶只是凑巧而已，当时他只想找个东西来盛放“化骨水”，这样才能泡陈远章的脑袋。

我想他能做出这种事情，也一定和他天生残忍的性格有关，就想起了之前的那个死猫事件。所以我也并不相信他说的这一切全是为了我，我相信只是他的本性使然。但这都无所谓了，无论他是为了什么，我都不能看着他被抓，被判死刑。

不得不说这个恐怖制造得很成功，真的把我差点吓死。不过制造这个恐怖事件的柏祈在当时应该是一点儿也不害怕，只有兴奋。用菜刀把陈远章的脑袋弄掉，再用“化骨水”把脑袋制成骷髅，为了让我回家时第一时间就看见，又将尸体挪到了我的门口，每件事都让人无法理解。让我更惊讶的是，毒品亢奋作用下的柏祈居然还知道收拾痕迹，虽然只是胡乱地在304弄了一下，不过确实起了很大的作用，消灭了太多的线索。之后，柏祈在我屋里留下了那个礼物就回KTV了。

说到礼物，差点儿就让柏祈走不了了。他之前放在我屋里的那个礼物我一直都没有看到，因为柏祈当天并没有告诉我礼物的事情，而第二天他清醒之后，只剩下了惊慌和害怕，把礼物的事忘得一干二净。我第一次看到那东西，就是在沈墨拿给我时。沈墨说是在床下发现的，我想应该是柏祈放到桌子上，但没有放稳，后来掉到了床下。所以沈墨把那个礼物放到我面前时，我也很奇怪那是什么东西，但是当我搞清楚之后，我知道再拖下去也没有了意义，所以才要求测谎并交代了一切。我可不想扛下杀人的罪名，计划里我一直都是准备接受包庇罪而已。嗯，好在那时候柏祈已经走了。

进监狱对我而言，其实是一件好事。因为这儿对我来讲就像是一种救赎，心灵的救赎，我需要为自己犯下的罪责接受惩罚。

其实当初我要是真对所有的事情都一问三不知的话，在没有人证、没有证物而且还有测谎鉴定的情况下，是有很大可能会被无罪释放的。但是那样，我恐怕一生都会受困于自己的道德枷锁之中。虽然我对陈远章这个人没有什么好感，但是他也是一条生命，能剥夺他生命的只有法律或者他自己，而不是别人。至于帮助柏祈逃走这件事……其实说白了就是在帮一个罪犯逃脱法律的制裁，不论是开始还是现在，我都认为这是不对的。只是，有时候有些事，就算不对也依然要做。谁叫我欠他的呢。

算计朋友一直都是我所不齿的，认为是最肮脏的事情。以前在网上看到过一句话：我们最终会成为我们曾经不喜欢的人。在看到时，我对这句话嗤之以鼻，而现在，我对自己嗤之以鼻。所以，就沈墨对我的态度而言，我感觉并不为过。我想，算计沈墨这件事就让它成为一个秘密吧，希望沈墨永远都不要知道。

秘密……

说到秘密，我从没有想过美心和沈墨之间也有秘密。

〔 3 〕

我在被转到监狱时，见到了一个人，让我大吃一惊。他叫宋兵。

宋兵这个人我已经很多年没有见到过了，一个基本上被我忘掉了的人。虽然他是美心的前男友，不过当年我和他也没怎么接触过。倒不是我不想和他接触，而是我们刚认识不久他就进了监狱。宋兵庭审时我还陪美心去了，他是交通肇事撞了个人，之后在逃跑的过程中撞了两辆警车。虽然接触不多，但是在我的印象里，宋兵这个人还是蛮憨厚老实的，能弄出这么疯狂的事不是很能让人理解。我想可能是他当时吓傻了吧，不然也不会疯狂到去撞警车。

我对宋兵的了解不多，不过肯定比沈墨多一点。和宋兵认识时我们还在上学，沈墨那时候每天就知道念书考试，整个就是一个书呆子。而且每次我们叫他出去玩，十回得有七回说有事不去，还教育我和美心，让我们“长点心，好好念书”。就因为这样，在宋兵没进监狱之前的有限的几次接触中，沈墨很少出场，其实我都不大确定这两个人有没有互相见过。不过沈墨毕业之前倒是特意找我喝酒，打听过宋兵的事，我也是那时候才发现沈木头居然对美心“图谋不轨”。沈木头是我哥们儿，我当然对他是知无不言，不过我能说的也就是一些宋兵的基本情况。

据我不多的了解，宋兵是个孤儿，在福利院长大，好像和我们一年出生的。到17岁时他才离开福利院，一般福利院只收留儿童到14岁，可是宋兵貌似和福利院的领导们关系不错，所以就留在福利院里又工作了三年，做一些日常的清洁之类的事情。工资好像也有，但是少得可怜。后来福利院换领导了，就把他给开除了，毕竟对于不少人来讲，在福利院工作也是个不错的差事，走后门想进去做事的人很多。从福利院出来之后，宋兵做过环卫工，也在工地搬过砖什么的，但是做的时间都不长。后来攒了点钱，就学会了开车，开始做起了长途货运司机。这个工作虽然辛苦点，可是工资还是不错的。而且宋兵是个没有家的人，也就没有牵挂，这样以车为家，听他自己说感觉挺好的。至于他和美心是怎么认识的，我还真就不清楚，因为每次提起这个问题，他和美心都是讳莫如深地一笑，嘴封得都很严。之后没见过几次面他就出事了，我就没再问过美心这个事儿。因为我知道美心对他挺有感情的，记得那次在庭审上时，美心一直抓着我的手，紧张地不停用力捏，弄得我疼得直抽冷气。所以在宋兵进去之后，我在美心面前没再提起过宋兵，而且还特意和沈墨说过，不要再提起这个人，免得惹美心不高兴。沈墨那家伙当时简直就真的和一根木头一样，居然直愣愣地看着我问：“我提他干吗？我和他又不熟。”

美心在宋兵进去之后就没有谈过恋爱，不过追她的人倒是不少。上学时她可是个远近闻名的美丽传说，别的学校都有慕名而来的，不过美心是一个都看不上。印象比较深的是记得有一回，一个本校体育系的二货想霸王硬上弓，强吻美心。唉，提起来这事儿，真是相当的惭愧啊。我当时就在一旁，本来还想充充男子汉，过去说两句场面话，结果被人家一掌就推飞了。当然，那家伙下场也很惨，被美心打得住院了……

我不知道美心为什么打架那么厉害，而且她下手特别狠，比一般男的都狠得多。就说那次把那体育生打趴下之后，美心还逼着我踹了他几脚才算完，当时那家伙躺在地上只会哼唧。说来好笑，后来那体育生一口咬定是我打的他，让我被学校记了大过。我想那个体育生可能是怕被别人知道自己被喜欢的女孩修理了，太丢人吧，所以才诬陷我。记大过我是无所谓的，反正学校不管怎么样也不会开除我，因为有个副校长好像和我们家老头的关系不错。美心失恋之后的大学时光都是在和我的胡混中度过的，听说还传过不少我和她的绯闻，惹得广大男同学看我极为不顺眼。好在因为有我把体育生打住院的光辉战绩，倒是没有男生敢来找我麻烦。所以我一直感觉那次记大过是我有史以来最值的一次。

其实在我心里一直都希望沈墨能和美心在一起，毕竟其中一个就像我的亲姐姐一样，而另一个是我最好的哥们儿。至于宋兵这个人……我对他的出身还有工作倒是没有什么歧视，但是我还真就不想美心嫁给他，因为他的条件确实太差了。虽然沈墨家也只是普通的工薪阶层，可那就比宋兵不知道强了多少倍，而且沈木头的人品是绝对的一流，仗义正直，学习也刻苦，以后有个好点的工作不是什么问题，前途一片光明。所以我对宋兵进监狱这个事虽然深表同情，但是单纯的就我的私心来讲，我还是挺高兴的，毕竟这样美心和沈墨在一起就有了客观上的前提条件——两个人都是单身。在宋兵进监狱之后的很长一段时间，美心依然坚持自己是宋兵的女朋友，所以在那段时间我撮合她和沈墨在一起有点惹她反感。直到过了将近一年她才有所好转，没那么大的抵触情绪了。

而当时最可气的还是沈墨这根木头，这家伙当时的注意力完全在学业上，我当时都怀疑他的青春期到底还会不会来。要说美心是被情所伤，我是对男女都不感兴趣，所以不谈恋爱也算都有个理由，可沈墨这家伙居然也是一直没有恋爱。对于我一片好意撮合他和美心在一起，这家伙居然完全无动于衷，还是拿美心当哥们儿一样相处。我对那时候的木头真的是毫无办法。

好在沈墨这家伙的青春期虽然来得迟了一点，但是也没有来得太晚，在毕业之前终于迸发了。谈到他青春期的迸发，我感觉比他还兴奋，而且这个呆子开窍的对象居然是美心。不过美心可不是那么好追的，不然还能轮得到他这根木头，所以在我出国之前沈墨都没能把美心拿下。至于后来木头这家伙用的什么招数把美心追到手的我也不大清楚，因为他们是结婚时才告诉我的，这也着实让我惊讶了一下。他们结婚时我因为太忙，没有赶得回来，真的是太遗憾了。

就这样，美心和沈墨结了婚。而宋兵进监狱到现在也快有五年了，所以我基本上可以说已经忘记了宋兵这个人的存在，从没想过还能再见到他。当他再一次出现在我面前时，我都没有把他认出来，而他和我说的一些事，更是让我震惊不已。

这还得从我进来的第三个星期说起……

我所在的这个监狱很大，分两个区，这两个区的生活和工作都是分开的。每个区的犯人做不同的工作，一区的人是做玩具的，二区的人是做鞋的，我是二区的。那天一区的工厂人手不够，我和一些二区的人就被借调了过去，在一区的监狱工厂做了一天的玩具。由于完工时，已经过了正常的吃饭时间，所以晚饭是在一区食堂吃的。我来的时间不长，在一区和二区没什么区别，都没什么熟人。所以打完饭之后，就去找了张只有一个人坐着的桌子坐下。

坐下之后，桌子对面的那个人抬头看了我一眼。我点着头对人家笑笑，进来之后我一直很低调，不然就以我的这个小体格，和人家打起来肯定吃亏。那人冷着脸没理我，低头继续吃饭。我也没多废话，安静地坐下来，开始吃饭。可是吃着吃着，我眼睛的余光发现对面的人不停地在看我，看得我浑身不自在。我不想惹事，低头不敢和人家对视。可是那人就像要找茬一样，就算我转动我的脸躲避，他也不停地上下左右地移动着他的目光，死死地盯着我看。最后我也是无奈了，起身想去别的地方吃，免得惹麻烦。刚站起来，对面的人就说话了："你叫付晓吧？"

我一听他叫出我的名字，心里就暗叫不好。难道早就盯上我了？可仔细想想我也没得罪过谁啊。我赶紧笑笑，说："是啊，您有啥事？"

"我是宋兵啊，你不认识我了？"那人说道。

说实话，我听到这个名字时一时间还真没想起来是谁，不过嘴上倒是没耽搁，赶紧说："哎哟！是宋哥啊！你看我这眼神，几天没见就认不出你来了。"我确定他不是二区的，二区今天被调过来的几个人我都认识。可是一区的怎么认识我，我真是摸不着头脑，只能顺嘴胡诌。

宋兵一愣，转而也笑了，说："唉，你这小子啊，和以前一个样，吊儿郎当的没个正经。我想你是忘了我这个人了吧，你现在和美心不常联系了是不是？我也差点没认出你，你小子的一脑袋长毛被剃光了还真不好认。对了，你是因为啥进来的啊？"

提到美心，我终于想起来他是谁了。心里满是惊讶，没想到他居然也被关在这里。可美心前两次来看我怎么没说起过呢？美心一定知道这家伙关押的地方，难道美心忘了他在这儿？我心里正纳闷呢，宋兵朝我招招手，说："别愣着了，还站着干吗？小心警卫骂你。赶紧坐下，咱们边吃边说。"

我点点头坐了下来，说："我怎么进来的就说来话长了，一言难尽啊。宋哥你在这儿有五六年了吧，还没出去啊？"

宋兵说："是啊，五年多了，我一直没减刑，不说我的事了。我问你，你现在是不是和美心没什么联系了？我记着以前你们关系可好了。”

我被他搞得有点莫名其妙，也有点别扭。听话听音，怎么感觉他的意思是他和美心的关系好像比我还近呢？我打着马虎眼说：“这话是从何说起呢？”

宋兵问：“你什么时候进来的？”

我说：“差不多三个礼拜了吧。”

他一笑，说：“这不就对了，上周美心来看我时没提你也在这儿，她是不是都不知道你出事了啊？”

听宋兵这么说，我脑袋“嗡”了一声，暗道：美心上周还来看过他？这是什么情况？美心不会还对这家伙没死心吧？木头知不知道这事呢？上周美心也来看我了，可怎么一点儿都没和我提过宋兵，而且听宋兵的意思，美心也没向他提起过我。

宋兵见我不说话，问：“咋了？怎么不说话呀？”

“哦！”我迅速地思量了一下，没有点破这些事，就顺着他说，“我毕业之后就出国了，和美心就慢慢断了联系。她上周什么时候来看你的？”

宋兵想想说：“好像是礼拜三吧，我也记不大清了。你们那时候关系多好，怎么就断了联系呢。我记着还有个叫沈墨的是吧，他怎么样了？我好像没见过他两回。”

我是越听越觉得不对劲，难道宋兵不知道美心和沈墨结婚了？我说：“他还好吧，我和他也没什么联系，不大清楚他的情况，听说好像结婚了。”我盯着宋兵的表情，可是没看出什么异常来。

“你们这些念过书的人啊，真是太不重感情了，那么好的朋友怎么说不联系就不联系了，多可惜！世上最宝贵的就是感情啊。下次美心来看我，我和她说一声你也在这儿的事吧。”宋兵皱着眉叹气。

我也不知道怎么接话，只能尴尬地笑着点头。后来我们又简单地聊了几句，不过也没和他说什么实话，倒是套出了不少他和美心的事情。

按他的说法，美心这些年基本每个月都来看他，只是时间不固定。而他并不知道美心已经结婚了，还认为美心现在是一个人。这些情况搞得我有点头昏脑涨的，心里乱得很，一度怀疑我是在做梦或者对面的这个家伙有妄想症。

吃饭的时间并不是很长，很快我就和其他几个一起调来的人，被看守带回了二区。回去之后我一晚上都没睡着，宋兵说的话让我有点无法相信，但是他根本就没有骗我的必要，而且我听说我们二区的人被调到一区干活这种事，一年也不见得遇上几次，他遇上我绝对是个偶然。但如果他说的都是真的，那……宋兵连美心和沈墨结婚的事情都不知道，不用说，这一定是美心有意瞒着宋兵了，可这又是为什么呢？为什么要向一个进了监狱的前男友隐瞒自己结婚的事情呢？我真的很想马上就问问美心这一切都是怎么回事，她到底要干什么？难道是真的对宋兵没有死心？可是我没法联系她，只能等到她下次来看我时再说。我想，美心每次来监狱应该都是看我和宋兵两个人，因为宋兵说上周三美心来看的他，那天也是美心来探视我的日子。

我到底该不该告诉木头呢？还是说，我该先问问美心。如果美心真的有什么秘密，难道我要帮着她，再去骗木头一次吗？

唉……

沈墨的手记

〔 **1** 〕

周末，在美心的威逼下，我陪着她一起去公寓收拾付晓的东西。因为付晓一时半会儿是出不来了，所以美心准备把他的东西都收拾好，拿回家里存放。我本以为再也不会到那所公寓去了，真的是不想再踏足那里。

到了公寓门前，我发现门前的那棵小树已经彻底死掉了。光秃秃的，看起来好可怜。

付晓的房间里和之前我与美心来时一样，队里之后并没有再来搜查。因为付晓的东西很少，所以很好收拾，要不是搬进来之后美心给他买了一些锅碗瓢盆，可能我自己一次就都能搬到楼下去，而现在我和美心也只搬了两次就弄完了。由于三楼公寓的房租是先结算的，所以我们也就没有联系房东，因为剩下的那几天房租也犯不着退了。我们从付晓屋里出来，锁好门刚要走，对门的门开了。上次徐珊发神经把我的手划了个不大不小的口子，现在还包着纱布呢。因为这事儿美心一直想找徐珊理论，我总是劝她息事宁人，毕竟徐珊的精神不大好。可是现在正遇上，美心是不准备避开了，我拉了她一下也没拉动。

不过306出来的并不是徐珊，而是房东。房东看见我们一愣，笑着和我打招呼："来找你哥们儿玩啊？"

看样子房东并不知道付晓的事，可能抓付晓那天她不在吧。我没多解释，笑着点点头说："他不住了，我过来帮他收拾下东西。"这时我看见徐珊在屋子里，不过瞄了我一眼就向里面躲了。我想可能她也记得那天的事，不大好意思吧。不出来挺好，不然美心最近一直心情不大好，吵起来就不好了。

房东指了指美心："这是你女朋友？真漂亮啊！"

"呵呵，是我老婆。"我笑笑，转头看向美心。

不知道为什么，被夸奖了的美心脸色很冷，猛拽了我一下，说："走吧。"

我有点奇怪美心的态度，不过也没多问。我朝着房东笑笑就要走，可是被房东叫住了。

"你来，我问你点事。"房东神秘兮兮地朝我招招手。

我不知道她要干吗，转头看看美心。美心皱皱眉，没说什么。我走过去问："怎么了？"

房东压低了声音说："你能不能去和那个王伟谈一谈，我怕他再来找我麻烦。他现在应该已经被放出来了吧？"

原来又是这个事，我问："你又感觉有人跟踪你了？"

"那倒没有。"房东摇摇头，"这几天都没有感觉了，不过谁知道他到底有没有跟着啊。"

我有点无奈，敷衍道："行吧，我抽空找找他。但是我想他不会再找你麻烦了，上次是年轻人有点冲动而已。"

房东点点头说："那就好，那就好。"

我刚要走，她又拦下了我，说："你再等等。"

我问："还有什么事吗？"我也有点不耐烦了。她就是做贼心虚，要不是职业所限，我真的懒得理她。

房东还是笑着让我等等，然后就进了306，弄得我莫名其妙。美心这时候也过来了，问："到底干吗呢？赶紧走吧。"

房东在屋里听见了，转脸和我们说："别，别，再等一下，我给你们拿点饺子。你上次不是吃了吗，挺好吃吧？我再给你拿点，有的是，别客气啊。”

这房东真是个极品，屋子是徐珊的，饺子也是徐珊的，可怎么感觉这里就是一处她的行宫呢，而徐珊是她的仆人。不过徐珊真的是太爱包饺子了，最近遇见她都和饺子有关。上次我和付晓一起吃过一次，弄破我手的那次她自己在吃，而现在居然还有存货。徐珊一直以来给我的印象都是对周围人的欺负忍气吞声，不过出乎我意料的是，徐珊这次居然反抗了。房东打开冰箱冷藏室的门，从里面拿出了个保鲜袋，想了想之后，又拿出一个。然后就去开冷冻室的门，就在这时，徐珊粗壮的手臂伸了过去，死死地摁住了冷冻室的门，说：“不行！”

徐珊的举动把房东搞得一愣，诧异地转脸看着徐珊，说：“你有毛病吧！快让开。”说着，房东就去推徐珊的胳膊，但是没推动。

徐珊的力气可不一般，上次她去拦王伟打房东时我就见识到了。王伟的体格看起来比我还要壮一点，可是徐珊收拾他就像收拾玩偶一样，三下两下就把他制住了。所以我也一直很奇怪徐珊为什么要对胡而珲忍气吞声，胡而珲那家伙瘦得很，以徐珊的力气，一拳就能让他起不来。我注意到胡而珲依然没在家，难道还在外面躲着不敢回来？真不知道这个孬货准备躲到什么时候。

这时房东生气了，朝着徐珊吼道：“你到底想怎么样？”

我赶紧过去打圆场，对房东说：“算了算了，您别忙了。我们也还有事呢，先走了啊。”

“别走！”房东朝我叫着，但是我没理她，拉着美心快步向楼梯走去，还能听见身后传来房东对徐珊的吼叫：“你给我让开！”

我无奈地笑笑，这个房东啊，人品真的是不敢恭维。可是就在我和美心刚刚转弯，开始下楼梯时，一声尖叫在走廊里传了过来。

“啊！”

声音太惨厉了，吓得我心里都是一抖，美心也停下了脚步。这明显是房东的声音，难道徐珊和她动手了？伤了她？我没有多想，转身就向306跑去，美心也在后面紧紧跟着我。当我到了门口向里看去时，房东正坐在地上手刨脚蹬地往墙角爬，而且她的尖叫还没有停止，一声接一声的，状似疯癫。而徐珊的身子正靠在冰箱上，神经兮兮地看向门口的我。

“这是怎么了？”搞不清情况的我直接向里面跑去。房东在地上尖叫着没有理我，徐珊倒是朝着我冲了过来，在我还没反应过来的情况下，一拳就砸到了我的脑袋上。这一拳打得实在是太结实了，加上徐珊那恐怖的力量，本来还向前冲的我被打得斜着向后退去，身体根本不受控制地栽倒，脑袋磕在了墙上。我感到眼前一黑，向地上栽去。眼前发花，视线模糊间我看见美心冲了进来，和徐珊厮打在了一起。

在我晕厥前，房东的尖叫声还在继续……

〔2〕

我再醒来时发现自己躺在床上，首先看到的是地上被捆得像个粽子的徐珊，神态像个植物人一样，目光呆滞。我不知道自己到底昏迷了多久，也不知道到底发生了什么。

“你醒了？”身子另一侧传来美心的声音。

我转头看去，美心的头发纷乱，右胳膊上红红的一片，不知道蹭破了皮还是怎样，左眼明显有点肿。我茫然地问：“发生什么了？”在坐起来之后，后脑勺还是有点疼。

“你看看这个吧。”美心拉开了冰箱冷冻室的门，边拉边说，“你得有点心理准备。”

接着，我看见了胡而珲，他在冷冷地和我对视。不过，那只是一颗人头！

可能是因为冷冻的缘故，那头颅看起来栩栩如生，眼神冰冷。在那头颅下面，整齐地码放着一个个饺子，就像是一尊塑像。我想到徐珊为什么总吃饺子却吃不完了，还有之前我问她包饺子有没有什么秘诀，而她说“肉多”！一阵恶寒袭来，胃里不停地翻动，我俯身扒着床沿，“哇”的一声就吐了。美心见状赶紧过来扶住我，说：“你不至于吧？虽然这个东西是恐怖了一点，不过应该没有付晓那个案子的骷髅头恐怖吧。”

我苦笑着咧嘴：“先不说这个了。房东哪儿去了？是你把徐珊绑起来的？报警了没有？”心里满是庆幸不是独自遇见这个事，幸好有美心在。

“刘玫跑到楼下去了，她吓坏了。哼，没想到她还是这么胆小。”美心转脸看看地上的徐珊，“这胖子就是彻底的疯子啊。我刚才给小李打电话了，他说和你们宋队会尽快赶过来。”

“伤得严重吗？”我关切地问美心。我当然知道徐珊的力量恐怖得很，看看美心身上脸上的样子，搏斗时她肯定吃了不少苦头。

美心笑着摇摇头：“没事，都是擦伤。不过这胖子确实不好弄，太有劲了。”

我转头看看，徐珊还是呆呆地坐在地上，一声不吭，起身来到她身边蹲下，说：“大姐，你能说说是怎么回事吗？胡而珲是你杀的吗？”

徐珊眼睛直勾勾地看着前面，我抬手在她面前晃了晃都没有反应，好像灵魂出窍了一样。

“你认识那个脑袋？”美心在我身后问。

我拿徐珊也没办法，只好站了起来，和美心说：“那个脑袋是她老公的，她老公之前总家暴她。也不知道是不是她杀的，或许是她反抗了吧。”

“那其他的部分呢？难道，不会是……”美心张大了嘴，指着冰箱里的饺子，“不会是包饺子了吧！”

我咽了口唾沫，强压制着自己想呕吐的欲望。

美心继续说："我记着她把你手划伤的那天好像就是在吃饺子，掉在地上了还捡着吃，就像怕人抢似的。这，这也太可怕了吧。"美心的声音也颤抖了。想起之前徐珊在地上捡饺子吃的样子，确实让人不寒而栗。

我深吸了口气，说："你先把冰箱门关上，等宋队他们来了再处理。现在也不能就确定饺子里是人肉，那得等检测。"我看着那些饺子就想吐。

又过了十分钟左右，宋队他们赶到了。当大家看见冰箱里的人头时，我听见有人在低声惊呼。小李喃喃地说："这楼也太邪性了吧，怎么都是斩首分尸！"

宋队转头瞪了小李一眼，喝道："别乱说！"小李撇撇嘴，低头不再说话。其实我心里也有点怪怪的感觉，本身一栋楼里连续死人就够稀奇了，而现在还连续出现斩首分尸。这就不是稀奇，而是诡异了。这时宋队问我："这是什么情况？你怎么又来这儿了？"

我简单叙述了一下事情的经过，而我晕过去之后的事情是美心补充的。其实我晕过去的时间不长，也就七八分钟而已，除了美心和徐珊搏斗之外就没发生过什么。之后我说："房东刚才跑出去了，不知道现在在哪里。"

宋队说："我看见她了，在楼下呢。她吓坏了，不敢上来。"

我点点头，问："那我们现在怎么办？"

宋队蹲下身，拿手在徐珊面前晃了晃，和刚才一样，她还是没有反应。宋队看着我问："她这是怎么了？"

我说："我也不知道她是怎么了，一直都是这个样子。"我也很好奇徐珊现在的情况，好像被美心打傻了一样，不过那是不可能的。

宋队点点头，起身说："那先把她带回去吧，冰箱里的人头和饺子也都带走。然后，小李啊。"宋队把小李叫了过来，"你带两个人在屋子里再仔细找找，看看有什么有用的线索没有。"大家立刻行动了起来。

宋队让美心和房东也都跟着去了局里。他们是直接的目击者，尤其是房东，她和徐珊的关系很熟，可以从她那里多了解一些信息。而且徐珊现在一直都自我隔绝的样子，不与任何人说话，我们也希望房东能帮忙去劝劝她。我和美心开着自己的车在队里的两辆车后面跟着，直奔局里。

路上时，美心问我："那个房东也去吗？"

我点点头："是啊！怎么了？"

"没事，就是随口问问。"美心笑笑，"上次那个她吓死人的事就算完了？不了了之？"

我说："那怎么能叫不了了之呢？一切都是讲证据的，没有证据显示是她吓死人啊。"

美心鄙夷地看了我一眼："你不是说你相信那个王伟的说法吗？那还用啥证据啊，都是明摆着的事了。我说你啊，就和自己人有能耐！拿你用在付晓身上的劲头放那个案子上，还跑得了房东那个缺德的货吗？"

我转头看向窗外，没接话。我知道要是顺着这个话题说下去，不免还得吵起来。

美心还在不停地说："房东那种烂人，早晚会有报应的！"

到了局里之后，我和美心还有房东三个人都做了笔录，毕竟都是现场的当事人。但是我和美心所能提供的资料有限，仅仅是叙述了事件的过程，和在公寓里说的基本上没什么分别，所以具体的情况还得看房东和徐珊的笔录。做完笔录之后我让美心自己先回了家。我送美心出了楼，她走出几步停了下来，转身见我还站着没走，说："我感觉没那房东什么事，你们仔细点，别乱抓人。"

我笑了，说："我还感觉你讨厌那房东呢，怎么又替她说话了。"女人的心真是说变就变啊。

美心笑笑："开玩笑啦。行了，我走了。"说着就上车离开了。

往回走时正好看见小李从审讯室里出来抽烟，我过去就问他："怎么样了？徐珊招了吗？”

小李边点烟边摇摇头：“最近可能流行装哑巴，上次那个付晓就这样，现在徐珊也一样。”说到这儿，小李可能想起了我和付晓的关系，有点尴尬地笑笑，“对了，宋队在他办公室问房东问题呢，他让你也过去。”说完他向卫生间走去。我直奔宋队的办公室。

路上我又想到那些饺子，胃又翻腾了起来。那些饺子和胡而珲的脑袋都送去做鉴定了，目前结果还没出来，可是我感觉那饺子十有八九就是人肉做的。到了宋队办公室门口，我把脑袋里那些恶心的画面都清理了出去，然后敲门进了宋队的办公室。我进去时宋队正在问房东问题，他指了指旁边的椅子，让我坐下。办公室里除了宋队和房东之外，还有几个同事在。

房东正在说话：“我真的不知道这是怎么回事？我自己都要恶心死了，那饺子我吃了不止一次。”说着她抬手就指着我，“对了，他还和我一起吃过呢，还有他那个哥们儿，就是303的那个长毛小子。”

宋队看着我问：“你和付晓去徐珊那儿吃过饭？”

我点点头：“就是抓他的那天早上，出门时正好遇见房东，她请我们一起在徐珊家吃了顿饭。吃的就是饺子。”真心是不想再提起这个事情了。这时，“被抓了？谁被抓了？你那个长毛哥们儿被抓了？”房东一惊一乍地问。我没理她，继续和宋队说：“还有个事我忘说了。之前那次我和美心私自去付晓家里找证据，也遇到过徐珊。我在楼梯上无意中把她的饺子撞掉地上了，她疯了一样在地上捡起来吃，生怕别人拿走似的。”想起来那天的事情，我还是不寒而栗。

宋队点点头，转脸问房东：“你有多长时间没有见过徐珊的老公了？”

房东想了想：“很久了吧。就是那个骷髅的事之后，我就没再见过他。我也问过徐珊她男人哪儿去了，可她自己说跑了。”

宋队问：“那你就没继续问过？”

“我问他干吗啊？”房东摇摇头，“我连徐珊都不爱搭理，还能搭理她那个人渣老公？”想了想，她继续说，“我本以为是他搞死了304的那个人呢，然后怕出事才跑路的。”

宋队继续问：“我听说胡而珲经常打徐珊，有这事吗？”

房东说：“是啊，这个我知道，是经常打她。唉，她那人就是个贱命，挨打也不还手。”说到这儿，房东愣了一下，捂着嘴。

“怎么了？”宋队见状问。

房东咽了口唾沫，慌张地看着宋队，说：“我之前总和徐珊说让她揍胡而珲，而且往死里揍，徐珊这二百五不是当真了吧？”房东勉强咧嘴笑笑，“要真是这样的话，也该没我什么事吧？我就是那么随口一说，谁知道徐珊这傻货这真能干得出来啊。”

房东的话换来的是满屋子的安静，那自私粗鄙的嘴脸惹得大家都极为厌恶。见气氛尴尬，房东只能讪讪地笑。

宋队没理她的那些无聊的问题，继续问：“徐珊和你之前是同事吧？一起在医院工作？”

房东说：“是啊，我们都是护士，那时候我是护士长。”

宋队问：“那就是说徐珊对人体解剖有一定的了解对吧？”

房东点点头，说：“其实你们别看那徐珊傻头傻脑的，但她可是正经医科院校毕业的。只不过家里穷，再加上她那人傻了吧唧的，毕业之前也不知道活动活动关系，所以最后才被分到了我们乡里的医院，而且还只是个小护士。所以说啊，这念书没啥用，你看我，就是中专毕业，不还是能管着那傻了吧唧的大学生嘛。”

宋队皱皱眉，打断还要继续说的房东，问：“那你和徐珊认识的时间也不短了，怎么说也算是有点交情。现在徐珊对我们很抗拒，从进来之后就一声不吭。我希望你能帮我们劝劝她，能让她配合一点，你看可以吗？”

房东想了想说：“那这个案子，应该没我什么事吧？就是我说让她往死里揍她男人的事。”

宋队无奈地看着房东，说：“嗯，没你什么事，你不用担心什么。至少目前看来和你是没什么关系的。”

房东不乐意了，说：“什么叫目前看来啊？这么说你们还是怀疑我了？你们怎么能随便冤枉人呢！有证据吗？有证据吗？”房东气势汹汹地在那里直拍桌子，不过没人理她。房东慢慢地声音就小了，不过还在喃喃地小声嘟囔着。

“您可以配合我们一下吗？”宋队耐着性子又问了一次。

房东见宋队搭理她，又来劲了：“你们不是怀疑我是犯人吗？那抓我啊！还让我配合你们，你们和犯人合作，知道这叫什么吗？这叫沆瀣一气！”

在这个气氛下，房东居然还弄出来个成语，我一时没控制住，“噗”的一声笑了出来，结果被宋队瞪了一眼，我赶紧让自己的脸继续保持严肃。宋队阴着脸说：“不愿意配合也没什么，我会叫人在这里陪着你。”然后宋队看看表，“等满了12小时，我会叫人送你回家。”

“凭什么？”房东叫道。

“就凭你和嫌疑人关系密切，而且你刚才自称是犯人。我们有权对你进行12小时之内的治安拘留。好了，留下一个人看着她，其他人都跟我出去吧。”宋队抬手指了一名同事让他留下，那同事点点头。

房东一听可急了，赶紧说：“我配合，我配合还不行吗？我配合了是不是就能放我走了？”

宋队厌恶地看了她一眼，说：“到时候再说吧，如果你愿意配合就跟我来。”说完，宋队就开门出去了，我们也跟上。

房东愣了愣，赶紧绕过桌子跟了上来。

到了1号审讯室门口，宋队停下来和房东说：“你进去之后要好好地开导她，动之以情晓之以理，具体怎么样你自己构思，反正能让她张嘴就行。”

房东点点头，说：“好，好，我尽力，我肯定尽力。那之后就不用拘留我12小时了吧？”

宋队瞥了她一眼，说：“嗯，你好好配合我们吧，不会难为你的。”接着宋队看着我们，“沈墨和我进去，其他人都先回办公室吧。”大家点点头，暂时散了，而我和宋队还有房东一起进了1号审讯室。

审讯室里小李正坐着，他一直在看守徐珊。刚才他出去抽烟叫了个同事替他，抽完烟他就回来了。看见我们进来，他赶紧站起来给宋队让座，宋队先让房东坐下，然后自己也坐了下来，我和小李则站在宋队的身后。徐珊低着头，对周围的一切没有一丁点儿的反应，就好像我们不在同一个空间里一样。

宋队示意身旁的房东说话，房东点点头，冲着徐珊说：“徐珊啊，喂！抬头！我和你说话呢，你能听见不？”

徐珊没有什么反应，依然低着头默默不语。

房东转脸看看宋队，宋队示意她继续，房东无奈地叹了口气，继续说：“徐珊？我是刘玫啊，你抬头看看我好不好？”

可能因为是熟人吧，还是有点作用的，徐珊终于抬头了，而且开口说了话。只不过说的是一句没头没脑的话：“这都是报应！”徐珊那柔美诡异的声音响起，仿佛带着无尽的魔力。房东的身子很明显地一哆嗦。

宋队皱着眉问：“什么报应？”

我也很想知道是什么报应，这个徐珊从我第一次见到她，她就神经兮兮的。

徐珊挨个看了我们一遍，说：“我想要杯水。”

宋队回头向小李点点头，小李去接了杯水进来递给徐珊。徐珊说：“我想和刘玫说两句话，单独的。”

宋队一愣，犹豫了一下，向房东看去。房东脸色很不好，不过没有拒绝。宋队问："你可以吗？我们会保证你的安全，如果有什么意外你叫一声，我们就会冲进来。当然，如果你不愿意的话，可以不答应。"只要徐珊愿意与人交流就是好事。

房东犹豫了一会儿，说："我没问题，你们出去吧。"

宋队点头说好，然后带着我和小李退了出去。不过我们没有离开门口，宋队亲自把守在最前面，如果有什么意外他就立刻冲进去。

时间一分一秒地过去，宋队不停地看着表。在门口能隐隐约约地听见徐珊在说话，偶尔房东会插几句嘴。徐珊的声音很小，而房东的话有时声音很高，能听得清。她总是在说："那怎么可能！""你就是个疯子！"但是这只言片语让我们在门外完全摸不着头脑，不知道她们在说什么。15分钟之后，审讯室的门终于开了。房东走了出来，脸色很不好，我感觉她有点精神恍惚。

宋队问："怎么样？徐珊说什么了？"

房东愣了愣，好像才注意到我们的存在。她深吸了口气，说："哦，你们进去问吧，她什么都会说的。没什么事的话，我可以走了吗？"

宋队皱眉道："她到底和你说什么了？"

房东说："一点儿私事，和你们破案没什么关系。反正她什么都会交代的，不信你现在就进去问她。"

宋队见房东嘴风很紧，就吓她："你要知道，如果你对与案子有关的事情知情不报的话，是要承担法律责任的！"

"我告诉你没有就是没有！"房东的声音高了起来，"你让我配合你，我已经配合完了，徐珊现在什么都会说的！你放不放我走？不放我走就把我关起来！"房东的疯狂让所有人都是一愣，这和刚才的她反差实在是太大了。徐珊到底和她说了什么？我感觉她整个人都和刚才不一样了。

宋队很无奈，只好让房东稍等下，然后进了审讯室，我也跟在后面。

宋队问徐珊："你是要招供吗？"

徐珊点点头说："死的人就是胡而珲。他是我的男人，是我杀了他。"

宋队长出了口气，点点头。指了指门外的房东，对小李说："你送她回去吧。"

小李答应一声带着房东离开了，可是还没走出几步就又被宋队叫了回来，宋队和他耳语了几句。而房东脸色很不正常，根本没理小李，继续往前自顾自地走着。宋队和小李耳语完，小李赶紧向着房东追了上去。宋队拍了拍我的胳膊，说："走，进去录徐珊的口供。"

〔 **3** 〕

徐珊并没有骗我们，她果然老实地交代了一切。徐珊说胡而珲被她杀死已经有半个月了，而事发是在王伟把房东打伤住院的那天晚上。我不由自主地看了宋队一眼，正巧宋队也看向我，我想我们应该是在想同一件事。那两天连续死了三个人：陈远章、周笑、胡而珲。陈远章是死在周五的凌晨，周笑是死在周六的凌晨，而胡而珲则是死在周六的晚上。周笑是自然死亡，而另两个男人都被分尸了。虽然我是无神论者，不过这连续的死亡事件实在是让我感觉太过诡异了。

以下是按照徐珊的交代进行的整理：

因为黑帮老大慕仁就被抓起来就是因为胡而珲的举报，所以当天他很害怕会遭到报复，就一直赖在局里不走，而让徐珊先回家看看安不安全。徐珊回去时正好在公寓门口碰到王伟对房东行凶，过去进行了制止。后来徐珊就陪着房东在医院待了很长时间，回家时已经很晚，那时胡而珲已经到家有一会儿了，他是被小李给撵出局里的。徐珊回家开门时，把屋里的胡而珲吓得够呛，以为是有黑道的人找他来了，等发现是徐珊后很生气，所以暴怒的胡而珲就动手打了徐珊。在打了很久之后，累了的胡而珲让徐珊出去给他买酒喝，因为他自己不敢出去。徐珊很顺从地去买了酒，胡而珲喝完酒又开始撒酒疯，继续打徐珊。之后就出事了。

不得不说，徐珊这人真的是很遵守古时的三从四德。那天胡而珲那么打她，她居然还想着烧水给胡而珲擦脸洗脚，可坏事就坏在了这上面。胡而珲撒酒疯打徐珊时，正好水开了，水壶“嗷嗷”直响。可是胡而珲喝多了，完全没有注意到，他一手拎着酒瓶子一手揪着徐珊的头发，摁在地上用脚狠踹。正常情况下，徐珊是不会还手的，可是当时水壶的叫声越来越大，急切之间徐珊就挣开了胡而珲抓着她头发的手，而后又随手推了下不依不饶的胡而珲，奔进了厨房。徐珊说她在关火时就听见了屋里有玻璃碎裂的声音，等她再次从厨房里出来，发现胡而珲正躺在地上不停地抽搐，而手里的酒瓶子已经碎了一地。徐珊赶紧跑过去叫他，可是胡而珲嘴里吐着白沫已经不能回答了。因为徐珊是学医的，所以没有很慌乱，她立刻就去检查胡而珲是怎么了。这一检查才发现，胡而珲的后脑勺凹进去一块，而且还在不停地往外流着血。

原来徐珊之前无意中推胡而珲的那一下，用力过猛了，加上胡而珲本就喝得迷迷糊糊的站不稳，所以一下就向后栽了出去。后脑勺正好撞在了后边的桌子角上，脑袋被撞开了瓢。徐珊在弄明白一切之后就想报警，可是拿起电话犹豫了一下，她又放下了。因为她发现胡而珲只向外呼气，而不再向里吸气，她知道胡而珲已经不行了。如果报警，等警察来时，胡而珲应该早就死了。人都有自我保护的本能，徐珊也一样，她怕自己被枪毙。之后她就坐在一旁，默默地看着胡而珲渐渐不动了。

徐珊说那时候她很平静，没什么慌乱害怕的感觉，因为家暴自己的人死了感觉很高兴。之后她为了掩盖这一切，就开始肢解尸体。徐珊本身就是护士，而且在学校时学习还很用心，所以分尸对她来说并不是什么难事。与柏祈用菜刀搞得一片狼藉不同，徐珊只用了一把不大的水果刀就完成了对胡而珲尸体的分解。分解下来的尸块被她整齐地码放在了冰箱里，而剔除的骨头则被洗刷干净藏到了公寓的楼顶上。过段时间她会回农村老家，到时候再把骨头带走。对于为什么不把胡而珲的脑袋也藏到房顶上，徐珊的解释是：她怕胡而珲的鬼魂找上来，所以要把脑袋和身体分开，无头的鬼就找不到她了。这个逻辑让作为讯问者和记录者的我感到很不可思议。

这就是胡而珲分尸案的真相，荒诞得让人战栗。

徐珊讲完她意外杀死胡而珲和处理尸体的经过之后，又说一句话：“唉，这都是报应啊！逃不开的，逃不开的。”

宋队问：“什么报应？”可是徐珊没有回答，而是神经兮兮地四下看了看，弄得我感觉后背也凉飕飕的。宋队并没有抓着“报应”这个问题不放，因为明显徐珊是个迷信的人。宋队继续问：“那你剔下来的那些肉都是怎么处理的？”这点必须得到徐珊的亲口承认才行。

听到这儿，我的耳朵就竖了起来。这是我最关心的一件事，虽然我知道结果基本不会有什么意外。

徐珊说：“吃了。”然后冲着我笑笑，让我有种毛骨悚然的感觉，“你那天不也吃了嘛，我都包饺子了。”

虽然都是在预想之中，可我还是没有控制住干呕了一下，脑袋嗡嗡地响了起来。宋队见我状态不大好，就又叫了个同事进来顶替我做记录的工作，我也没多推辞。出来之后我就跑到了卫生间，可是干呕了一会儿，什么都没吐出来。

徐珊对案件的交代没有什么保留，我从审讯室里出来之后没多久，宋队就结束了对她的审问，对徐珊进行了收押。之后宋队带人又去了三楼公寓，在屋顶上果然找到了徐珊所藏起来的人骨，这就可以定案了。小李是和宋队一起回来的，我很奇怪这小子怎么去了这么久，房东的家我也去过，按路程算，早就该回来了。我问过小李之后才知道原因，原来宋队在让他送房东回去时耳语的是要他盯紧房东，看看房东有没有什么异常的动向。我想宋队可能是对付晓的案子念念不忘，担心房东和徐珊也玩那一手瞒天过海的诡计。小李告诉我房东有点萎靡不振，一路上都没说话，而且回家之后就没再出来过，宋队是多心了。既然已经定案，明天就会把徐珊移交检察机关，怎么判决就不是我们刑警队的事了。而现在，折腾了一天我终于可以下班回家了。

到家之后美心正在看电视，她告诉我在锅里给我留了饭，还没凉呢。不过我还真就不怎么饿，但是折腾了一天浑身痒得厉害，所以赶紧脱了衣服进浴室洗澡。洗澡时我回想起最近三楼公寓里发生的种种案件，心想这回房东真够倒霉的，不知道还会不会有人愿意住在那里。想到“倒霉”这两个字，我不禁停下正在搓头发的双手。

倒霉？报应？

我脑袋里把这两个字联系在了一起，徐珊说一切都是报应，那房东这么倒霉会不会也是所谓的报应呢？听小李说送房东回去的路上，房东的脸色很不好。我回想了一下，她和徐珊在审讯室里单独聊完出来，脸色就已经开始不好了。徐珊和房东究竟说了什么？难道是所谓的报应？报应又是什么呢？看样子，这个报应房东可能也有份啊。一些记忆的片段在我脑海里闪现：记得第一次遇见徐珊发神经时，她和我说要小心一个孩子；后来我和房东也提起过这件事，但是房东当时却有意避开了；之后我和美心去公寓又遇到徐珊发神经，她再次提起了那个孩子的问题；现在徐珊杀人之后把一切归咎为报应。难道一切都和那个神秘的孩子有关？我钻牛角尖的劲头又上来了，隐隐感觉所谓的报应和孩子都并不简单，不见得就是一个迷信的妇女随口说说。在后面可能隐藏着一个秘密，一个或许可以解释公寓连续死亡事件的秘密！连头上的泡沫都没有冲洗我就冲出了浴室，风风火火的样子吓了美心一跳，问我：“你干吗啊？怎么啦？”

我也没多解释，只说了一句："我打个电话。"然后拿起桌子上的电话给房东拨了过去。

电话接通了，我说："喂，您好，我是沈墨，就是那个警察。"

房东语气上听得出很意外："你有什么事吗？你们队长不是说没我什么事了吗？"

我笑着说："没什么大事，我就是想和您见一面，有一些小事情想问问。算是私事吧，希望您能帮个忙。"

房东犹豫了一会儿说："那好吧，不过我身体不舒服，这两天不想动，你要是不急我们就后天见吧，正好后天我要去关了公寓，已经没有人住了。后天上午9点在公寓，怎么样？"

我这毕竟不是公事，也不好勉强她，万一惹到她，她不同意见我就不好了。我赶紧笑着说："好啊，那就后天上午9点。真是太感谢您了，那不打扰您了。再见。"挂断电话之后我挺高兴房东没有拒绝我。虽然后天是周一，不过队里现在也没什么事，上午耽误一会儿宋队也不会说我什么。

美心在一旁疑惑地问："你找她干吗？"

我把手机放回桌子上，给美心讲了下我的想法，美心听得直皱眉，说："你怎么就那么闲不住啊？后天是周一，你不上班吗？别闹腾了好不？没事给自己找事干吗！"

我说："没事，我不是让徐珊给打了嘛，今天宋队都和我说了，可以请假休息休息。这事不搞清楚我心里痒痒的。"

美心白了我一眼，说："真是闲的。你要是有时间就少折腾点没用的，好好锻炼锻炼身体，让个女人揍了还好意思说。"说着她又推了我一把，"快去把脑袋冲了，泡沫都要掉下来了。"

我嘿嘿一笑，赶紧进了浴室。

第二天是周日，不过美心没在家，去上班了，说是得赶任务，也不知道她这个月怎么这么忙。现在付晓被抓起来了，而平时我本就没什么朋友，就和小李还不错，不过今天他得去押送徐珊，所以我只好自己在家看了一整天电视。晚上美心知道我一天都没出去之后，朝我撇撇嘴："你啊，要是没这份工作了真不知道你还怎么活，不上班就无所事事。对了，明天不是要去找房东吗？你有没有打电话再确认一次啊，免得人家忘了。"

我想想也是，赶紧给房东打了个电话，确认了一下。房东说没问题，我这才放心。

夜里，躺在床上时，我一直在想见到房东后，她会不会讲出什么秘密呢？或者说到底有没有所谓的秘密，会不会只是我想多了。正想着，美心突然蛇一样地粘了过来，她身子软得很，现在还凉凉的，手在我身上不停地游移。这一打岔，我的思路就断了。这一个月我们各忙各的，一直都没有亲热过，现在被她一弄，我也是欲火焚身，起身就压了过去。

睡着时我已经筋疲力尽了，最后的意识是美心去了浴室。

早上一觉醒来，向身边一摸，发现已经没人了，抓过床头柜上的闹钟看了看，我一下子就从床上蹿了起来。已经8点40分了，睡得太死，居然没听见闹铃，这下和房东的约会肯定要迟到了。我赶紧给房东打了电话，想表达下歉意，可是她没接。我想可能房东也是在路上，就发了条短信，告诉她我可能会迟到，不好意思。

下地之后，我看见美心在桌子上给我准备了早餐，还留了个纸条，说看我睡得香就没叫我，让我醒了自己去热牛奶和她做好的三明治。我哪里还顾得上冷热的问题，三口两口吃完早餐就狂奔了出去。我没开自己的车，而是拦了辆出租车，因为出租车司机肯定比我开得快。到了公寓时，已经9点过了一刻。结账下车之后，我看见公寓的大门开着，不知道是房东已经到了，还是哪户搬家忘了锁门。

没多想，我抬腿就往里面走。进了大门，我看见前面的传达室的门也开着，里面有个人背对着我的方向站立。不是房东，而是个男的。我有点纳闷，难道还有人要住进来？真有胆大的？走近了点我发现，这人有点眼熟。而走到了门口我终于认出来了，那个人居然是王伟！我心里“咯噔”一下，想着王伟来这儿干吗？可是我的脚步声好像没有引起王伟的注意，他没有回头，脸一直朝着传达室里卫生间的方向，不知道在看什么。

走到了门口，我说：“王伟？”

王伟猛地转过头来，直勾勾地看着我，神色慌乱。看到我之后，他愣了愣，说：“啊，你好！你……你怎么来了？”

我感觉不大对劲，心里不由得警觉了起来，慢慢地向屋里走着说：“我和房东约好了见面，你看见她来了吗？你怎么在这儿？”说话间我就已经到了传达室的门口。我见王伟不停地咽着口水不说话，越发感觉这里面有事，猛地就向里面跨出一步。王伟立刻迎了上来，挡在我的前面，说：“房东还没来呢？你出去等吧。”

我笑笑说：“为什么出去等啊？这屋里有什么问题吗？”说着我就推开王伟往里走。当我的视线不再被墙角所阻碍时，我终于知道了王伟刚才一直面朝里在看什么。可就是在那一瞬间，我感觉脑后一痛，眼前一黑就没有了直觉。

〔 4 〕

我醒来之后看了眼表，昏迷的时间并不长，只有两三分钟，可王伟已不在屋子里了。头还是很痛，还有点眩晕感。在我前方一步远的地方就是房东的尸体，仰面朝天地躺在墙拐角的后面，腹部的衣服完全湿透了，红红的。她身子下面有着一层厚厚的血液，胃部插着一把匕首。

死亡难道无法停止吗？这是诅咒还是什么？我呆呆地看着眼前的尸体，感到了一种来自灵魂的震颤。颓然地坐在了身边的床上，我说不清自己是一种什么样的感受。这栋楼里发生的第一件案子就是我经手处理的，之后的案子我也都有参与，从开始到现在才短短的一个月时间，却已经死了五个人。这种连续不断的死亡我真的是闻所未闻，见所未见。

我发了一会儿呆才醒悟过来这是谋杀的现场，而我却什么都没有做，想到这儿我赶紧跌跌撞撞地跑出了公寓，可哪里还有王伟的影子。掏出手机，我赶紧给宋队打了电话。宋队听我说完之后沉默了片刻，在电话里就能听见他那沉重的呼吸声，我想他也是太震惊了。之后他说："你在那里别动，保护好现场，我马上带人过去。"

当大家都赶过来时，我还没有从那种怪异的情绪里走出来，像个局外人一样在一旁看着同事们忙。几个同事在配合法医检查尸体，宋队拍了拍我，让我和他出去。到了门外，宋队点了一支烟，说："怎么了？别自责，你是没什么防备才遭了黑手。而且要不是你正好遇上，尸体不定什么时候才能发现呢，到时候估计凶手早就跑到别的省市去了。"

看着宋队吞吐的烟雾，我说："给我一支烟吧。"

宋队一愣，他是知道我不抽烟的，不过没多说，掏出一支烟递了过来，又帮我点上。我吸了一口，呛得直咳嗽，不过感觉清醒了很多。我摇摇头："自责是难免的，房东和我说过好像有人跟踪她，也让我帮忙注意下王伟，可是我根本就没当回事。"

宋队抬手拍了拍我："智者千虑还有一失呢。行啦，振作起来，不管怎么样我们现在知道凶手是谁了。对了，你还没说你怎么又到这儿来了？"

我说："我正要和您说呢。不过这话也不大好讲，因为也都是我的猜测。"

宋队看看我，说："先说来听听。"

接着，我就跟宋队讲了我对徐珊那个宿命论的想法。现在房东又死了，我就更怀疑这个所谓的宿命不是那么简单。重点或许就在那个"孩子"身上！

宋队听完之后，思考着说："你的意思是房东也和徐珊说的报应有关？"

我点点头说："还记得徐珊被抓之后和房东单独说过一次话吧，房东从审讯室里出来脸色就不大好。我推测徐珊应该就是和房东说起了那个报应。她们十多年前是同事，我想或许当年她们一起做过什么不太好的事情，所以才让徐珊念念不忘。"

宋队说："就算你的推测都是对的，但是为什么事情都选择在这个时间段里爆发呢？而且如果只是涉及房东和徐珊的报应，那为什么死了那么多无关的人？这些问题你都想过吗？"宋队抬手阻止了我说话，继续说："我并不是否定你的意思，因为大部分案件的侦破都是建立在大胆想象的基础之上的，你的想法是好的。但是就算这个所谓的秘密真的存在，又对这些死亡案件有什么影响呢？虽然目前楼里死了不少人，可是我们都已经一一破获，找到了真相，你也清楚案子和案子之间并没有什么直接的关联。而房东被杀案虽然还没有破，可是也已经知道了凶手就是王伟，动机也很明显。所以我想你推测的可能是对的，或许房东和徐珊一起做过什么不好的事情，但是和现在的这些案子都没什么关系。那所谓的宿命论，应该只是她们之间的臆想，毕竟公寓就是房东的，而徐珊也住在这里，连续发生这么多命案，别说是她们，就是我都有点疑神疑鬼的。但是，臆想也只是臆想而已，不可能是事实。"

对于宋队的回答我并不感到意外。我说："我同意您的看法，但是您也知道我这人死心眼。我想您能不能和检察院那边说一声，我想再见一次徐珊。"

宋队说："她移交检察院的手续在昨天就办完了，现在她已经不在局里的管辖权限之内了。不过我和那边的朋友说一声，见一下还是没什么问题的，但是你感觉这真的有必要吗？我知道你无非就是想问问徐珊那个报应的由来是什么，但是我想徐珊不见得会和你说。"

我笑笑："您就当帮我个忙吧，要是不去试一下，我浑身都不舒服。"

宋队摇摇头："真拿你没办法。"说着他就打电话帮我安排了和徐珊的见面。

我和宋队说话时，法医和同事们已经对房东的尸体进行完了初步检查。法医说按照尸体的僵硬情况，死亡时间可以确定是在一个小时之内。而致命伤就是那把匕首造成的，房东的尸体上一共有15处伤口，多数都可以直接致命。这明显是过度杀戮的行为，基本上可以确定为仇杀，这也很符合王伟的作案动机。之后我们对现场进行了拍照，对物证进行了收检。最主要的证物就是那把匕首，回去之后鉴定科的同事们要在上面提取指纹，然后与王伟的指纹进行比对。

我没有和队里一起回去，因为宋队联系了检察院之后，他们同意我现在就可以去见徐珊。走时宋队嘱咐我快去快回，因为如果一直找不到王伟，那就要开始全城大搜捕，人手肯定很紧张。我现在很后悔早上没有开车过来，现在真的是太不方便了，走出去好远才拦到了一辆出租车，然后直奔关押徐珊的看守所。

因为已经提前打好了招呼，所以到了看守所我没费劲就见到了徐珊。徐珊对我的到来没什么惊讶，还是那一贯的沉默，而当我说出房东的死讯时，她终于动容了。

"你说什么？刘玫死了？"徐珊瞪大眼睛看着我。

她这个表情我很熟悉，那两次遇上她发疯就是这个表情。我怕她犯病，赶紧说："你别激动，千万别激动。她是早上死的，你有没有什么想和我说的？”

徐珊没有问房东是怎么死的，摇摇头说：“没什么说的。这都是报应啊，到底是逃不开的。”

“到底报应是什么？”我追问。见徐珊低下头不再理我，我灵机一动，接着问，“那个孩子是怎么回事？”

“孩子？”徐珊猛地抬起头，直勾勾地盯着我，“你怎么知道那个孩子的？刘玫告诉你的？”

我看着徐珊的样子明白了一件事，看来她在发疯时是没有记忆的，所以她根本不记得和我说过让我“小心那个孩子”的话。不过我也没有说出实情，而是撒了个谎，点点头说：“房东告诉我的，临死前让我来问你那个孩子的事。”

徐珊再次抬起头，说：“刘玫死时你在旁边？她是怎么死的？”说了这么多她才关心起了房东的死因。

“被人杀死的，我赶到时她还有一口气。”我继续瞎编，“不管怎么讲房东也是你的朋友，而且也帮了你不少忙，像你住的306她是不是一直都没收过你的钱？其实是她让我来问你那个孩子的事情，因为她当时已经没有力气和我讲完了。这也算是她的遗愿吧，难道你不帮她办到吗？”

徐珊思索了很久，终于点点头说：“好吧，我可以告诉你。真不知道她让你问我这个事干吗？难道她还想让你们警察去抓鬼坐牢？唉，她那好胜的性子啊！”

听徐珊说到鬼，我更是好奇了，不过没有插嘴。接着我听徐珊讲起了一段25年前的往事，那段往事充满了罪恶。

以下是按徐珊的叙述整理记录的：

25年前，徐珊和刘玫（就是房东）都在乡医院工作，那时刘玫是护士长，徐珊是护士。事情发生在她们两个人一次值夜班时，那天下了很大的雨，据徐珊说那是她见过的最大的一场雨，感觉像是天要塌了一样。可就是在那么大的雨中，还有人冒雨来到医院。那是来自十几里地之外村子的一个孕妇。当时那个孕妇还没有到预产期，可是下体却流了很多的血，疼得死去活来。当时处理这件事的医生叫张天鸣，是值班的妇科医生。关于张天鸣这个人，徐珊特意介绍了一下。他是个在医院里很有女人缘的人，也很不检点。徐珊说刘玫能当上护士长就是因为和张天鸣有不正当的关系。张天鸣每次值夜班时，如果遇上刘玫也在，就都叫刘玫去他的办公室，还把门锁上，之后在门外就能听见两个人龌龊的声音。徐珊就遇到这事不止一次，也遇到过张天鸣和别的人这样。

孕妇刚到医院时，徐珊并不在场，所以她不是很清楚之前发生了什么。不过她说按照后来听到的张天鸣和刘玫的只言片语推测，应该是张天鸣开始时诊断出错，把孕妇的早产情况判断成了宫缩，所以开错了药。她说以张天鸣的经验是不可能出现这种低级失误的，但是那天正好又遇上他和刘玫一起上夜班，所以就可想而知了，一定是心思不在工作上才出了差错。等孕妇家属第二次去找张天鸣时，情况已经不可控制了，孕妇的羊水破裂，孩子能不能保得住先不讲，孕妇本身的生命都有危险。徐珊就是这个时候被叫去帮忙的。

当时情况很紧急，张天鸣也很慌乱，不光一直在骂徐珊出气，还把那个焦急等待的丈夫吼出了病房。可是错误已经无法挽回，到底是出事了。产妇生出来的是一对双胞胎，可是只活了一个。徐珊他们三个人当时就傻眼了。以现在的情况，如果这个事家属闹起来的话，不光是得赔钱，而且他们的工作弄不好都保不住。尤其是徐珊和刘玫，她们只是两个护士而已，很可能被当成替罪羊开除掉。感到危机的刘玫立刻就想出了个馊主意——不告诉家属是双胞胎，把那个死掉的孩子偷偷地扔掉。因为孕妇在生产过程中晕了过去，一直没有醒过来，而家属又都在病房外面，所以这个计划很有可行性。徐珊在那两个人面前是没有发言权的，而且她的家庭条件很不好，要比刘玫更在乎这个工作。张天鸣在当时也有很大的顾虑，那个时候的张天鸣正要被调到市里医院工作，如果出了这个事被报上去，去市里医院的事就算是泡汤了。故此，最后张天鸣决定就按刘玫的主意来，由刘玫找了张床单将那个死了的孩子抱起来，先混出去，然后找个地方丢掉。

计划进行得很紧张，但是很成功。孕妇的家属并没有注意刘玫手里包着孩子的床单，因为他们的注意力都被另一个活下来的孩子的哭声吸引了，在病房门被打开的一瞬间就急不可待地冲了进去。徐珊在家属进去之后并没有说话，都是张天鸣在应付，孕妇也在这个过程中苏醒了过来。一切都毫无破绽，天衣无缝地遮掩了过去。

后来徐珊问刘玫怎么处理的孩子，刘玫说是扔到太平间里了。之后张天鸣和刘玫还警告了徐珊，说大家都是一条船上的，不要做傻事把这件事讲出去，不然一定让她好看。

这就是关于报应由来的往事。听完徐珊讲述之后，我有那么一刻感觉房东死得也算是活该!

就在我以为这就是事情的全部时，徐珊又继续说了一句：“你知道吗，我知道那个孩子肯定会报复我们的。我一直都知道。”

我对徐珊的话感到疑惑，问：“为什么？那个孩子不是死了吗？”问完了我自己都好笑，我居然忘了徐珊是个迷信的人。

徐珊说：“谁都不知道我那天早上下夜班之后偷偷去了太平间，可那个孩子根本不在那里！”徐珊说出这句话时，那优美的声音突然变得很尖利，眼睛也瞪圆了，浑身颤抖。我感觉她是要犯病，赶紧安抚她说：“别激动！别激动！没事的，别害怕。”我心里也奇怪了起来，孩子怎么不在太平间里，难道刘玫说谎了？

徐珊喘了好半天粗气才慢慢平静下来，说：“我当时真的是吓坏了，从那之后就落下了病根。”她指了指自己的脑袋，“这里不大好了，经常发疯，不过发疯时我自己是不知道的，有时候发疯时乱跑，清醒过来之后都不知道自己身在何处。你知道我为什么那么忍受胡而珲吗？就因为他愿意娶我，知道我是个精神病他还娶了我。”她笑笑，“虽然不娶我的话，他也够呛能娶得上媳妇。知道吗？在和他结婚之前，我一直认为这辈子一定会孤独终老了，因为每个认识我的人都躲着我，谁不怕精神病啊。你当我不知道刘玫根本就不想我住到她那里吗？可是不住在那儿，我还能住在哪儿呢？我只能装傻，装不知道人家讨厌我。所以，其实我一直对胡而珲有点感激，哪怕他是个混蛋。”

我突然发现徐珊并不傻，她什么都看得清看得懂，只是习惯了沉默和逆来顺受而已。但是最后她把胡而珲给吃了的事，我还是有点不寒而栗，是精神状态的原因还是封建迷信作祟呢？听完这些之后，我还是很疑惑一件事，就是没搞懂徐珊为什么发现死婴不在太平间得了精神病，就问：“你在太平间里没有找到那个孩子，会不会是你没有仔细找呢？毕竟你当时也只是个女孩，在太平间里难免害怕，而且刚出生的婴儿那么小。”

徐珊说：“不会的，我当时是很害怕不假，但是确实找得很仔细，那孩子肯定不在那里。”她的表情极为认真，呼吸又急促了起来。

我点点头，又问：“那会不会刘玫没有和你说实话呢？她其实并没有把那孩子扔到太平间里。看你刚才的讲述，他们好像并不是很信任你。”

徐珊一笑，说：“当时我也这么考虑过，但是之后就被我否定了，因为我在太平间里面找到了那个包孩子的床单。虽然那个床单和太平间里盖尸体的白布差不多，但是我能分得出来。我知道你不信，但是这个世界上有些事不是说你不信就不存在的。我告诉你，那个孩子一定是成了死灵，一直都在报复我们，不然为什么当年我们三个当事人的生活都过得那么悲惨。我就不用说了，你看看刘玫，嫁了个酒鬼老公，虽然她从来不提，但是我看得出她过得也很不好。”

我问：“刘玫的老公不是张天鸣？”

徐珊说："当然不是啊，张天鸣在那个事之后不久就调到市里医院了，和我们都没有了联系。不过他也挺惨的，听说前几年他的儿子出车祸，高位截瘫了。之后他一激动，得了中风，现在还半身不遂呢。"

听徐珊这么一说，我也有点背后冒凉气，这三个当事人的遭遇确实有点诡异。不过这也就是想一下而已，我可不信这些神神鬼鬼的事，对于那个孩子的去向我还是坚持自己的看法，不是房东撒了谎就是徐珊没有找仔细。不过这一切都已经不重要了，宋队说得对，这个秘密确实和所有的案件都没什么联系。不过把所有的事情放在一起看的话，确实让人觉得诡异非凡。在告别徐珊时，徐珊和我说了句对不起，原因是让我吃了人肉馅的饺子。我这次没有反胃，不过笑着说没关系时感觉好别扭。

我回到局里时，鉴定科对匕首的指纹鉴定结果已经出来了。匕首上的指纹和上次王伟殴打房东之后，在公安系统中备案的指纹一致。因为在王伟父母和亲朋好友家里都没找到他，而这些人也都说不知道他的下落，宋队已经联系总局展开全城的大搜捕。我在向宋队汇报了从徐珊那里了解到的情况之后，也加入了搜捕的行列。在一个人口过千万的城市里找一个人，真的如同大海捞针，而且我们都不清楚王伟现在是否还在市里。

〔5〕

排查开始之后，包括对铁路交通、宾馆还有娱乐场所在内，总局发出了带有王伟照片的协查通告。如果王伟出现，我们就会立刻得到通知。不过一些小的和周边的宾馆旅店还得我们自己进行排查，这些工作量也是很大的。排查工作整整进行了一天一夜，可是却毫无结果，很多同事都认为王伟已经离开这个城市了。

在紧张地忙了两天之后依然没有进展的情况下，局里宣布暂停全城的大搜捕，所有人都恢复了正常的上下班时间。对于什么时候能抓到王伟，没有人能说得清楚，或许几天，或许几年。对于三楼公寓，局里暂时对其做了封存，这件事引起了一个人的不满——就是房东的男人。我之前就见过房东的男人一面，他是个纯粹的酒鬼，身上的酒气总是像刚从酒窖里爬出来一样。这人在事发三天后带着儿子到了局里，他对房东的死没有表现出太大的悲戚，只对房子什么时候能还给他感兴趣。宋队和他解释现在案子还在侦破阶段，所以短时间内是不能归还的。结果这家伙骂骂咧咧说我们是强盗，抢他的财产。之后他又骂起了房东，说："这骚货真他妈烦，死了都这么麻烦！"结果这句话惹恼了和他一同来局里的儿子，父子俩大打出手。虽然是在公安局里打架，但是考虑到都是死者家属，所以我们只进行了说服教育，并没有实施什么实质的惩罚。

接下来的日子很平静，管辖区内没再有什么重大刑事案件发生。付晓被移交检察机关之后不久，法院就公开受理了此案，我也到场了。法院最后是以包庇罪，判决付晓有期徒刑3年，剥夺政治权利两年。之后付晓就被关进了城南的监狱。我一直没有去看他，因为心里对他还是有很大的隔阂，不光是他帮助柏祈逃跑，而且我感觉他对案子真相一直有所保留。至于徐珊，还一直没有开庭。虽然她是过失杀人，可是分尸的情节恶劣，估计就算不判死刑也不会判得太轻。

在付晓被关进监狱半个月时，我的生活中发生了一件大事——美心怀孕了。

我们结婚一年多，但是由于工作都很忙，所以一直没有要孩子的打算。除了房东被杀前的那一晚，之前都采取避孕措施。既然已经怀孕了，当然没有去打掉的道理，不过现在要孩子的话，压力难免增大，但压力主要是来自精力上。我们现在时间上都不是特别充裕，而我们又不想隔代抚养，这也是我们一直都避孕的原因。不过现在我想如果有必要的话，辞职回家做全职丈夫也是可以的。我没有想过让美心放弃她的工作的打算，因为我知道她很喜欢她的工作。当我给美心讲了我的想法后，她被感动哭了，我心里那个美啊。

从知道美心怀孕之后，我就不再让她进厨房了，因为油烟对孕妇不好。而且不光是做菜，其他的买菜啊，洗衣啊，收拾屋子之类的，也不再让她管一点。我这也算是提前适应家庭主夫的生活吧。

那天下班之后，我又顺路去了家附近的超市。美心说今天加班，稍微晚一点儿回家，我想买两斤虾回去给美心做她喜欢的一虾两吃。在超市里时我一直有种被人盯着的感觉，可是几次向四下察看都没有发现什么异样。我想应该是自己的职业病犯了，不禁自嘲地笑了。买完东西从地下停车场里开车出来，我接到了一个电话，是个陌生号码。接起来一问才知道是送快递的。我知道自己没有买过什么，不过我想可能是美心在网上买东西留的我的电话，所以就让快递稍等一下，告诉他，我十分钟后就会回去。

我到家楼下时，快递等得有点急了，我看他确实还有不少货没有送，赶紧连声说对不起。快递员也没多说什么，让我签收之后就跨上他的小电动，飞也似的离开了。我皱着眉看了看地上放着的东西，包装箱不小，半米多见方，真不知道美心买的什么东西这么大。探手拎起来，还好，蛮轻的。到家之后，我把那个箱子放在客厅的墙边就去厨房处理虾了，我要争取美心回来时能做好。

半小时之后，我听见了美心进门的声音时，赶紧边开始下锅炸虾头边在厨房里大着嗓门叫：“你先等会儿啊，我这儿很快就好。”

美心推开厨房门探头进来，眯着眼抽着鼻子说：“好香啊！真是我的好老公，又给我做好吃的。”

我憨憨一笑：“呵呵，是啊，你不是怀孕了嘛，孩子的营养得跟上。”

美心一瞪眼：“哼！怎么的？这么说不是给我吃，是给你儿子吃的？”

“你啊！真是搞文字工作的。”我回头朝美心无奈地摇摇头，“赶紧出去，油烟对孕妇不好。”

美心笑嘻嘻地白了我一眼，缩回了脑袋，可没过一秒钟就又探了回来，我还没转过头呢，就问：“又干吗？”

“好老公给我买的什么好东西啊？”美心笑着问。

我莫名其妙：“啊？虾啊，你没闻出来？”

美心一跺脚，说：“不是啦，谁问你吃的了。我问的是客厅里那个箱子。”

“箱子？是那个快递箱子吧？不是你买的东西吗？”我卖力地翻动着锅铲，“我回家时收到的，自己买东西都忘了？”

美心一愣，说：“我没买东西啊。”

“啊？”我心里也疑惑这是怎么回事，不过正忙得不可开交，就说，“哦，那是不是谁送的礼物啊？你去拆开看看。”

“哦。”美心答应了一声，关上了厨房门。

20分钟之后，我手托着两个盘子兴高采烈地出了厨房，叫道：“好吃的来咯！大美女快快来。”可是美心没有在客厅里，我又叫：“大美女？哪儿去了？快过来吃啊。”

“咣！”一声关门的声响吓了我一跳，快走几步向门口看去，是美心从外面进来。

我疑惑地问:“你干吗去了啊？”

美心脸色不善，说：“扔东西。”

“扔东西？啥东西？”我下意识地在客厅里巡视一圈，发现快递箱子不见了，“你把那快递扔了啊？”

“以后别乱收东西！”美心没理我，把衣服脱掉向沙发上一扔就进了卧室，把我搞得一头雾水。我把手里还举着的盘子在桌子上放好，然后解开围裙跟进了卧室。我看见美心面朝里躺在床上，就走过去跪在床边上，探身过去看她。美心瞪了我一眼：“干吗？”

我满脸堆笑：“这是怎么了啊？那东西应该没寄错吧，我看上面收件人写的是我啊，而且快递员给我打了电话，寄错了应该不会知道我的电话吧。对了，到底是寄给我还是寄给你的啊？箱子里是啥啊？你知道是谁寄的？”我一连串问了一堆问题。

“你是十万个为什么啊？”美心没好气地说。

我打着哈哈：“不是，我就是想问问清楚嘛，也没有啥不能说的吧？”

美心语气依然不善：“东西是寄给我的。”

我继续问：“谁寄的啊？”我心里实在对美心的反应很奇怪。

美心很不耐烦：“我都说了是寄给我的，你能不能别问了，我不想说这个了。”说着翻了个身，背对着我。

我想了想，恍然大悟地说：“哦，是不是那个谁给你寄的啊？”

“哪个谁？”美心又转过身，皱眉看着我。

我有点尴尬地笑笑，说：“就是你在我之前的那个男朋友啊，好像叫……叫宋兵，是吧？”宋兵是美心在大一时的男朋友，不过我认识美心不久他就进监狱了，我们见过两次面，没怎么说过话。结婚之后我问过关于宋兵的情况，但是美心都打岔不说，我也就没多问。但是我在付晓那儿听说，宋兵好像是交通肇事逃逸，还撞了警车。

“你想哪儿去了？缺心眼儿了吧，他还没放出来呢。”美心白了我一眼。

“还没放出来？”我疑惑地说，“我记着他被判八年吧，算一算现在都过去五年了，难道一点儿刑都没有减？”这种事确实比较少见，我虽然没见过宋兵几次，但是我感觉那人挺老实的，在监狱里应该不会惹事。

美心说：“我哪儿知道。”

我问：“那他咋还没放出来？”

美心坐了起来，然后撇着嘴盯着我看，看得我直发毛，我赶紧说："干吗啊？你现在是孕妇，不能随便打人的哦。"

"死样儿！"美心笑着抬手推了我一下，"孕妇不能随便打人这是谁定的规矩啊？怕老婆也不嫌丢人。"

"谁知道你要干吗？杀气四溢的，暴力女！"我夸张地做着张牙舞爪的动作。

"我告诉你，别把你上班时那一套用在家里。还盘问起我来了，信不信孕妇也可以揍人？"美心晃了晃她的小拳头。我赶紧装作抱头鼠窜的样子，逗得美心一笑，说，"你知道宋兵是个孤儿吧，所以他入狱之后的联系人填的是我。如果他放出来了，监狱会提前给我打电话的。"

"哦，这样啊。"我心里有点不是滋味。不过想想自己可能有点过于小气了，怎么的宋兵也算是美心的朋友嘛。接着，我的轴脾气又犯了，把话题又拉回快递，"东西不是宋兵送的，那是谁送的啊？"

"好啦，和你说啦。"美心叹了口气，"社里一个副总编送的。"

我一愣："啊？送的啥？为啥送？"

美心说："哎呀！你别问那么多了行不？"

我越来越感觉不对劲："那我总得知道你为啥扔了吧？"

美心犹豫了一会儿，说："告诉你可别生气。"见我点点头，她继续说："那个副总编喜欢我。"

我一下子火气就起来了："啊？他不知道你结婚了？送东西收货人还写我的名字？这是明目张胆的挑衅啊！"我真的生气了。我这人一般不生气，可这实在有点太挑战我的尊严了。

"好了，我又没搭理他，再说他下个月就调别的城市了。行啦，别多想啦。"美心起身吻了我一下，哄我说，"走了，吃我的好老公给我做的虾去。"

美心的脸阴晴变化得倒是够快，不过我可没那么容易消气，怒道：

“这我能不多想吗？他是不是不知道我是警察啊？你告诉他我可是警察！这小子叫什么名字？”我跟在美心身后不停地说着，直到美心把一颗虾头塞进我的嘴里。

“好啦好啦。”美心把我按到椅子上，然后摸摸我的头，又指了指自己的肚子，“我这里面可是小沈墨哦，不要乱想啦。我又不会吃亏的，你忘啦？我是暴力女，很能打架的哦。再说他真的要调走了，而且我在公司同事面前骂过他的，你放心吧。”

“那他还寄东西！”我依旧愤愤不平。

快递事件就像生活中的一个小插曲，几天之后我对这件事也就慢慢淡忘了，往后也确实没有东西再寄来。相对于那个所谓的副总编，我倒是对宋兵更感兴趣。可能是男人的小气，不光他是美心的前男友（好像还是初恋），而且他的紧急联系人写的也是美心，那可是我的媳妇啊，让我心里总有点堵得慌的感觉。所以我后来特意去内部网上搜索了一下宋兵这个人。从资料上了解到，宋兵和我一般大，确实是个孤儿。没入狱之前他是个长途运输司机，五年前肇事逃逸，把一个高中学生撞成了重伤，之后在逃逸过程中又撞击了两辆警车。由于案情很恶劣，被判了八年有期徒刑。他确实一直没有减刑，原因是在监狱里他一直不对他的罪行进行认罪。了解到了这些，我想美心应该对他很失望吧，在宋兵入狱之后美心一直都处于空窗期，直到毕业之后我向她表白，可想而知她对宋兵用情之深。

说起来当年我差点因为自己的懦弱就错过了美心。我表白之前就已经喜欢美心很久了，但是我一直感觉自己没什么特别优秀的地方，所以一直没有勇气和这个校花级人物表白。毕竟我也看见了美心对那些追求者多冷淡，很怕自己也吃瘪，然后连朋友都做不成。毕业时，我感觉再不说就真的没有机会了，就先去找了付晓喝酒，壮了壮胆，然后就去表白了。没想到的是，美心答应得还蛮痛快的，真的是让我惊喜异常。之后我们谈了半年恋爱就结婚了，因为我们确实也没什么谈很久恋爱的必要，大学在一起玩了三年多，彼此之间已经太熟悉了。

虽然美心是个既漂亮又强势的女人，但是她的人生并不顺畅，年幼丧父，长大之后初恋男友又锒铛入狱。所以在我们的婚礼上，司仪向我问出："你是否愿意这个女人成为你的妻子，与你缔结婚约。无论疾病还是健康，或是任何其他理由，都爱她，尊重她，接纳她，永远对她忠贞不渝直至生命的尽头？"我几乎是含泪说出了"我愿意"。因为太爱，我不想她的人生再有坎坷，照顾她保护她从那一刻起，已成为我一生的责任！

时间一晃又过了半个月，可是依然没有一点王伟行踪的线索。虽然他的资料已经上传到了网上追逃的名单，但是时间越久，抓到他的希望就越渺茫。徐珊的案子已经有了判决，虽然她精神不大好，但是在事发时她是清醒的，有完全的行为能力，最后判的是死缓。她没有被判死刑我也出了一点点的力，宣判之前我去法院递交了一份证词，证明胡而珲对徐珊有长期的家庭暴力，所以法院考虑之后，从轻判罚。我一直感觉徐珊挺可怜的，这个人的一辈子都比较倒霉，而且胡而珲那个家伙就是个人渣，就算不是徐珊失手弄死他，估计他那种货色也早晚会出事。不过我想徐珊虽然没有死，但是未来她从监狱出来的生活也不会好过。这个世上和她熟识的人都已经不在了，而她的精神状态又不好，真不知道到时候她会怎样。

房东的老公还是三天两头来局里闹，吵着要把房子要回去。宋队依然没有同意，他知道把房子还回去之后，房东的老公就会立刻拿去卖掉，但是这个房子由于连续死亡的事，在当地已经引起了一定的恐慌，也引起了市局领导的高度重视。所以宋队怕三楼公寓卖出去之后再出什么意外，引起更大的恐慌就不好了，而且也怕一些动歪脑筋的人利用这个房子做些文章，宣传封建迷信，所以才尽量一拖再拖，想等舆论平息一点，再交还给房东的老公。为此房东的老公一直在威胁我们，说要把局里告上法庭，理由就是我们强抢民财。而对于这件事，房东的儿子应该是由于和父亲赌气的原因，倒是很赞成局里对房屋的封存措施。

我的手记已经记了小半本，整理了一下，真的是有点触目惊心，也有点感慨万千。三楼公寓从开张到关门也不过区区三个月而已，倒是有五个住在里面的人死了，两个住在里面的人进了监狱，如果算上慕仁就这个间接相关人员的话，进监狱的就是三个。

“又在搞记录呢啊，沈哥。”有人在身后拍了下我，回头一看，原来是小李。我笑笑：“没有，看看之前写的东西，这个三楼公寓的事情实在是让人印象深刻啊。”小李很早就注意到了我的这本手记。

小李说：“行啦，别深刻不深刻的了。看看都几点了，走，一起吃饭去吧。”

时间确实不早了，都12点多了，我看手记太入神，根本就没注意时间。赶紧收拾了一下桌面，就和小李离开了办公室。

当时的我并不知道，就在一小时之后，会见到一个本不该存在于这个世间的人……

〔 6 〕

“沈哥，我记着你好像说过嫂子她爸早就不在了吧？”小李试探地在一旁问，可我也不知道该怎么回答，小李继续说，“那你是见还是不见啊？”

我想了想说：“见啊，或许是他找错人了吧，我去和人家说清楚。”

小李说：“沈哥，你开玩笑吧？那老头指名道姓说找你，也说出了嫂子的名字和工作单位。行了，要见你就快点下去见吧。”

我点点头，起身出了办公室。

说心里话，我也不认为是找错人了。事情是这样的：吃完午饭我直接就回来了，小李则要在楼外抽根烟。回来时告诉我说有人在传达室找我，说是我的岳父。我开始时认为小李在开玩笑，因为美心的父亲早就不在了，我还哪儿来的岳父呢？不过小李认真的样子让我慢慢感觉到可能是真的。小李说他已经盘问过那个人了，那人居然说得出美心的名字和工作单位，我不禁有点蒙。难道是美心爸爸老家的人？美心小时候认过的干爹什么的？我知道美心的爸爸是南方农村的，死后葬在了原籍，结婚时我和美心还特意去那里祭拜过，不过倒是没去过他父亲原先所住的村子。

心里想着我就已经到了传达室，在门口我就看见了里面有个不认识的老人，看样子60岁左右。他正在和传达室的老王抽烟，见我进来就是一愣，立刻起身过来和我握手。我发现老人的腿脚好像不大利索，老人说："你好，我叫李卫国，是美心的父亲。"

我笑着握手，说："您好您好。"不出我所料，也是姓李，该是美心爸爸老家的人。

李卫国笑笑："你应该不知道有我这么个人吧？"

我点点头："呵呵，是啊。美心还真没和我说过您呢。这样吧，我们出去说吧，您吃饭了吗？"我不大想说私事时有旁人在。

李卫国说："我吃过了。"不过他立刻也反应过来我的意思，说："不过还真有点没吃饱，再吃一顿也行。"

我不禁笑了，说："那我们去喝茶吧。我请您，咱们边喝边聊。"

李卫国说："好。"

我和这个自称是我岳父的李卫国去了我单位附近的一家茶楼，要了一壶铁观音，开始攀谈。

李卫国笑着朝我点点头，有点尴尬地说："美心是不是一直都和你说的是我已经死了？”

他这话问得我有点摸不着头脑，下意识地问：“您的意思是您没死？”问完了我就感觉这话问得太傻了，赶紧解释了下，“我的意思是……”可是说了一半，我又不知道该说什么，尴尬地停在那儿说不出来了。

李卫国又是一笑，说：“我是美心的亲生父亲。因为一些原因，她一直对别人说我死了。”

我问：“那您原来是叫李易吧？”

“李易？”李卫国眉头一皱，“那是谁？”

我疑惑道：“美心说您叫李易，我还去过您的墓……”说到这儿我也发现不对了，要是李卫国就是李易，那怎么可能还有个墓呢？

“我的墓？”李卫国笑了起来，摇摇头说，“唉，美心是怨我太深啊，居然还弄出个我的墓。你在哪儿见到那个墓的？”

我说：“革安市。”

“那是什么地方？”李卫国疑惑地说，“我都不知道有这个地方。”

我问：“那您是哪里人呢？”

李卫国敲了敲桌面：“我就是本地人啊，土生土长的，远郊的。”

我有点蒙，不知所措地拿起茶杯喝了口茶，不禁咧咧嘴，真烫。

李卫国说：“我想她应该是为了瞒住你才编出来那个李易的，我就是她的亲生父亲。不信你可以去查查，你正好是警察，也方便。”

我不停地点头，脑子非常混乱：“嗯，我肯定得查查。那个……美心不知道您来找我吧？”我突然想到了这个问题。

李卫国点点头：“是啊，我们该有二十多年没见过了，她根本不想见我。我知道她怀孕了，之前还往你们家寄了一些补品什么的，想缓和下关系，结果她打电话骂了我一顿。”李卫国一脸的落寞。

我疑惑道：“不会吧，如果您真的是美心的爸爸，她怎么会这么对您？我很了解美心，她人很好。”

李卫国长叹了一声：“这事，还得说是怨我啊！”

我问：“这是什么情况呢？”

李卫国低头沉默了一会儿，茶杯在手里慢慢地转动，缓慢地说：“我刚从监狱里出来不久，是个刑满释放人员。”

我眼皮一跳，心里有了点释然，还多了点不解。如果这个李卫国说的都是真的，那美心一直对我隐瞒难道只是因为他爸爸是个劳改人员？自己还活着的父亲死了，未免有些过了吧。

李卫国应该是看出了我的疑虑，说：“我想她可能因为你是个警察的缘故，所以才没有和你说实话。毕竟有我这么一个爹，她一直感觉蛮丢人的，要不然也不会十多年都没去看我。”

我心里满是疑问与震惊，但是现在还不好确定李卫国是不是说的实话，需要去查证才行。这个事情我也不好让别人去查，只能一会儿回去之后亲力亲为。这时我脑子里突然冒出了一个问题，脱口问了出来：“你说你往我们家寄东西了？”

李卫国一愣，说：“是啊，那个快递不还是你收的吗？”

“你说的是那个这么大的箱子？”我抬手比画了一下——就是美心说是喜欢她的副总编送的礼物的那个箱子。

“就是那个箱子，不用比画了。”李卫国笑着摆摆手，“我亲眼看着你收的。”

我嘴巴微张，皱眉问：“那天在超市是你一直跟着我吧！”这个不知真假的岳父的行为让我不大舒服。

李卫国说：“是啊。”可能他看见我有点不快，赶紧解释，“当然，我不是有意的，我偶尔会在你家附近转悠，想可以看见美心，那天在超市看见你是个意外，其实那时我一直都想过去和你说话，只是一直犹豫不决。”

我问："犹豫不决什么？"我并不相信他说的话，在超市意外地看见我？哪有那么巧的事。

李卫国说："我出狱之前，联系过美心的妈妈，想让她帮我劝说美心原谅我，但是没有成功。所以我想试着先和你说说，但是又不知道怎么开口。所以才寄了那箱补品，而且我在里面留了一封信，信里面写清楚了事情的原委。不过看样子你是没有见到那封信吧，所以我实在是没有办法了，只能铤而走险来找你。"

我问："你就没想过美心会看到那个箱子吗？"现在得知了那箱东西根本就不是什么副总编送的，我并没有多高兴。而且我感觉李卫国这么做完全是多此一举，他完全可以像今天这样直接来找我嘛。

李卫国叹息一声，说："我没想到的是只有美心看到了，而你却没看到。如果你们一起看到了也好啊。"

我点点头，说："我当时以为是美心在网上买的东西呢，她开箱子时，我正在忙别的。"

"唉！"李卫国叹了口气，说，"我真是个多余的人啊，只会给孩子添麻烦。"他一脸的痛苦——不过……我怎么感觉有点做作。我安慰道："您别这么说，只要是误会，就总会解开的。"顿了顿，我继续说，"这样吧，我回去查一下您的档案，毕竟我也需要核实下嘛。然后，我查了之后再联系您，您看这样好不好？"

李卫国点头说："行，都是应该的，应该的。"

我问："您现在住在哪里？和美心妈妈住一起吗？"

"没有！"李卫国摇摇头，"我在外面租了个房子。我给你留个电话吧。"说着李卫国叫来服务员要了笔和纸，给我留下了他的手机号。

和李卫国告别之后，我回到办公室，登录户籍资料档案的内部网，先搜索出了美心的资料。我从来没有搜过身边的人，因为从没想过大家还有什么需要我在这里查。页面出来了，美心父亲栏里果然写着李卫国，我接着点开李卫国的页面，他的资料弹了出来。看照片，我有一点点失落，因为真的是刚刚我见的人，这说明，我娶的女人的最基本情况我都不清楚。李卫国今年57岁，按时间推算，他应该是在美心5岁时进去的，这倒是和美心一直声称她父亲去世的时间相符。那一年他37岁，因为非法行医，使用废弃医疗用品引起重大传染病传播而入狱，当时被判的是死缓。由于表现良好而减刑不少，这个月刚刚刑满释放。

之后，一下午我都昏昏沉沉的，脑子里非常混乱。小李看出了我的不对劲，过来问了我几次是怎么回事，还八卦了一下李卫国到底是不是我的岳父，不过我没搭理他。就这样我混完了下午的工作，头昏脑涨地从局里出来就接到了李卫国的电话。听得出来，他蛮急切的，就是问我有没有查清楚他的事。我告诉他已经查清，会尽快想办法和美心沟通，让他不要着急。李卫国千恩万谢搞得我很不好意思，毕竟他是我的岳父啊，按道理我也该叫他一声“爸”。

挂了电话之后我犯难了，虽然心里有些气美心一直都在这件事上骗我，可是由此可以看出来，她很在意这件事。可是既然答应了李卫国，我就得尽心尽力地去办，而且我想这也是应该做的。回家之前我去了趟超市，买了扇贝、鸡肉、新鲜的果蔬，还有几支蜡烛和一瓶红酒。不过结账时我想到孕妇不能饮酒，又把红酒放回去了。到家之后美心还没回来，她给我发了短信说又是开会。我打电话叫了附近西餐厅的生牛排，然后就抓紧时间忙了起来。我的计划是这样的：先让美心心情好，这样不管提什么让她生气的事也都能有个缓冲。

计划很顺利，美心回来之后见到一桌子的美食乐坏了，搂着我的脖子叫：“老公，你说，你是不是最爱我？”

“是，是。”我手里拎着牛排，笑着回答，“你先别闹，我去煎牛排。你好好坐着，一会儿就好。”见美心高兴我就放心了。

很快，我把牛排也做好端了上来，又点上蜡烛，朝美心鞠躬挥手：“美女，请用餐。”

看着美心大快朵颐，我考虑着什么时候开口说岳父的事情比较好。美心见我不吃就拿着叉子在我面前比画：“喂，你这个服务生怎么一直盯着本夫人看！是不是因为本夫人实在是太美了？”

“是啊是啊，沉鱼落雁啊。小的有一事想启奏夫人。”我想早死早托生，赶紧说了就完了。

美心吃着牛排含糊不清地说：“说来我听。”

可是我龇牙咧嘴了半天，啥也没说出来，不知道怎么开头。美心奇怪地看着我问：“你什么毛病？胃疼？”

“不是。”我一紧张，不知怎么就冒出了这么一句，“你爸最近咋样？”说完两个人就都尴尬了。美心叉子上的肉送到嘴边就一动不动，我也左顾右盼不知道怎么继续往下说。

“我爸？”美心很快就缓了过来，“应该挺好的吧，听说那头不是很难混。房价没我们这儿高，社会保障也不错。”美心笑嘻嘻地说，还在装糊涂。

“我今天见到他了。”我低着头说。

美心慢慢放下了刀叉，问：“在哪儿？”美心的声音明显冷了下来。

我还是没抬头：“局里，他去找我了。”

还没等我说完，美心“啪”的一声把手里的刀叉就拍在了桌子上，我抬头看见了她的样子，那眼神让我不寒而栗。我从来没有见过美心那样的眼神，愤怒得疯狂，想要杀人一样。

我赶紧哄她：“宝贝你别生气啊。我想这事也没啥吧，老人家和我讲了来龙去脉了，我知道你可能是感觉老人家进监狱的事情有点丢人，不过是不是有点……有点……”我一时想不到怎么措辞。

“你不明白！”美心吼道，“你明白个屁！”说完美心就起身，向后一脚踢开椅子回了卧室。

我也有点不乐意，心想：我才是那个一直被骗的人好不好！不过我不能生气，如果两个人都生气就不好收场了。平静了一会儿，我正要起身进卧室去哄美心，美心却又冲了出来，拎着她的包直奔门口。

我一惊，说：“你这是干吗？”我感觉美心有点小题大做了，语气控制不了地急了起来，“你至于吗？”不过美心没有理我，穿上鞋开门就出去了。我赶紧追了出去，可美心已经进了电梯，电梯门马上就要关上。

我知道追过去也来不及挡住电梯门了，就叫道：“你上哪儿去啊？”

“我妈那儿！”在电梯门关上之前，美心终于开口了。

我真的气坏了，在门外站了好半天心跳才平稳下来，趿拉着拖鞋回到屋里，反手用力关上门。我知道现在追出去也追不上美心了，而且我心情也差得很，不想出去。不过我还是给岳母打了个电话，说美心过去了，等她到了告诉我一声。美心妈妈听出来不大对劲，问我是怎么了，我推说有事就挂了电话。翻身躺在床上，一把抓过被子蒙在脑袋上，心里五味杂陈……

一个小时后，我接到了美心妈妈的电话，告诉我美心已经到了，让我放心。而这个时候，我已经不在家里了，正开着车向城南监狱驶去。现在这种情况搞得我很乱很难受，很想找人说说，而我能想到的只有一个人，就是付晓。他进去有一个月了，可我还没有去看过他。而我现在有了烦心事想找人诉说却第一个就想到了他，我突然感觉自己很自私。

见到付晓时，我知道一切的担心都是多余的。看着他一脸无所谓的贱笑，仿若当初。

付晓拿起玻璃那边的话筒，眨眨眼：“吵架了是吧？”

我一愣：“你怎么知道的？”

付晓“哼”了一声，说：“这不明摆着的嘛，首先是你来怎么可能自己来。其次这都几点了，这时间可不允许探视，你肯定是走后门了。嗯，也能看出来你不是为了公事，办公事时你是麻将脸，现在你是苦瓜脸。”付晓笑嘻嘻地侃侃而谈，“怎么了？说说吧，看样子事还不小呢。不过咱话说在前头，我肯定是站在我姐那边的，别指望我向着你说话。”

这小子还挺厉害的，不过我现在可没心情：“行了，我都烦死了，没心思和你扯皮。”接着就把事情一股脑地说了出来。我说完之后，付晓却一直没有吭声，低着头不知道在想什么，不过我也没太在意，说，“我就是想找个人说说而已，自己憋着太难受了。你也不用为我们的事犯难。”

付晓抬起头，一脸的凝重，他的脸色可是很少有这种表情。他说：“其实我最近也遇到了一个和美心的过去有关的人。有一些事我考虑了一下，应该告诉你。”

“嗯？”我有点摸不着头脑，“你最近？你这个月不都是在这里吗？这儿有什么人和美心有关啊？”

付晓说：“我见到宋兵了。”他的话语很干脆，听得我一愣，可是没等我插话，他就继续说了下去。而他继续说的话让我有种天旋地转的感觉，我感觉我的世界崩塌了。就在这时手机响了，我本想要挂掉，可却发现是宋队的电话。我抖着手在键盘上捣鼓了好一阵才解锁了屏幕，声音自己都听得出来很抖：“喂？”

电话里传来宋队兴奋的声音：“王伟落网了！”

这个消息让我没有什么情绪上的波动，因为和我自己的事比起来，实在不算什么。不过我还是下意识地问：“哪里抓到的？”

宋队的回答很短促：“公寓！”这两个字震惊了我。

〔 **7** 〕

我从监狱回局里的路上一直都是浑浑噩噩的，还差点因为走神撞了别人的车。这不到12个小时的时间里发生的事情，真的让我有点惊慌失措的感觉。我想知道和我结婚的、每天睡在我枕头旁边的女人到底是谁！付晓告诉我，宋兵也被关在那个监狱里，他怀疑美心也知道，而且每次美心去看他时，也会见宋兵。之后我找了监狱的朋友，翻看了探视记录，居然……这么多年，美心居然一直都去看宋兵，两个人一直都没有断了联系！

到了局里，我先去卫生间洗了洗脸，清醒了一下，毕竟工作要有工作的状态。在卫生间里正好遇到小李在抽烟，洗完脸之后我也要了一根。这是我第二次抽烟，第一次是付晓出事时，也不知道这算不算染上了烟瘾。猛吸了一口，我被呛得咳嗽了起来，小李帮我捶了捶背。之后我问小李："怎么回事啊？宋队急着让我赶过来，说抓到王伟了。怎么还是在公寓抓到的？"

小李叹息了一声，说："王伟杀人之后，我们的反应挺迅速的吧，可连这小子的影儿都没捞着。唉，你不会想到这是为什么。"

我说："少卖关子了，赶紧的。"根本没有心情和他闲扯皮。

小李说："我们查了所有的大小旅馆、KTV等能过夜的地方，也派人蹲守了他的亲朋家，可是我们唯独忘了一个地方。"

我张了张嘴，难以置信，说："他不会是一直住在公寓里吧？"

小李苦笑着点点头，说："我在书上看到过，这就叫灯下黑啊！你说是我们太无能呢，还是这小子太聪明啊？"

我也有种哭笑不得的感觉，说："是啊，谁能想到他会躲在那里呢！这就是人的思维盲点啊，最危险的地方反倒最安全。"

小李看了我一眼，问："沈哥，刚才看你进来时失魂落魄的，咋了啊？"

我笑笑，说："没事，晚饭吃得不舒服，胃有点难受。"其实我也不算说谎话，晚饭确实吃得不舒服。

"那你就和宋队说一声，还过来干吗啊？也没什么事了，现在王伟都在审讯室里关着呢。证据确凿，定案就是分分钟的事。"小李关心地说。

我不想继续让话题在我身上纠缠，就问："怎么样了？这小子招了没？"

小李耸耸肩，说："好像没有，我也不大清楚，一直都没进去。不过要是招的话宋队应该早就出来了，而且我刚才在门口听见宋队又在大叫，估计是在发脾气呢。"

"那我去看看吧，我想宋队叫我过来应该是有用意的，毕竟我是案发现场的当事人。"我又狠吸了一口烟，然后摁灭烟头扔到垃圾桶里。

小李点点头，说："那你去看看吧，我就不跟过去了，没我什么事，也起不到啥作用。其实那小子招不招都无所谓的，证据都是铁证，不认账也可以判他。你们也别太动气，大礼拜天的别因为这小子惹一肚子火，犯不上。"

"好。"我答应一声出了卫生间，向审讯室走去。

到了审王伟的门口，我敲了敲门，然后开了个门缝，向里面看去。宋队回头见是我，起身出来。

宋队把门带上，拉着我走远了几步，说："辛苦了啊，休息时也让你赶过来。"

"没事，应该的。"我笑着摇摇头，然后指了指审讯室，"怎么回事啊？听说这小子一直住在公寓里。"

"唉！"宋队叹了口气，"是啊，真是让我们警方丢大了人啊。"

我问："那是怎么发现他的啊？"

宋队说："这不是刘玫的老公一直来闹着想要回房子嘛，我总拖着他也没办法。这家伙每天都去公寓那儿察看，他的说法是以防有人搞破坏，也不知道他脑袋里合计的都是啥，不过还真帮了大忙。这不今天他又去看了嘛，发现门上的封条有被揭开的痕迹，就绕着楼看了看，发现301的屋子里有烛火，差点没把他吓死，就赶紧报警了。我当时也没想到是王伟，以为是小偷或者什么的，所以就只带了两个人过去。"

"就这么把他抓住了？"

"没有，我开门时他正从窗户向外面跳。他是早就准备好了万一哪天被发现，所以听到有人开门之后反应得很快。"

"跳出去了？"我惊讶地问。

"跳出去了，然后我跟着也跳出去了。"

"3楼您说跳就跳了？"我的嘴已经成了O型。

宋队一笑，说："王伟要是没有准备能往外面跳吗？虽然那是3楼，可是对面就有一个一层的自建房，你之前应该也有注意到吧？"

听宋队这么一提我也想起来了："对，好像两个楼离得特别近！"

"非常近。"宋队点点头，"只不到两米，基本上谁都能跳得过去，也就是说相当于才跳了1.5层楼。不过王伟可能是太紧张，跳是跳过去了，可是脚崴了。我跳过去时他刚挣扎着站起来，被我逮个正着。"

虽然宋队说得轻描淡写的，但是我能感受到当时的惊心动魄。不管王伟是跑掉了还是在抓捕的过程中死掉了，都是队里很难承担的。好在他只是崴到了脚，也好在是宋队亲自去的。别看宋队四十出头的年纪了，可身手依然是局里数一数二的，直接交锋的情况下，就算是慕仁就那种人物也会栽在宋队的手里，更别说王伟了。我又问："看这意思，王伟是没认罪吧？"

宋队长吁了一口气，说："是啊，虽然证物，还有你这个人证就可以定死了他，但是我还是希望能让他自己认罪。”

我也点点头，说：“他不认罪是怎么说的？他是怎么解释那把匕首和他为什么出现在现场？”

“对于匕首，他的说法是他也不清楚。而为什么出现在现场，他的说法是房东让他去的。”

“房东让他去的？”对于这个说法，我着实惊讶了一下。

宋队点头说：“他是这么说的，说房东在当天早上打电话给他，让他9点到公寓去清理301的东西，不然就都扔掉。301，他和周笑的父母都没有再去过，里面的东西都原封未动，所以这小子最后没地方跑了才躲到了那儿。屋子里什么都有，生活所需一应俱全，不过电已经被停了，而且这小子也不想引起别人的注意，所以就晚上偶尔点蜡烛，正巧被刘玫的老公看见。这也是天网恢恢，疏而不漏吧！”

“电话记录查了？”

“嗯。”宋队点点头，“我已经派人查过了，早上刘玫确实给他打过电话。”

我在得知是在301抓到王伟时，就已经想到了王伟为什么要躲在那里。而我现在疑惑的是另一件事，就是对于房东这个人我有过几次接触，对她也还算有一些初步的了解。以房东刘玫的为人，应该是不会在意周笑和王伟的东西的，而且说句不好听的，她没亲自去把那些东西都扔了就算是很好了，怎么还会特意给王伟打电话，让他去取东西呢？难道说是徐珊和她说到报应的问题，让她整个人的思想性格发生了转变？

“想啥呢？走啊！”宋队的声音将我的思绪拉了回来。我愣了一下，问：“啥？怎么了？”

宋队说：“我让你跟我进去审王伟，你是在他作案时的目击者。你想什么呢？没听见我说话啊。”

“哦，好，走。”我赶紧点头，跟上了宋队的脚步，嘴里继续说，

“我其实并不算真正意义上的目击者，因为我到时案子已经形成了，我并没有目击到作案的过程。”

宋队收回去拉门把手的手，回头看着我，说：“说完了没？”

我点点头。

“那就想办法让他认罪吧。”

在审讯室里坐下来之后，看着对面的王伟，他和我之前见到时有了挺明显的变化，脸颊消瘦，双眼中满是疲惫。想来这一个月他自己也不好过。见到了我，王伟先是愣了一下，然后猛地就要站起来，被身后的同事一下子就摁了回去。

宋队阴沉着脸质问他：“你要干吗？”

王伟死死地盯着我，说：“人不是我杀的，我到时她就已经死了，我没杀人！”

我问：“那你为什么要袭击我？”

王伟喉结上下滚动，看得出他很激动：“我真的不知道我为什么要那样做，但是我当时真的是吓蒙了。我只比你早进去几分钟，然后我看到她……”王伟在胸前舞动着他那戴着手铐的双手，哭了出来，哽咽着看着我，“相信我，人真的不是我杀的，我也不知道我怎么就打你了，我不知道，这真的不知道……”

我问：“你之前有没有跟踪过刘玫？”

王伟抬手擦了擦眼泪，说：“跟踪过啊，你不是在场嘛，我打她时你不是拦下了我吗？人真的不是我杀的，你们相信我好不好？”王伟看着宋队，然后双手指着我，“我就是看到他吓蒙了，我怕他把我抓起来，就打了他，我……”他的话语无伦次，想要解释他袭击我的原因，可他回答的并不是我想知道的问题。

我又问：“我问的是，那次之后，你还有没有跟踪过房东？”由于案发到现在有了一定的时间，加上今天我的脑子确实有点乱，所以我刚想起刘玫和我说过，在她死前好像有人跟踪过她。

“没有啊！我跟踪她干吗啊？”王伟瞪起了眼睛。

我摇头笑笑：“刘玫在生前曾经和我说过感觉有人跟踪她，难道不是你吗？我希望你能把所有的事情都老实交代，隐瞒是没有什么好处的。就算你抵赖也没什么用的，希望你能看清形势。我亲眼在现场看到了你，而且现场刘玫身上的那把匕首上面还有你的指纹。你真的感觉你就这么否认，不认罪，有意义吗？”我和王伟对视着。

王伟看了我一会儿，闭上了眼睛，仰头向上叹了口气，说：“真的不是我做的，那把匕首的确是我的，但是它一直都在301里面，我在笑笑出事之后，就没有回去过！我怎么可能用它去杀人。”

宋队皱眉说：“匕首当然是你的！这还用你说吗？上面有你的指纹！”

“我说了那是我的匕首，我的东西当然上面有我的指纹！”王伟朝着宋队咆哮，“但是，人不是我杀的！”

我抬手示意王伟控制下情绪，问：“那匕首你平时是用来干吗的？”

王伟说：“削水果皮的。”

我说：“你的意思是，那把匕首是你的，但是在案发时并不在你身上，你已经很长时间没有用它了，对吗？”

王伟说：“是！”

宋队说：“不在你身上，那在谁身上？”

王伟说：“我哪儿知道在谁身上，我要是知道就好了。一定是有人陷害我！”

我叹了口气，转头看看宋队。宋队皱着眉头也看了我一眼，接着对王伟说：“你的意思是，有人去301拿了匕首，然后杀了房东嫁祸给你，凑巧他杀死房东之后，你正好赶到。对吧？”

王伟说：“对！”

宋队继续问："然后沈墨就赶到了，你怕他认为人是你杀的，因为你之前和房东有过节，所以袭击了他，对吧？"

王伟说："对！我当时脑子蒙了，我刚到就有人死了，我也很害怕。"

我问："你什么时候到的公寓？"

王伟说："比你早一点儿吧，前后也就差几分钟而已。"

我问："那你在公寓里有见到其他的人吗？"

王伟说："没有啊，我见大门开着就认为房东一定是在里面，就进去了。我没有见到其他的人。不过人真不是我杀的。"

宋队问："那你之后怎么就没想过要主动找我们说清楚情况呢？"

王伟说："在公寓跑出来之后，我本来先要回我父母那儿，我真的很害怕，我想冷静一下之后就去找你们。可是我在我父母住的地方看见了不少警察，后来我去了我之前借住的朋友家，在他家楼下我也看到了警察。所以我想你们一定是……一定是认定人是我杀的了，而且我还打了警察。"王伟看了看我，"我真的很害怕，就躲了起来，可我真的没有地方可去，身上也没有多少钱。所以我只是试着看看公寓里你们有没有把守，结果发现没有人注意那里，所以我就躲在那里了。"

我说："如果人真不是你杀的话，你有什么可怕的呢？来找我们把事情说清楚不就可以了吗？"

宋队叹了口气，摇摇头，说："王伟，我能理解你想报仇的心情，你一直认为是刘玫害死了周笑。但是杀人是不对，而且你是个男人，既然敢杀人，为什么不敢承认！你感觉这样子，周笑会瞧得起你吗？你也知道你的作案证据确凿，做这种无用的抵抗有什么意义？"

王伟脸上的肌肉抽动起来，死死地盯着我们，一字一顿地说："人！不！是！我！杀！的！虽然我很想她死，她也该死，而且她死了我很高兴，但是她不是我杀的！听懂了没有？你们愿意怎么样就怎么样，我不怕你们了！你们这些人不就是一群追求破案率的人渣嘛！判我死刑啊！我死都不会承认我没做过的事情的。还有，笑笑瞧不瞧得起我不是你们这些家伙可以妄下评论的！”

我点点头：“我们没有诬陷你，证据确凿，懂吗？而且我告诉你，不是我们想把你怎么样，是法律会严惩你！别的地方我不知道，但是在我们局里，没有一件案子是随意定案的。法律是严肃的，一切都要以证据说话，我们有足够的证据证明你故意杀害刘玫。我真的不明白你做这种无意义的抵抗有什么用！”

“走吧！”宋队站起身拍拍我，“别对牛弹琴了。”然后宋队又对在王伟身后站着的同事说，“把他关起来，明天就交给检察机关。”

我看了看王伟，摇摇头，起身和宋队出去。关门的一瞬间，王伟发出了一声凄厉的号叫，吓得我和宋队赶紧又回去。但是王伟只是叫了一声，没有什么其他的动作，仍然在那里坐着。之后看着他被同事带离审讯室，我有种感觉——他的灵魂已经死了，现在的他只是行尸走肉而已。我拉了拉身边的宋队，喃喃地说：“宋队，你说有没有可能王伟说的都是真的，人真不是他杀的，而是别人要嫁祸于他。”

“为什么要嫁祸于他？他有什么好值得被陷害的呢？而且杀个人就为了嫁祸于他，那为什么不直接杀他？再说了，你对这个王伟也有些了解，你感觉这个王伟可能得罪一个敢杀人的人吗？”宋队看着我问。

我舔舔嘴唇，慢慢地转过脸看着宋队：“或许，杀人的人只是和刘玫有仇呢？然后想找一只替罪羊而已，碰巧王伟遇上了。”

宋队笑了，拍拍我，说：“我们是搞刑侦的，不是写侦探小说的，一切讲究证据而不是想象。世界上哪有那么多的巧合？有个人杀了刘玫，想找个替罪羊时王伟就出现了？然后没几分钟正好就被你遇到？他只是怕死罢了，这种事我不是第一次见了。”宋队笑着摇摇头，“行啦，别多想了，这案子结了。”

可是宋队的话并没有打断我的思路，我的大脑还在飞速地旋转，猛地抬手抓住了要离开的宋队，吓了他一跳，问：“一惊一乍的，又干吗？”

我眯着眼看着宋队，说：“或许，杀人的和王伟还有刘玫都有仇呢？”

这句话让宋队的眉毛一挑，转过了身体，和我对视：“你的意思是……周笑的父母？”

我点点头。

宋队沉思了一会儿说：“动机倒是有了，但是他们怎么知道刘玫那天会去公寓呢？又怎么知道王伟会去呢？”

我问：“你查过房东那天早上和前一天，或者前两天的电话记录吗？我和房东是在周六定下来周一去公寓见面的，或许她也通知了周笑的父母去收拾东西。”

宋队若有所思地说：“然后周笑的父母让刘玫也通知王伟去的？但是刘玫怎么会有周笑父母的联系方式。”

我说：“这我就不知道了。刘玫已经死了，她是没法子告诉我们了。只有去查，才能知道什么是真相。”

宋队看了我一会儿，笑了：“你怎么知道现在的就不是真相？证据已经充足得不能再充足了，根本毫无必要再继续做什么调查，完全是浪费资源。你这纯粹就是臆想，周笑的父母你也见过，两个老人怎么有能力策划这种杀人栽赃的案子。”

我没理宋队的反驳：“你在哪里抓到的王伟？”

宋队有点不耐烦了：“沈墨，你今天怎么回事？还有完没完，找茬啊？”

“宋队，你在哪儿抓到的王伟？”我没理宋队的不耐烦，继续问。

“公寓！”宋队怒喝了一声，瞪了我一眼，抬腿就走。

“你想过他会躲在公寓吗？我们有谁想过他会躲在公寓吗？”我看着宋队的背影说，“所以被我们忽略的，可能就是我们要寻找的真相！我刚才和王伟说我们局里没有办过一件冤假错案，我想我们要对得起过往的功绩！”

宋队停下身子片刻，继续往前走，边走边说：“你愿意查就去查吧，用什么都可以，就说我允许的。但是我不会派给你人员，你只能自己去查，而且以你个人的名义去查。还有，我明天会把王伟交给检察机关，除非你有证据证明他说的是真的。我不能陪你一起胡闹。”

“谢谢队长。”我知道，在这样已经完全稳定的要结束的案情下，宋队能让我去查，可以使用一些资源，就已经算是很不错的了。毕竟公寓连续死人的事已经引起上面领导的注意了，宋队承受的压力也很大，想尽快彻底结案，了解这些事情。王伟说的到底是真是假？会不会是周笑的父母干的呢？一切都需要证实。我需要这种让我自己脑子忙起来的感觉，因为可以让我暂时忘了家里的烦心事。

〔 8 〕

“沈哥，我先声明，不管你想干吗我都支持你。”小李手把着方向盘不时地转头看我，“但是，说实话，我也认为你有点钻牛角尖了。你一直都说，刑侦案件中一切以证据为准，现在证据都已经足够充分了，可你因为王伟那小子怕死的乱叫，就去劳神费力地再次调查，真的有必要吗？你也看到了，我们出来时宋队已经押着王伟上了车，现在估计都已经到检察院了，我们现在做的还有意义吗？”

宋队昨天告诉我可以继续调查，但是我清楚他也就是敷衍我而已，根本没有拿我的想法当回事儿，当然，这也是正常的，毕竟证据足够充分了。不过我还是想尽力一下，反正现在闲着也是闲着，回家也是自己一个人。王伟说话时给我的感觉，他并不像是在演戏，如果不搞清楚，我是根本睡不着的。

昨晚我查了刘玫的通话记录，一直忙到夜里，虽然好几个通话记录，但是没发现一个与周笑父母有关的号码。可以说这条想法基本上是行不通的，不过我还是决定去找周笑的父母谈谈。宋队之前说过不会派给我人手，而且只能以自己的名义去调查，但是现在局里什么事都没有，我就找了小李陪我。小李说的那些话没什么不对的，我也认可，只是我这个人牛脾气上来之后，自己也控制不了。不管王伟说的话是真是假，我都想让它得以证实。我说："你都和我出来了，还说那么多干吗啊？专心开车吧。"

小李点点头，没再继续这个话题。周笑的父母住在远郊，开车走了一个半小时才到。

见到周笑父母时，两位老人对我的到来很意外。而我也不知道怎么开口，说些什么。

小李笑着点头过去握手，说："二老还好吧，还认识我们吗？"他回手指了指我，"那天在局里就是我俩，有没有点印象？"

"哦！"周笑的爸爸点点头，说，"记得记得，你们这是有什么事情啊？"

小李说："没什么大事，就是来看看你们二老，我们进去说，方便不？"

"方便方便。"周笑的妈妈往屋子里让着我们。

进屋落座之后，周妈妈赶紧去给我们沏茶，周爸爸就是笑着看我们，也不知道说什么。我先开口打开了沉闷，笑着问："叔叔，你和阿姨最近身体还好吧？"

"唉！"周爸爸轻叹了一声，偷眼看看周妈妈还在厨房里忙，压低声音说，"我还行，笑笑……之后，她妈妈身体 直虚得很。"

其实再次见到这两位老人，我就知道自己的想法有多么荒唐了，怎么可能是这两个可怜的老人杀人呢。

周爸爸说："说真的，你们来到底是什么事情啊？我想你们干公安的不会这么闲吧，还特意来看我们。"

小李看着我，等我说话，我轻咳了一声，说："其实就是来看看你们二老，然后有个消息我想应该告诉你们一声。"

周爸爸问："什么消息？"

我慢慢地说："公寓的房东死了，被人杀死的。杀她的是王伟。"我说话的同时目不转睛地盯着周爸爸，仔细观察他的反应和表情。

周爸爸一愣，脸僵住了，手不停地颤抖着，指甲纷乱而又急促地敲击着茶几的玻璃桌面，噼啪乱响。周爸爸声音颤抖地喊："笑儿她妈，笑儿她妈！"

周妈妈闻声快步从厨房走了过来，手里还拿着一只茶碗，说："咋啦，老头子，我正烧水呢。"说这话时，周妈妈也看出周爸爸的不对劲了。

周爸爸抬手指着我，说："你再说一次，把你刚才说的再说一次。"

我咽了口唾沫，来回看了看两个老人，从他们的反应来看，对这个是完全不知情的，一点儿表演的痕迹都看不出来。我说："王伟，他杀了公寓的房东刘玫。"

"啪！"

周妈妈手中的茶碗掉在地上摔得粉碎，而她摇摇晃晃地也要栽倒，小李赶紧起身上前一步扶住了她。小李慢慢地扶着周妈妈坐在了沙发上，然后转脸冲我说："沈哥，我去看着水，你和二老说。"说完他就去了厨房。我知道，在这么个气氛之下，没谁会愿意留下来，而我只能强撑着，毕竟这事是我引起的。

我轻声说："二老，你们平静平静，别太激动了。"

"你说王伟那孩子杀人了？杀了那个房东？"周妈妈声若游丝地问。

我点点头说："是的。"

"都怪你！都是你这个老家伙，不然那孩子怎么会做这种傻事！"周妈妈猛地推了周爸爸一下，哭叫着。

周爸爸沉默不语，低着头。我听到这儿感觉不大对头，王伟杀人和周爸爸有关系？

我问：“阿姨，这和叔叔有什么关系啊？王伟他自己不理智而已。”

“你问他！”周妈妈又使劲地推了一下周爸爸。我把目光移向了周爸爸，他依然低着头不言语。过了好久，他才张嘴说：“是怪我啊！”我听到他这么说，心里猛地一跳，不过没说什么，我在等着他自己继续往下说。

周爸爸接着说：“王伟那孩子之前来找过我们，想询问笑笑的墓地在哪里，我没有告诉他。其实我和她妈并不认为是他害死了笑笑，说他谋财害命只是气话而已，我们清楚他们之前的感情，更清楚笑笑有先天性心脏病。唉，要不是早产，可能她也不会得这么个糟心的病。但是笑笑走了嘛，我们也没有什么发泄的方式，就把怨恨都放在了王伟那孩子的身上。他一直和我们说他多么爱笑笑，说是房东害死的笑笑，但是我根本听不进去，人家房东害笑笑干吗啊？又没什么血海深仇。那天，就是他来问墓地在哪儿的那天，我当时心情很不好，就说了句气话，我说‘要是房东害死的笑笑你怎么不去给她报仇’。”

“就是你这死老头子乱讲话！”周妈妈无力地捶打着周爸爸。

周爸爸叹息着说：“哪承想这傻孩子真去杀人了啊！我真是作孽啊！”

这些都出乎我的意料，真没想到还有这么个茬儿。这样的话，王伟的作案动机就更确切了，在周爸爸语言的刺激下，应该是让他本来就对刘玫的怨恨更无法抑制地爆发。不过考虑再三，我还是决定问一下老两口在刘玫死的那个早上的不在场证明。话出口之前我心里很是忐忑，真怕惹急了两个老人。

我轻咳了一声，说：“二老，我有句话不知道当讲不当讲。”

周爸爸抬头看看我，说：“讲吧，有啥不当讲的啊，有啥就说啥。”

我说："王伟被抓获之后，一直都在否认人是他杀的，他说杀人的另有其人。"

"是吗？"周妈妈擦拭着眼泪看着我。

我点点头，说："但是现在的证据把他定得很牢，太充分了。其实就我自己来讲，也不是很信他说的话，但是还想调查一下。"

"哦。"周爸爸点点头，"那有什么用得着我们的吗？我们在那次墓地的事情之后就没有见过王伟。"

我说："我就是想问问，王伟犯案的那天早上你们二老在干吗？"

听我这么一说，周爸爸就是一愣，周妈妈也抬头看向我，我瞬间感觉非常尴尬。我赶紧补了一句："我就是想知道二老对王伟的事情是否知情。"

周爸爸看着我说："你说的那天我有印象，因为是笑笑三七的日子，我们很早就和一些亲友去墓地了。你是怀疑我们参与了王伟杀人吗？"他顿了一顿，继续说，"看样子真的是那个房东害死了我女儿，不然王伟那孩子干吗要杀她！哼，我倒是真想参与，我还想亲手宰了那王八羔子呢！"

"你瞎说什么呢！"周妈妈在一帮赶紧推了周爸爸一下。

"我怎么瞎说了！我就是想参与，怎么了？"周爸爸吼道。

"孩子，你可别听这疯老头子乱说，他脑子不好使。"周妈妈不住地朝我点头。周爸爸没再继续说话，气呼呼地坐在那里，低着头谁也不看。

周妈妈继续说："需不需要我找几个当时和我们一起去的亲友？他们都住在农村，过来的话可能需要一点儿时间。"

我赶紧说："不用了不用了，这就够了。小李？"我冲着厨房叫道。

"啥事？"小李在厨房探出头。

"咱们走吧。"我起身说道。

"这么急啊，不再多坐会儿吗？这茶还没喝上呢。"周妈妈也跟着起身，周爸爸倒是没理我。

我说：“不啦，真是打扰你们二老了，太对不起了。我们这就走了，您别送。”我边说边退到门口，打开门，带着小李落荒而逃。

回去的路上，小李一会儿看我一眼，不停地笑。我这两天心情一直都不好，怒气哼哼地说：“你笑个屁！”

小李说：“沈哥，我在厨房里都听到了，你胆子也真够大的，还真敢问。我看那老爷子没起来揍你，真是走了大运了。”

我白了他一眼，说：“你小子把我自己扔下应付，还好意思说。”

小李说：“宋队明确规定，这事由你主导来办，我就是一个打下手的啊，你说你还埋怨我。”

我“哼”了一声，不再理他，我知道回到局里还得被大家笑话一番，谁让我为罪犯的一句话就死钻牛角尖呢。唉，看来王伟那家伙的演技确实不错，把自己的无辜演得真像。不过演得再像也没有用，他是逃不脱法律的严惩的。

小李看了我一眼，说：“怎么样，沈哥？这回你死心了吧。”

我点点头。这回我真的是死心了。

小李又说：“其实这事吧，我感觉你真的是钻牛角尖了，你要是换个角度看的话，就没什么疑点了。你说过房东那天去公寓是之前和你约好的，而且那天她就要把公寓关了。之前两天她没去，之后关了的话，就更不会去了，去了那么一天就死了，你说要是别人杀的，那杀人的人怎么知道她那天会去呢？所以说这事只能是王伟干的。嗯，倒确实是还有一个嫌疑人。”

我听到这儿就是一愣，看着小李说：“谁？”

“你啊！”小李白了我一眼，“除了王伟只有你知道那天房东会去公寓。”小李做惊讶状看着我，说，“不会真是你干的吧。”

“死去。”我瞪了小李一眼，“好好开车。”

小李哈哈大笑。

虽然小李的话只是玩闹，可是不知道为什么，却让我心里有种痒痒的感觉，总感觉有什么事对案子有重要的作用，可是怎么想却也想不出来是什么事。

回到局里，看见大楼前围了不少的同事，还有别的部门的。我和小李赶紧停好车跑了过去，一看才知道，原来是房东的老公还有儿子在闹。

“你们都抓到人了，房子怎么还不还给我！你们是土匪吗？”刘玫的老公高声叫着。

而他的儿子则是朝他大吼：“行啦，都什么时候了，你就知道房子！”然后他冲着宋队说，“为什么不让我们见见那个杀人的罪犯？”

宋队说：“开庭时你们自然会见到他的，现在是肯定不行的。”

“废话，不提房子你上学的钱我上哪儿弄去？而且你妈盖房子欠了不少钱你小子知不知道！”刘玫的老公朝着儿子叫道，又冲着宋队喊，“房子还给我！”

“行了行了！”宋队提高了声音，在裤兜里掏出钥匙扔给了刘玫的老公，“给你！赶紧走吧。”

刘玫的老公接过钥匙一愣，嘴里不住地嘟囔：“早给我不就结了，费这么大劲。”

“我要见那个凶手！”刘玫的儿子依然不依不饶。

“不可能让你见的，而且现在人已经不在我们这里了。在法庭上你们自然能见得到。如果你们再不走，我可要依法拘留你们了。”宋队的脸沉了下来。

“走吧，走吧！”刘玫的老公使劲拉着儿子，儿子挣脱了几下，还是随着父亲离开了。

“行了，大家都散了吧。该干吗干吗，别围着了。”宋队向周围的同事们喊。大家也都慢慢地散去，我和小李走了上去。

宋队看见我们说：“回来了啊？我听说你们大早上就杀出去了，才回来，有什么发现吗？”

我讪讪地一笑，摇头说：“没有，是我胡闹了。”

宋队过来拍拍我说：“这哪儿是胡闹，认真的精神很好嘛，不过别总钻牛角尖了，你这性格可不好。”

“知道知道。”我笑着点头。

宋队说：“行，那你们回去吧，我还要出去买盒烟。这对父子啊，真是烦死我了。”说着宋队向大院外面走去。

回到办公室之后，小李去和别的同事侃大山，但是我没什么心情参与。在和美心吵架之后，我很讨厌闲下来，因为闲下来就会想起她爸爸和宋兵的事情，然后就会让自己很烦很烦。说心里话，这次调查王伟的事，我想也是自己这种私心作祟，就是没事找事，忙起来让我情绪上很好很平稳。像现在这样无所事事，我根本没法控制自己不去想美心身上的各种秘密，烦躁得看小李他们在前面聊天大笑都受不了，想要吼他们。免得自己失控，在办公室里坐了不到十分钟，我就起身出去，在走廊尽头的窗子前吹风，这样感觉还能好一点。

站了不知道多长时间，我一直呆呆地看着窗子下面马路上的人车喧嚣出神，身后突然有人拍了我一下。转身一看，是小李。

我问：“怎么了？”

小李说：“咋自己在这儿站着呢？我感觉你这两天怎么不对头呢？”

我笑笑说：“没事，你要干吗？”

小李说：“你手机是不是没开机啊？”

“开了啊。”说着我掏出手机一看，原来没电了，我向小李晃晃电话，“没电了。”

“那你用我电话给嫂子回一个吧，嫂子找你找不着，电话打到我这儿了。”小李把他的电话递了过来。

我问：“美心找我？”

“是啊，不知道什么事，就说让你给她回个电话。”我点点头，用小李的电话给美心拨了过去。

“嘟……嘟……”听着电话接通的声音响起，我在想：美心到底找我干吗呢？

〔 9 〕

“你们俩都吃啊，别都愣着啊。沈墨，来，快吃。”美心的妈妈往我碗里夹了一块牛肉，肉很香，可我没什么食欲。

在单位时，美心给我打电话就是叫我来她妈这儿吃饭。她说出来时我很惊讶，因为真的没有想到以她的性格会主动找我，来了之后我发现和我想的一样——被老太太逼的。桌上的菜很丰盛，虽然只有我们三个人，却有六道菜，有肉有虾。美心答应着她妈妈，夹了只虾，剥了起来，眼睛不时瞟我。而我强作笑颜，夹起妈妈放到我碗里的肉，如同嚼蜡。看着美心，心里控制不了地难受，想起这些日子接二连三的事情，很别扭。我们从朋友到恋人再到爱人，从来没有对她感觉如此陌生过，陌生得让我害怕。

“沈墨啊。”美心妈妈叫了我一声。我从胡思乱想中回过神儿来，笑着答应道：“唉，怎么了，妈？”

美心妈妈看看我又看看美心，说：“虽然美心过来之后也没和我说你们怎么了，可是我还是清楚的，都怨那个该死的老头子。”

我笑笑，没说话，这话以我的身份也不好插嘴。

美心妈妈拍了拍我的胳膊，继续说："美心这事一直瞒着你是不对的，而且我也有责任。之前我有一次想打电话和你说，那时候美心她爸还没放出来，可是话到嘴边却开不了口。"她摇头叹息，"唉！这个死老头子啊，坑了我大半辈子，出来了也不让人省心。沈墨啊，你给妈个面子，就别和美心生气了，好不？"

老人说话了，我还能怎么样，笑着点点头说："妈，我一直也没生气啊，你就别担心了。"

美心探手过来，把剥好的虾扔到了我的碗里，说："别气了，是我不好。"

她的性格倔强，自尊心强，如果放在平时这么服软了的话，我就是再不乐意，也不会多计较什么了。可是这不是平时，我过来之前托监狱的朋友帮我查过，证实了付晓告诉我的话。在我确定她每个月都去看宋兵时，我的心就如坠深渊。但是不管我怎么想的，什么感觉，毕竟现在是在老人面前，所以我也不能怎样，就笑着说："我本来也没生气啊，离家出走的是你。"

"小肚鸡肠！"美心白了我一眼。

既然提到了美心的父亲，我也忍不住想问个清楚："咱爸，今天怎么不在啊？"

美心怔了一下，低头继续剥虾，不说话。美心妈妈开口说："美心和她爸爸太久没见面了，不太适应在一起，所以我就没让他来。"

我反问："太久没见面了？"

美心妈妈叹了口气，说："她爸爸进去之后，美心就没去看过他。但是这不怨美心，她爸爸都不怨她，谁让她爸爸犯错误了呢，就该有惩罚。"

我真的没有想到美心居然这么多年一次都没去看过她爸爸，这让我很难理解她对她爸爸的怨恨到底有多深。看得出来，今天她也只是想缓和和我的矛盾才如此服软的，并不代表她对她爸爸的看法有什么改变，不然她爸爸不会不来，什么不太适应在一起只是借口而已。想到这儿，我的脑袋莫名地热了起来，脱口而出一句话："可能美心也经常去看爸吧，只是瞒着您而已。"说完之后我就死死地盯着美心。

我这话说得美心和她妈妈都是一愣，向我看来。美心不自然地看了我一眼，低下头，我想她应该知道我在说什么。美心妈妈依然是一脸的讶异，看了我一眼之后，又转脸向美心问："你去看过你爸爸？"

"没有，我看他干吗？"美心皱着眉，语气很不好。

美心妈妈说："那沈墨怎么这么说？"

"谁知道他发什么疯！"美心手里的虾被她捏得稀烂，她该是听懂了我话里的意思，心情起伏很大，接着又说，"这两天你是不是看付晓去了？"

美心妈妈弄不清楚话题怎么就到了付晓，一脸的莫名其妙。

我说："嗯，我昨天去看的他，他告诉我在那儿还遇见了个熟人。"

"什么熟人啊？"美心妈妈插嘴问。

我笑笑，说："我是不大熟，美心好像挺熟的。"我看见美心的脸色阴冷了下来，抬头和我对视。

美心应该没告诉她妈妈付晓进去的事，所以美心妈妈看着美心问："啥熟人啊？付晓那孩子我也挺长时间没见过了，有空让他也来家里吃饭。"

"没啥熟人，沈墨今天发疯，不用理他。"美心把手上已经稀烂的虾甩了甩，拿出纸巾擦了擦手，就起身说，"我胃不舒服，不吃了。"说着她就回了她的房间。

美心妈妈看着她的背影叫："唉，你这孩子，怎么又闹脾气啊？谁又惹到你了？"

我也起身，朝美心妈妈说："妈，别担心。我过去看看，一会儿咱们再吃。"

美心妈妈说："那你快去，吃饭不着急，让着点美心啊，有话好好说。”老太太不停地嘱咐着。

我进了美心的房间，反手带上门。美心正躺在床上，闭着眼睛，对我进来无动于衷。

我走到床旁边，伸手想要拍她，可是心里觉得别扭得很，就收了回来，说：“美心！美心？”

“干吗？”美心依旧没睁眼睛。

我说：“你不是想和我说什么吗？”

美心说：“那得看你想听什么？”

我咬着嘴唇，问了一句：“我就问一件事，你是不是，一直都爱着别人？”

美心的眼睛睁开了，看了我几秒，手一按床坐了起来，语气很不好：“你有病吧？”

“我是有病啊！”我无奈地笑着也在床上坐了下来，脸向上仰起，因为泪水已经控制不住地涌了出来，“我都不知道我爱的人到底是谁！”

美心突然抬手扳过我的脸，吻掉了我脸上滑落的泪珠，温柔地说：“你怎么就不知道我是谁了？还是说你爱的不是我？”

“你到底还有多少事瞒着我？”我的声音低沉，就像我现在的心情。

美心慢慢地抱住了我，头贴在我的肩上，好半天才说：“就这两件事，没别的了。”

我僵硬地抱着怀里的美心，问：“真的吗？”不过我没等她回答，“好吧，你说没有，那就没有吧。那你为什么去看宋兵？还背着我。”

美心说：“他是孤儿，进去了之后也没个亲人朋友去看他，而且他以前对我很好很好。当然，没你对我好。所以……原谅我好吗？我真的爱你，也只爱你一个人。我不会去看他了，真的。”

我不知道是不是该相信美心的话，但是我选择去相信，因为她是我的老婆。我点点头说："好。"

我和美心相拥了很长时间，直到美心妈妈在门外叫："你们是不是睡着了？"

美心答应了一声："没有，马上出去啦。"她亲吻着我的耳朵，说，"我们好久没亲热了，是不是很想我啊？"

"别闹。"我脸红了起来，"妈在外面呢。"

美心嘻嘻地笑着。

我愈加不好意思，赶紧说："快出去吧，把饭吃完，咱们好回家。"

"好嘞。"美心在我脸上亲了一口，拉着我往门口走。就在她要拉开门的一瞬间，我猛地探手把门按住，身子把美心压在了门上。

"你干吗？"美心也不好意思了，红着脸嗔怪地看着我。

我的呼吸急促，可是并非是因为情欲，而是我突然想到了一个可怕的事情，可怕得让我不忍去想，却又不能不想！我吃力地说："美心，你和我说实话，真的只有这两件事骗我吗？"

美心皱起了眉头，说："那你说呢？我还能有什么事情骗你？"

"没有。"我慢慢地向后撤出半步，"我就是随口问问，我们吃饭去吧。"

出去继续吃饭时，气氛好了很多，我和美心都哄着美心妈妈开心。不过最后当我说出让美心陪她再住几天时，老太太和美心都很是意外。我说两个人已经没问题了，而现在美心既然已经来了，不如就多陪陪妈妈，用不着这么着急回去。美心有点不知所措，而老太太更是紧张，转脸看着美心问："你们这是怎么了？我以为你们没事了呢，刚才不是还好好的嘛。"

"妈，我们真的没事了，你就别多想了。不信你问美心。"我笑着说，转脸看向美心，“你快告诉妈，我们是不是没事了？我就是想你多陪陪妈，你也好久没来了。况且家里也没什么事，我也不急着让你伺候。”

美心也说：“我还不稀罕伺候你呢。妈，我们真的没事了，我也想多陪你几天，女儿好想你的。”

美心妈妈依然半信半疑，直到我和美心又起誓地证实我们没事了才罢休，可是还不停地嘟囔：“陪我干什么，我又不是七老八十动不了了，需要人伺候。唉，你们啊，这不是让我感觉自己现在就是个累赘了吗？陪我干什么啊，真是的。”

之后我和美心又哄了老太太半天，最后老太太扔下一句“懒得管你们”，就收拾碗筷去厨房了，美心也赶紧跟了进去。后来我和她们打过招呼就离开了，没有让美心出来送。

坐到车里，我立刻瘫软到了椅子上。虽然只是楼上到楼下的距离而已，可我感觉像是经历了长征，要虚脱了。我没让美心和我一起回家是有原因的，一个我不能说的原因——

在美心屋子里我们情欲渐起时，我突然想起了房东死前的那晚。正是因为我和美心那一夜的疯狂，让我第二天起床晚了，结果去迟了和房东的约会，才正好看到了王伟杀害房东的现场。也正是因为这个预先被植入的主观意向，再加上那把有他指纹的凶器匕首，所以包括我在内，没有人把注意力放在他之外的人身上。王伟一直说他是被陷害的，而我的直觉告诉我他说的是真话，只是没有找到可以证明的证据，所以我才认为是自己判断出错。现在回想起来，当时在现场看到的一切，确实很像是王伟杀的人，但是也仅仅是很像而已！一切并非毫无疑点，比如王伟当时的身上好像并没有血迹，虽然记忆不是很清楚，但是我真的想不起在王伟的身上看到过什么明显的血迹。而且当时他在尸体两步之外呆呆地看着尸体发愣，我叫他时他的表情也很呆滞，根本就不像是刚做过案的样子！

如果王伟所说的那把匕首一直都不在他身上是真的，那么一切就都不成立了。而我记得小李曾经因为这个事情和我争论时提起过一件事，就是如果是别人杀死房东而去嫁祸于王伟，那么这个人一定要掌握房东那天会去公寓这件事情。而我一直以为除了我和王伟之外，没有别人知道这件事，但是我现在发现我错了，还有一个人知道，那就是美心！

我还清楚地记得在房东被杀的前一个晚上，美心特意提醒我确认房东第二天会不会去，那时候她就在我身边。而且案发的那天早上，美心几点离开的家我并不清楚，但是我起来晚了的原因就是美心关了我的闹钟。联系起这些事情，我难免不去想是美心故意策划了这一切，然后我就有了如下的猜测。

首先，房东被杀的那天，虽然我去晚了，但是王伟说房东让他去的时间也是9点，而他基本上是准时到达的，也就是说如果房东不是王伟杀的，那么她就一定是死在9点之前，不然无法瞒过王伟的眼睛。但是房东和我还有王伟定的时间都是在9点，而且公寓里一个住户都没有，正常来说她应该不会去得很早。如果她也是9点左右去的，那所谓的真凶怎能保证杀掉她又可以嫁祸给王伟呢？而如果房东是提前去了公寓，又是为什么呢？所以房东的死亡时间上，嫁祸的说法实在是牵强。但是，房东是在早上临时通知王伟9点去公寓的，她为什么要这么做？按照我对她的了解，她一直表现出来的是对王伟的惧怕，躲都躲不及。而且她的性格我也略有了解，她对王伟的物品根本就不会关心。那么，那个电话真的是房东打的吗？王伟不可能记得清房东的声音，他只是看到来电的号码是房东的而已。再回到死亡时间的问题上，如果房东确实在9点之前就被人杀死了的话，那电话也就在凶手的手上，打电话的人就是真凶！

其次，如果房东被杀和美心有关系的话，那动机又何在呢？之前我真的想不出美心有什么动机去杀房东，但是我却有一种说不清道不明却很强烈的奇怪感觉，这种感觉是在我知道她一直背着我去看宋兵之后产生的，也让我这次对美心有了一点点的怀疑之后，就无法说服自己停止对她的怀疑。现在我终于想明白了这种感觉来源，就是徐珊口中的那个报应。徐珊说房东的死是报应，而报应的根源就是那个当年被房东扔掉的孩子。对于当年的那个孩子，徐珊说过之后她在太平间里并没有找到，我当时就认为那个孩子并没有死。现在联系所有的事，可以大胆地猜想一下：如果房东被杀案与美心有关的话，那就只有一种可能，那就是

——当年的那个孩子就是宋兵。美心在帮他复仇！

这些猜想也有说不通的地方，比如宋兵当年就知道了自己的身世的话，他为什么不去和亲生父母相认却选择杀人复仇呢？还有就是周笑的死亡他是怎么知道的，虽然美心经常去看他，也可能和他说起过公寓里发生的案子，但是他怎么会知道死的是他的妹妹呢？难道美心能认得出那是宋兵的妹妹，然后就帮宋兵去复仇？这也太不可思议了吧，美心怎么会认得出周笑是宋兵的妹妹呢？

〔 10 〕

电脑屏幕荧光闪烁，我将嘴唇咬出了血而不自知。

在美心妈妈的楼下思考了一会儿之后，我直接回了局里，那时候已经很晚了。因为没什么案子，局里只有几个同事在值夜班，看见我很惊奇，问我这么晚怎么跑局里来了。我笑笑说东西忘拿了，回来取，然后就上楼去了自己的办公室。把办公室的门关好，然后打开我的电脑，接进了公安内部的户籍和罪案网络，开始查找一个很重要的人的名字，而我现在还不知道那个名字叫什么。

我记得徐珊关于报应的事，除了她自己和房东之外还提到过一个人，就是当年的罪魁祸首——那个医生。徐珊说过这个人也很倒霉，早早地就

患上了老年痴呆，而儿子后来也因为车祸而导致瘫痪。当时听到这些时，我感觉一切都只是巧合而已，也算恶有恶报，可是现在却让我联想起了其他的事情——宋兵进监狱的原因就是因为交通肇事逃逸啊！这件事我还是比较清楚的，事故中撞了一个人，之后又冲撞了警车。而宋兵之所以一直没有减刑，就是因为一直对事故不认罪的态度。他为何不认罪呢？那这两件事会不会有什么关联呢？

滑动鼠标，我情不自禁地开始咬自己的嘴唇，很紧张。

我先找到了几年前宋兵的案宗，他当年撞的那个人叫张木吉。然后我又去户籍档案里查到了张木吉这个人，发现他的父亲叫张天鸣！我的脑袋“嗡”了一声，这人不就是当年的那个医生嘛！我颓然地靠在椅背上，浑身发冷，脑袋里一片混乱。

“呵呵！”我在傻笑着，自己都不清楚自己在笑什么，心里有一个声音一直在说，“回家睡觉吧，什么都别再想了。”可是我根本控制不了自己的思维。

我现在想到的并不是案子，而是她是不是从来没有爱过我，不然她为什么要帮前男友杀人！

记得我认识美心之后就在心里无数次地想过，如果今生能娶到她，那生命就太美好了，没想到最后竟然真的美梦成真。虽然美心的脾气不是很好，但是婚后的生活一直都很美满，我们两个人从来都没有大吵过，直到现在。之前的一幕幕在我眼前出现，我怎么能相信那个每天睡在我身边、照顾我起居，甚至已经怀上我孩子的女人不爱我！可是，如果我的猜想都是真的呢？那我该如何承受啊！而且现在这些猜想也已经有了初步的依据，我是该继续查下去，还是假装一无所知呢？这不是简简单单的抉择，也不只关系到我个人的情爱，这也关系到王伟的生命，如果他是被陷害的，而我却假装一无所知，那今生我还怎能再睡一个安稳觉？

想到这儿，我的脑袋瞬间一凉，想到了另一个问题：如果王伟是被人陷害的，那凶手为什么要陷害他呢？我之前就有过推断，如果王伟没有说假话的话，那么真凶就一定不止与房东有仇，还一定与王伟有仇，不然没有必要大费周章地陷害他。在301里偷出王伟用过的匕首去作案，再在案发当天让王伟有过出现在现场的痕迹，这可不是简单的设计，而是精确无比的构思。可是王伟的年纪不可能参与过当年的弃婴事件，难道他也是当年当事人的后代？这不大可能啊，徐珊根本没有孩子，而房东还吓死了他的女友周笑，如果认识他的话，根本不可能这么干，至于张天鸣，我刚才仔细地看过了，他只有张木吉一个独生儿子。难道他是张天鸣的私生子？不然他与案子完全扯不上关系啊，凶手为什么要费尽心机地去陷害他。当然，还有一种可能，就是王伟说的一切都是假话，我被他带入了误区！

我赶紧坐直了身体，继续在户籍档案里查找王伟的身世。查找之后，我彻底对自己的猜想动摇了，因为王伟的父母并不是本地人，老家在东北，是在王伟10岁之后才来到这个城市的。看他父母的过去是和张天鸣完全产生不了交集的。难道我真的被王伟迷惑了？他一直以来只是因为怕死才喊冤枉？如果他与二十多年前的事毫无关系，那他口中所谓的真凶为什么要费尽心机地陷害他？

为了进一步找出真相，我还有一件事需要查证，那就是宋兵到底是不是当年的那个孩子。如果他不是，那所有的猜想就都不成立了。而如果宋兵当年真的是蓄谋杀人，那我就绝不能让他逃开法律的惩处。在宋兵的户籍档案上所登记的生日是1988年5月24日，这个时间和徐珊所说的弃婴事件的时间大体相同。因为徐珊对具体的日期记不住了，只能说出那件事发生在夏天。但是孤儿院对孤儿生日的登记并不确切，有很多都是胡乱填写的，因为很多孤儿的出生日期无法考证。我想与其顺着宋兵的轨迹向前查，倒不如从源头查回来，先搞清楚当年的孩了被偷偷扔掉却不知情的夫妻现在在哪里。然后不论当年发生过什么，只要比对那对夫妻和宋兵的DNA，一切就都明了了。想查清楚这件事我要去徐珊她们过去工作过的医院，医院里病例都有备份存档，等拿到记录之后我再找徐珊弄清楚那对夫妻是谁。

现在已经晚上10点多了，医院虽然是24小时上班，但是我现在去的话并不是以公务的身份去查，医院方面问起来多有不便，所以我决定还是明天一早再去那里。

回家之后的一夜对我来讲真的是很难熬，夏末的夜里燥热无风，我没有开空调睡觉的习惯。躺在床上，脑袋里两个声音在大战，一个告诉我一定要查下去，这是出于一名警察的责任，而另一个声音则是在阻止我，因为什么都查不到还好，万一有什么事情真的牵扯到美心，那一切该何去何从。我迷迷糊糊地直到早上5点多才睡着，可是两个多小时之后就又被闹钟吵醒了。

起床之后我没有了前一晚的纠结，先给宋队打电话请了假。宋队猜到了我一定还在调查王伟的事，但是他并没有多问什么，只是和我说不要太钻牛角尖。

然后按照查到的信息，我找到了当年的那家医院。医院还在，而且明显扩建过，建筑物看起来都很有时代气息。我找到医院的负责人说明了来意，事情进展很顺利，医院方面听说我是来查二十多年前的档案之后，一切都很配合。我听房东说过，这个医院在上世纪90年代进行过改制，所以改制之前的事情他们都是无所谓的，就算有什么事情也不用他们负责。

改制之前的档案他们并没有录入电脑，虽然档案存放的期限是15年，但是因为都存放在了一个小仓库里，没人管理，所以到现在仍然保存着。进去那个小仓库时我闻到了很重的发霉的气味，带我来的小护士没进来，捂着鼻子说在外面等我。

档案保存得没有我想象的那么糟糕，还都算完整，只是都是胡乱地堆放着，没有什么顺序，查找起来很费劲。我是上午10点左右开始查找的，中午饭都没吃，门口的小护士早就不知道跑到哪里去了。最后在下午3点时，我终于把1988年从3月到10月的档案都整理了出来。虽然查到了这期间的几百个孕妇病例，但是我知道那天——房东、张天鸣和徐珊都是在值夜班，而且因为下大雨，只有那一个孕妇来医院生产的情况，所以交叉比对之后，剩下的并不对，只有三例。而其中的一张让我印象颇深，因为日期是1988年6月7日——美心的生日！我把那些档案进行复印之后，出了医院直奔女子监狱去找徐珊。

徐珊还是和以前一样，表情冷漠呆滞，对我的到来没有惊讶的表现。我说明了来意，然后将三张病历拿给她看。我以为她不见得会记得很清楚，毕竟隔了这么多年，可是没想到她看到第二张就告诉我，就是那张。我拿过来一看，心里就是一跳，正是6月7日的那张！

我问："你怎么这么快就认出来了？你不是不记得那天的具体日期吗？"

徐珊看了我一眼说："我对这张病例很有印象，因为前面姓名什么的是我写的，后面的诊断情况是刘玫写的，这种情况基本上没发生过。"

那张病例上记录着孕妇的名字叫陈薇，签字的家属叫周立铭。

周立铭？我心里一动，周姓并不是很常见的姓，王伟死去的女朋友也姓周！难道这是巧合？我记不清周笑的父亲叫什么了，不过因为去过周笑父母的家，我手机里还存有她父母的电话，我赶紧掏出手机拨了过去。接电话的是周笑的妈妈，我说明了身份之后问："阿姨，我想问您一个事，周笑的爸爸是不是叫周立铭？"

周笑妈妈说："是啊。怎么了？你们难道还认为杀人的事情和我们家老头子有关系？"

我脑袋"嗡"了一声，赶紧说："没有没有，是其他的事情。"房东他们在二十多年前害了周立铭夫妇的一个孩子，没想到二十多年之后，他们的另一个孩子居然住进了房东开的公寓里，而且死亡了。我又应付了周笑妈妈几句，就挂断了电话。

徐珊这时和我说：“你找到了那孩子的父母？”

我慌乱地点点头，告诉狱警我的事办完了，就起身离开。

徐珊在我身后叫道：“你如果见到了他们，请帮我说一声对不起。”

从监狱出来的路上，我的脑袋飞速运转推理着，因为我想到了一个更可怕的可能——当年的那个孩子并不是宋兵，而是美心！一瞬间我的脑海里浮现出了很多的事情，首先是美心的爸爸李卫国，他在年轻时犯下的案子是使用医疗废物致使传染病扩散，而医疗废物根据李卫国当年的交代，是他在医院里偷来的。我知道美心他们家的老房子在什么地方，那儿最近的医院就是陈薇临产的那家。徐珊说房东当年把那个孩子扔到了医院的停尸间里，但是她之后在停尸间并没有看到那个孩子，我想应该就是被盗窃医疗废物的李卫国捡到了。而那个孩子并没有死，就是美心！而美心在长大之后不知道是在什么样的途径下知道了自己的身世，所以她才对李卫国那么反感。因为他不仅是一个让她感觉不光彩的人，而且并不是她的父亲。

房东被杀的案子并不像是凶手蓄谋已久的，因为很明显周笑的死才是整个案子的刺激源。而周笑的死美心是全程都在旁边的，在医院里也见到了周立铭夫妇。我回想起当时美心在见到周立铭夫妇之后的脸色大变，但是当时她推说是身体不适。而且还有最重要的一点就是，我记得那天小李送周立铭夫妇回医院之后说好像看见了美心，但是我并没有当回事儿，还说小李一定是眼花了。现在看来，或许小李看到的真的就是美心！

还有就是房东和我说起过她感觉自己被跟踪了，但是王伟矢口否认自己做过这件事。回想起来，那段时间正是美心出差的日子，或许那时候跟踪房东的人就是她。至于为什么要嫁祸给王伟，我想是因为周笑的死亡原因并没有定论，因为那天晚上周立铭夫妇一口咬定是王伟谋财害命，当时美心就在旁边。不过我之后和她也讲起过周笑的事，说了我个人更倾向于王伟的说法——房东吓死了周笑。所以杀死房东再设计嫁祸给王伟是个一箭双雕的完美计划，因为最后王伟也难免被判死刑，这样谁是真正害死周笑的人就无所谓了，因为谁都跑不掉，两个人都会死。我想房东身上那么多刀伤，不见得就是美心为了刻意制造王伟过度杀戮的假象而制造的，或许当时她也已经疯狂。

我想我之前有一件事想错了，就是当年的那次车祸，该是宋兵要帮美心报仇才撞了张天鸣的儿子张木吉，或许他们的本意是想撞死张木吉，只不过出什么意外没有成功而已。这样的话，之前猜想中说不通的地方也就都可以说得通了。记得之前付晓说宋兵一直都不知道美心已经结婚了，我想美心瞒着他的原因一定是怕他对当年的事情翻供。虽然事情已经过去那么多年了，翻案的可能性微乎其微，不过毕竟也是个麻烦。

按道理讲，我要先拿到美心和周立铭夫妇的DNA比对结果之后才能确定所有的事，但是现在我已经没有那个耐心了。不光是我的推理找不到纰漏，更重要的是美心之前的种种可疑举动，一两次还可以解释为巧合，但是那么多次就很难开脱了。我给美心打了个电话，她就在她妈妈家没出去，我告诉她等我一会儿，我马上就过去。

我想当面问问美心我想的一切到底是不是真的。如果是，那她为什么要这么做，难道就没有考虑过我吗？也没有考虑过孩子吗？

可到了美心妈妈家楼下，我犹豫了。就算一切都是真的，美心完全和我坦白了又怎样呢？我难道会亲手抓她？我相信我根本就不可能做到。可是……一切就这样算了吗？那王伟怎么办，他可是被冤枉的啊，眼看着就要被判死刑了。一头是爱人，一头是良心，我该如何选择？！

我想，如果一切都是真的，或许我也会听之任之，放走美心吧……

李美心的自述

〔 1 〕

仇恨是一团肆虐无忌的烈火，会摧毁一切，不管是仇人，还是自己。

大部分人的童年都是美好的，有糖果有伙伴，但我并不是大部分人之一。我的人生是从考上大学才开始的，而之前的生活不堪回首。一切都是拜我那个所谓的父亲——李卫国所赐。18岁之前，我一直都不知道他是个冒牌货。

我对李卫国的记忆屈指可数，因为他在我不到五岁时就进了监狱，五岁的孩子还不懂什么呢。我对他的了解大多数并不是来自家里，而是通过别人对我和妈妈的谩骂。李卫国利用医疗垃圾给人看病，导致传染病扩散，进了监狱，传染病扩散事件中的受害者和家属不想善罢甘休，因为很多人因为那次事件落下了病根，每年都要花很多的钱医治。那个年代的农村人没有合作医疗，所以很多家庭因为李卫国变得一贫如洗。在李卫国被关进监狱之后，妈妈变卖了家里所有能卖的东西，把换来的钱都给了那些被害的家庭，可是依然得不到他们的谅解。他们大多是十里八村的乡亲，低头不见抬头见，很多次妈妈走在路上时都会被人指着鼻子骂，还有用浇地的粪水泼她的，她每次都默默承受，从不反抗。她一直和我说这些都是我们应该承受的，因为爸爸做了错事，作为家人我们也应该承担这些后果。有几次被人泼粪时我也在旁边，妈妈紧紧地把我搂在怀里，努力不让那些秽物沾到我的身上。妈妈的怀抱是我小时候感觉最温暖的地方，所以就算后来我知道了我并不是她亲生的，我在心里依然当她是我的亲妈妈。

俗话说好事不出门，坏事传千里。上学是我最不堪回首的往事。小学生嘛，都是七八岁的小孩子，话都说不利索，可是都学会了骂人。我想应该是他们从自己父母那里学来的。那些孩子可能都不清楚自己骂的是什么意思，但是真的很难听，虽然当时的我也很小，但是知道那都是什么意思，毕竟我就是在那些骂声中长大的。因为受到他们父母的熏陶，那些孩子也都很敌视我，女孩子结伙打我就不说了，连一些男孩子也会围着我踢来踢去的，甚至有时还会扒我的裤子让我难堪。当时学校的老师们对这些事情从来都是不理不睬的，哪怕我去找他们告状，可是得到的永远都是一句话："你不惹人家，人家干吗欺负你。那么多人都欺负你，说明你就不是个好东西，和你那害人的爹一样。"

就这样，小学时我整整被欺负了六年。最开始时我还会哭，而妈妈看见了就会去学校找老师，找那些孩子的家长。但是结果就是，我之后会被欺负得更惨，连老师也加入了欺负我的行列，体罚谩骂都是常事。后来我变得冷漠了，对自己冷漠，对一切也都冷漠。每次被欺负时，我都像一个冷眼旁观的事外人，不哭也不反抗，行尸走肉一样，可那时我还只是一个刚过十岁的孩子。

小学毕业时，我曾经天真地想着到初中就好了，到了新的环境可能一切就都不一样了。那真的是一种可笑的天真，噩梦还没到醒来时呢。随着时间的流逝，虽然很多人已经慢慢地淡忘了李卫国所做过的事，骂我和妈妈的人也比开始时少了很多，但是我在初中所面临的问题却是小学时遗留下来的。当年那些欺负过的孩子们，有的不念书了，有的去了不同的学校，但是还有一些依然和我在一个学校。我依然是一个人见人欺负的人，有的人应该已经忘了为什么要欺负我，可是欺负我已经成了一种习惯。开始是一些原来在一个小学的人欺负我，后来慢慢地人也多了起来，我又回到了小学时的境地。不对，是比那时候还惨。

在初中，我见过两种人不会被欺负，一种是学习好的人，一种是经常打架的小混混。我当然会选择做第一种人。小学时我就学会了冷漠地看待一切，这个技能在我选择做第一种人时帮了大忙，别人对我的欺凌基本上对我没有什么影响，我根本不在乎别人怎么对我，只想着学习好了之后一切会有不同。在我不懈的努力下，初二时，我把在全班排倒数几名的成绩提高到了全班第一。果然欺负我的人少了一些，而老师们也开始对我不错了。可好景不长，那时正是青春期来临，情窦初开的年纪，就在我感觉阴霾将离我而去时，一个谣言粉碎了我的梦幻。

当时我并不能每次都考全班第一，还有一个男孩子跟我不相上下。那男孩子长得不算帅，但是气质很好，给人感觉很正直。我很喜欢他，可是没有表白过，因为我心里还是有深深的自卑，但是我那时总是找一些讨论问题之类的借口和他搭话。想来那时候的我真傻，每次和他说话都是那么开心。可是我没想到，久而久之一个谣言却无端出现，每个人都说我在勾引那个男孩子，甚至有人说我还拉着他的手去摸我的胸和腿。谣言这种东西是不会自己平息下来的，更别说还有那么多曾经欺负我的现在看我学习好就不顺眼的人。很快，我的过去就已经被谣言盖满，有人说我在小学时就有过这种举动，是个天生的骚货。

当然，谣言的事情我自己并没有当回事儿，我拿什么都不当回事儿。可是老师们却坐不住了，他们信以为真，把妈妈找到了学校。我坚信身正不怕影子斜，妈妈在走进老师办公室之前也是相信我的。我并没有跟进去，所以我不知道里面发生了什么，可我没想到的是她出来之后就给我一个嘴巴，那个嘴巴把我打蒙了。我呆呆地看着妈妈，而妈妈却哭了起来。之后妈妈带着我离开了学校，连书包都没有让我拿，我怎样哭喊都没有用。回家之后妈妈和我说以后不要去学校念书了，找份工作上班吧。我那时候才14岁，听到之后整个人都呆住了，我不明白这是为什么。我人生第一次和妈妈顶嘴，我大喊着：“为什么？为什么不让我上学？”

妈妈说："上学干吗？上学你也不学好！"

我怒吼着："我怎么不学好了？那些都是他们瞎编的，你怎么也信！"

妈妈带着哭腔说："人家是瞎编？你没做人家就说你拉着人家的手去摸你的胸？你也不嫌害臊！"

我蒙了，说："谁说的？"

妈妈说："人家男孩子自己说的，还能有假啊！你……"妈妈说不下去了，转身进了厨房，但是我依然能听见她的抽泣声。

当时的我怎么都没想明白那个男孩为什么要这么说我。就这样，我辍学在家了，进入了人生的第三个阶段。就是在这段日子，我找到了真正的自己。

辍学了半个月之后，我和妈妈因为谣言的事情闹得很僵，所以我在镇子上找了个饭店服务员的工作，那家店提供住所，我可以不回家，住在员工宿舍。虽然我的年龄还不够去上班，但是根本就没有人关心这个事情，而且我长得也还算漂亮，店家很喜欢用我。我想，能平静地上班也不错，毕竟镇上没什么人认识我。可我没想到的是那个谣言产生的效果并没有消失，原来学校不上学了的小混混们会经常跑到饭店来调戏我，他们也是来消费的，所以老板对他们的行为并不制止，而且还告诉我不许反抗。而让我更没想到的是，那个老板居然也开始对我动手动脚。直到有一天那个老板做出了更为禽兽的事。那天，他把和我同一屋子的三个女孩都支了出去，在宿舍里强奸了我。

我到如今依然记得我当时有多怕，而那个畜生在我身上发泄完了之后，居然死猪一样在我身边睡着了。我的泪水一直都止不住，因为害怕自己会怀孕。之后，懦弱的我去桌子上拿起了剪刀，想要自杀，可是就在我准备捅向脖子时，我停了下来。我想，我为什么要自杀呢？从小到大我一件坏事都没有做过，凭什么我连活下去的机会都没有？凭什么！凭什么那些欺辱我的人却可以好好地活着。就是在那一瞬间，我和曾经的自己告别了。

转而变得疯狂的我回身将剪刀扎向了老板。

事后，老板在医院住了一个月。这家伙不知道为什么，居然和警察说伤是自己不小心弄的。真是好笑，谁会没事在自己的身上扎几剪刀呢？不过他这么说，警察也就没有追究。他出院之后和我商量这事就这么算了，他也不会再追究我扎伤他的事情，希望我不要把他强奸我的事情声张出去，而且给了我一些钱，让我离开饭店。我已经被强奸了的事情没有人知道，我终于走运了一次，因为大家听到的版本都是从那三个与我同住的女孩嘴里说的，她们认为是老板想强奸我，但是没有成功，我在反抗中扎伤了他。我答应了老板的要求，我自己也知道，这个事情声张出去对我也没有什么好处。

离开饭店那天，我遇到了之前一直调戏我的一伙小混混，他们应该听说了老板对我强奸未遂被我扎伤的事，所以并没有敢像以前那样对我动手动脚疯言疯语。可是我却没准备放过他们，我扔掉了手里提着的行李，狂奔着冲向了他们。小混混都是一群乌合之众，被我吓得四散奔逃，我抓住了他们中那个领头的，将他绊倒在地，骑在他身上疯狂地殴打他，还在旁边的地方捡起砖头石块向他脸上砸去。十年了，被外界欺凌的压抑在那天完全爆发了，最后是一些成年人将我拉开的，而那个小混混已经被我打得满头是血。

妈妈赔了小混混家里不少钱，才将这件事平息下来，那件事之后我和妈妈的关系闹得更僵了，在妈妈眼里我变成了一个很坏的孩子。而那个被我暴打的小混混在伤好了之后居然来找了我，还一口一个“大姐”地叫着，非要跟着我混。就是从那时候开始，每次遇到敢欺负我的人，我就会和他们拼命，包括那些大人。我想，既然我当了十年的好孩子都换不来别人的尊重，那么还是去学坏吧。还有，虽然被人强奸的事没人知道，但是我自己却有种想破罐子破摔的感觉，我那时候也不小了，也知道那是件说不出口的丑事。就这样，我成了一大群小混混的头头。那时妈妈对我算是彻底失望了，而我也完全不考虑她的感受，每天都出去和那些小混混胡混，名声越来越不好，不过倒是没人敢欺负我了，甚至没人再敢说我的坏话。嗯，至少没有被我听到。

后来，我带着几个小混混，去堵过那个造我谣的男孩，质问他为什么那么说我，他当时吓坏了，跪着求我放过他。他说他只是对我经常能在考试中超过他很生气，因为之前没人撼动过他全班第一的身份。这是多么可笑又恶心的理由啊！之后我叫那些小混混打了他一顿，他也没敢让家长来找我妈妈，我相信他也知道如果再敢惹我，我会让他好看的。胡混的日子过得飞快，转眼我就到了16岁，正常念书的孩子还有几个月就中考了。我也不知道我那根筋拧了，在剩那么几个月就要中考时突然很想上高中。我叫那些小混混给我抢了一套考试用的教材，然后又让那些小混混们每天都去我之前的学校闹事。后来学校实在是没办法了，就问他们想怎么样，他们按照我的意思提出了要求，就是让我回学校读书参加中考。起初学校是不答应的，可是小混混们又闹了几天之后，学校妥协了，说如果我能保证学校的秩序，就同意我回去。这当然没问题。

我回学校之后，老师和学生们看我的眼神都很怪异，但是没人敢说我什么，我也不在意他们。要知道，我学习可曾经相当不错，所以基础很牢固。最后，在我拼命的努力下，我终于考上了一所普通高中。回学校之后，我和妈妈的关系就慢慢缓和了，不过高中的学费我并没有找妈妈拿，是那些跟着我混的小混混们给我凑的。他们说那是给我践行的礼物，说我是一个让他们自豪的老大。他们知道从那时候开始，我不会再带着他们去打架了。我收下了他们的礼物，我看得出他们的真诚。

高中之后，我就没要过家里一分钱。之后的学费都是我打工赚来的。

高中的生活很平静，因为学校在镇上，离原来的生活已经很远了，没有人知道李卫国的事，也没有人知道我的那些经历。我每天都努力地读书，因为我知道，如果我想彻底地摆脱以前的可悲人生，用拳头是不行的。我一定要考上大学，和过去彻底告别！当然，天道酬勤，如我所愿，我拿到了一所不错的大学的录取通知书。

高中毕业之后，有很多人和我告白过，有同学，也有曾经跟在我后面的小混混。嗯，小混混们也随着时间长大了，很多都有了稳定的工作。不过由于少年时代的那些不堪回首的伤心往事，我根本就不相信爱情，爱情……算是一坨屎？所以回绝了所有的人。我当时只对未来感兴趣，在我的想象中，未来满是光明。

我想，如果不是在收拾行李时，看见了那本妈妈以前的日记，我的人生一定会不一样。没想到，一张纸，就改变了我的一生。

那天是去大学报到的前夕，我在屋子里整理需要带的行李，结果却在衣柜里发现了一个日记本。日记本的外皮已经很旧了，我拿起来随手翻了翻，除了第一页，居然后面都是空白的，什么都没有写。第一页是日记，看笔迹就是妈妈的，而日期是1988年6月8日。那是我出生的第二天，我很好奇地看了起来，我想知道那天发生了什么。

日记写得很简单，寥寥几百字而已，我可以背出来每一个字。

1988年6月8日　晴

李卫国昨天夜里又去医院偷东西了。昨天的雨下得很大，而他回来得又很晚，害得我在家提心吊胆的。我怎么都没有想到他居然带回了一个孩子。我真的是害怕死了，谁知道他怎么弄来的孩子。后来他告诉我那孩子是捡的，但是我并不怎么相信。他说孩子是在医院的太平间里捡到的，那里怎么会有孩子呢？虽然那孩子很小，应该是早产儿，不过很精神，怎么会扔在太平间里？不过他说是怎么样就怎么样吧，而且事情都已经发生了，现在计较还有什么意义呢？

我早上问李卫国想把这个孩子怎么样，是想我们自己养还是送福利院？不过他没答话，只是说让我先好好照顾着。可是后来他竟然告诉我准备把孩子卖掉。这个挨千刀的，就没什么事不往钱上想。我告诉他这绝对不可以，孩子又不是菜，怎么可以卖呢？因为这事我和李卫国大吵了一架，这可是结婚后的第一次。李卫国气坏了，还差点打了我，不过他没下得了手，最后摔门走了。

我知道他一定还想着要卖了这个孩子，不过我一定要阻止他。多可爱的孩子啊，我要像盯着自己的孩子一样看好他。

记得，当我看到这几百字时，如遭雷劈。整个人都傻掉了，而之后，就是愤怒。

我居然是捡来的！妈妈居然从来都没有和我说起过，这么多年我因为那个倒霉的李卫国糟了多少的罪啊！可他根本就不是我的爸爸，妈妈凭什么从小就告诉我一切都该是我承受的！凭什么让我12年来平白无故地承受了那么多！凭什么啊！

我并没有把我看到日记的事情和妈妈说，也没有质问她为什么这么多年都没有告诉我。我对她是没有一点儿怨恨的，她对我很好，对我有养育之恩。既然她不想告诉我，我也没必要去核实一件本已知道的事情。但是我对李卫国的怨恨却更深了，他当年把我捡回来只是想卖掉而已，而且之后的那么多年，我为他做的坏事承担了那么多，让我有了一个生不如死的童年。有时我会想，还不如李卫国让我死在太平间里的好。

既然知道了自己的身世，我就很想见见我的亲生父母，也想去和他们相认。但是我不想问妈妈，而且想必别说是她，就是李卫国也不可能知道我的亲生父母吧，我只是个在太平间里捡来的孩子。所以只能我自己去查。我知道李卫国一直去偷东西的是哪家医院，他从来没有换过作案的地点，因为那个年代附近只有那一家医院。所以我一定是在那家医院里出生的。1988年6月7日，我只要能查到那天医院的妇科门诊记录就可以了。

拿到记录没费什么劲，白天时我去医院踩好了点，晚上我给妈妈撒谎说跟朋友们去唱歌，摸着黑去了存放档案的地方，撬开了那个档案室的锁。这个技术是以前跟一个小混混学的，他爸爸是个锁匠，他自己也很厉害。我学时就是感觉好玩儿，还真就没想过能用上。知道具体的日期翻找起来就很方便，不过这些病例的年代太久远，根本没人整理，散乱地放着，我花了一个多小时才找出了那天的记录。本来我以为拿到记录之后也会很复杂，因为如果有不止一位产妇的话，那就麻烦了。好在当天医院只有一个孕妇生产，而且是在夜里。记录上写得很清楚，孕妇早产，记录上写的是顺利产下一名女婴。妈妈日记上写得很清楚，我是在夜里被捡到的。

我想那名女婴就是我，而医院为什么做了假的记录？可是当我按照资料上的地址找过去时，我发现我错了，因为人家夫妻有自己的孩子。所以回家之后，我迂回着打听了李卫国当年行窃的事，我想他或许是在别的地方捡到我的，但是妈妈很确定他只去那家医院行窃。因为李卫国的腿脚不好，而别的医院都太远了，并且去一晚上都回不来，他从来没有这样过。妈妈很奇怪我为什么打听起这个事，还问我是不是想他了，我含糊地遮盖了过去。

我想，如果李卫国是在那家医院捡的我，记录上又查不到，那就只有一种可能，就是我的出生根本就没有在医院记录。毕竟我被扔到了太平间，那就是按死婴处理的。如果是医疗事故的话，医院或许为了名声等原因掩盖了这件事。所以我决定直接去找当事人——那个医生。医院改制之后，当事的医生和两个护士都不在那个医院工作了。护士找起来很困难，但是那个医生还是很好找的，他虽然也不在原先的医院工作，但是我很容易就查到他被调到了市里的一个医院工作。找到他之后，我跟踪了他一周，终于找到了一个他独自一人的机会，用刀把他逼在了一个角落里。那个医生叫张天鸣。

说来好笑，张天鸣开始见我是个女孩根本就没当回事儿，还警告我不要逼他动手。结果被我在腿上扎了一刀之后，吓得瘫坐在了地上，问我到底想干吗，是不是想要钱。

那天的事我记得还是挺清晰的，我问："你还记不记得你曾经做过的缺德事？"

张天鸣被腿上的伤口疼得龇牙咧嘴，满眼的迷茫："啥？你说什么？"

我说："1988年6月7日，你有印象吗？"

张天鸣一愣，面容呆滞了一下，紧张地说："没印象。"

可是他那瞬间的表情没有逃过我的眼睛，我把刀顶在了他脖子的动脉上，轻轻地挪动，说："你是医生，应该比我清楚从这个地方捅进去会有什么后果。"

"你敢！"张天鸣声音颤抖地说。

我笑笑："那你可以试试看啊。"其实，我还真就不是吓唬他。他可能也看得出来。

"你是谁？为什么打听那件事？"张天鸣默认了，他清楚我问的什么。

我说："我不想再废话了，我想知道孩子被扔掉的那对夫妻的名字。如果我在你嘴里听到的下一句话不是答案，那……"

张天鸣盯着我，额角冒出了细细的虚汗，片刻之后，说："男的我记不住了，女的叫陈薇。"

我心里猛地一震，陈薇就是我在医院记录上看到的那个晚上生产的孕妇啊，我继续问："那天出生的是双胞胎吧？"

"你到底是谁？你怎么知道的？"张天鸣问道。

我没再理他，用刀柄朝他的后脑勺重击，把他打晕了过去。之后我用公用电话报了警，逃离了现场。那儿周围没有摄像头，而且我那一刀扎得并不重，警察并未立案调查。我大概猜出了当年事情的经过，我的亲生母亲陈薇早产生下了我和妹妹，结果我在生产过程中可能有了假死的现象。张天鸣在当时一定是有失误的，为了逃避责任，他背着我的亲生父母偷偷地将我扔到了太平间里。

那天之后我去了陈薇——我亲生母亲的家。之前我去过一次，也见到了他们，但是没有相认，因为当时我根本没有想过真的会是他们。可是相隔了区区十多天而已，他们的家却已经人去屋空。我问了下邻居，没人知道他们家搬到了哪里去，后来我又去民政局、公安局都查过，可是登记地都是那个地址。就这样，我错过了与亲生父母相认的机会。我当时很愤怒，把一切都归咎在张天鸣的身上，想去报复，可是经历上次的事情之后，张天鸣变得很小心，我再也找不到下手的机会了。

很快，开学的日期就到了，我郁郁寡欢地离开了家，去了学校。我想，如果我没有在之后认识宋兵，或者没有看到那张报纸的话，一切都将不一样。

〔 2 〕

有时候，人生的转变就是因为一个微不足道的人，一件微不足道的事。比如，那张报纸。

到了大学，我的生活确实和以前不一样了，没有了歧视或是欺负。不过女孩们与我的关系倒是都不大好，可能因为我比较喜欢和男孩子们在一起玩吧。而且我以前的那些混混朋友也经常来看我，这些家伙看起来就不像是好人。记得那是上学期快期末时，他们又来找我喝酒。在去饭店的路上，我第一次遇到了宋兵。

宋兵那时候刚丢了一份工作，他在福利院也没有受过什么教育，每次丢掉工作对他来讲都是一次不小的打击，因为找工作太难了。我遇到他的那天，他正在路边摆小摊，卖一些拖鞋、塑料盆之类的家庭用品。后来我知道那天是他第一次出摊，所以在城管来时手忙脚乱也就不足为怪了。没什么特别的，宋兵的货都被没收了，我和朋友们当时就站在一旁看热闹，不过宋兵接下的举动让人很惊愕，他飞身上了城管的稽查货车，拼命地抢他的东西。可是他是不可能成功的，下场显而易见，七八个城管把他揍了一顿。城管打完人就离开了，宋兵躺在地上呻吟着起不来，他的头被打破了，血流在灰色的砖地上，手里还紧抓着两双拖鞋。围观的人不少，但是没有人去搀扶他一下，倒是有不少人在拍照。我分开人群过去扶起了他，其实我到现在也不清楚为什么要管这个闲事，因为我是个对自己都很冷漠的人。

之后我和我的那些朋友把宋兵送到了医院。可他说什么都不看病，被我扇了一个嘴巴之后才安静下来。我知道他是因为钱的问题，如果不是缺钱的人，也不至于拼命地去抢自己的货物。我和朋友们帮他交了所需的费用就离开了，宋兵在我走之前还让我给他留下联系方式，说是要报答我。我没理他，和朋友们去喝酒了。

那次之后，我没想到还会遇见宋兵，而且恰好是在我看到那张报纸的时候。

下学期开学之后的一天，我在门口的报刊亭翻看杂志，想买一本上无聊的公共课时看。手边的报纸引起了我的注意，那是张当地的报纸，头版上刊登了一张照片，那是个我认识的人——张天鸣！

我放下了手里的杂志，拿起了报纸。那是一则表扬他的新闻，说他在妇产科领域是一个很成功很敬业的医生，而且还写了他的家庭，很美满。看着张天鸣在报纸上笑容可掬的样子，我感觉是那么恶心。成功？敬业？美满？这些词语在当时让我的心里升起了一团火，疯狂肆虐的仇恨之火。

想想我之前那么多年的悲惨生活，都是拜他所赐，如果不是因为他，我可能也有一个幸福美满的家！而刚刚过去的假期我依然在努力寻找着亲生父母，可还是一无所获。那一刻，我只有一种想法——要让张天鸣为他曾经的罪恶付出代价！

就在我看报纸时，有一个人在身后拍我的肩膀，我在情绪极不稳定的情况下挥手就是一拳。拍我的人就是宋兵，被我打得“哎哟”了一声。我已经不认识他了，当初帮他就是一时兴起而已，对他这个人并没有什么太深的印象。我问：“你要干吗？”

宋兵揉着眼睛说：“你不认识我了吗？上次是你把我送到医院的啊。”

我当时没有立刻想起来，不过听到医院我就气不打一处来，吼道：“滚！”

宋兵有点尴尬，点点头，默默地走了。他走了之后，慢慢平静下来的我想起了他是谁，不过也没在意。可是后来宋兵又来找过我几次，看得出来，他喜欢我。也看得出他人挺不错的，也没什么不良的图谋，所以在他找了我几次之后，我终于同意和他吃一次饭。在吃饭时我对他有了点了解，也有了点好感，因为他是个孤儿嘛，我多少和他有一点儿共鸣。那次城管事件之后，宋兵找朋友借了点钱，学起了开货车。学会之后找了份跑长途的工作，收入还是不错的，把借的钱也都还上了。

吃了几次饭之后，宋兵和我告白了，我没有拒绝他。不是因为爱，而是因为恨，我需要一个帮我报仇的人。

那天看到报纸之后，我就一直想要让张天鸣付出什么样的代价。最开始时，我的想法是杀掉他，豁出去自己这条命不要也无所谓。可是我又感觉死亡对人来讲也没什么可怕的，至少我是这么认为的。回顾我的少年时代，我一直都在想如果我真的死在了太平间可能会更好一点，可怕的是生不如死。张天鸣在我刚来到这个世界时就杀过我一次，只不过我死里逃生，那现在我就要杀死他的孩子！当时的我还没有什么具体的计划，但是我只知道一点，就是如果不能亲眼看见仇人痛苦，那报仇对我而言就全无意义。

因为我想亲眼看见张天鸣丧子之后的痛苦，所以我一定要找到一个完美的杀人方法，杀人之后不被逮到。但是这是个很难的问题，全怪我当初太冲动，没有蒙面劫持张天鸣。虽然他没有报警，但他见过我的长相，抓到我的概率就太大了。

宋兵这时和我告白，我一瞬间就决定了要利用他来报仇。其实也不算，当时我想的是，如果他帮我杀了张天鸣的孩子还能活下来的话，我一定会嫁给他，当作是报答。

追我的人很多，我之所以挑选宋兵是有原因的。他是个孤儿，没有家也无依无靠了无牵挂，这样的人或许对感情淡漠，也或许对感情热烈得一塌糊涂，因为得不到的才最渴望。而且没有牵挂的人也就没有羁绊，做起事来不会想得太多。如果我能让他深深地迷恋于我，就有很大的可能将他为我所用。结果一切都按照我的预想在进行，我和他交往的几个月间，对他关怀得无微不至，我想他这辈子应该都没有被人这么关心过。但是我一直都没有和他上过床，而是告诉他希望和他的第一次是在结婚后。其实在少年时被强奸过之后，我就不是很在乎我的身体了，如果有必要的话，我完全不介意和宋兵上床。只是我想给他一个希望，我会和他在一起一辈子的希望，更有利于操控他。

慢慢地，我给宋兵讲起了我的过去，从我出生开始的过去，只不过虚构了一件事。我说在放假时，为了找到亲生父母，我又去找了一次张天鸣，去的是他的家里。不过那天张天鸣不在家，在家的只有他的儿子，结果……我被强奸了。宋兵听到这儿时很激动，我知道我的目的快要达到了，我接着说："我想毕业就和你结婚，如果我还活着的话。"

宋兵惊讶地看着我，说："你怎么了？难道你得什么病了？怎么不和我说呢？"

我苦笑着摇摇头，没说话。

宋兵急切地问："到底是怎么了？你快说啊。"

在他的再三追问下，我说："我没有告诉过别人这件事，现在我告诉你。因为我只信得过你。"

宋兵说："你说！"

我说："我一定要杀了张天鸣的儿子！我想如果我杀了他，警察应该会很快就抓到我，因为我在之前就扎伤过张天鸣，而且想必他也知道他儿子强奸过我。杀人罪，我想我会被判死刑吧。"我说着说着就泪流满面，一半是演戏一半是真实。

宋兵惊愕地看着我半天，说："我们可以报警啊。告诉警察他强奸过你，把他抓起来。而且张天鸣当年害过你的事也可以告诉警察，我没啥文化，可也知道那是犯法的啊。"

我捧着宋兵的脸说："你感觉像我们这种穷人打官司能赢吗？我又没有什么证据证明被他儿子强奸过。弄不好还会因为我扎伤过他，把我关起来。阿兵，我真的爱你，能把心里话和你讲出来，真的好开心。我不会改变我的决定的，你还是忘了我吧，你是个好人。"

宋兵看着我，还想劝我，可是被我吻住了双唇。吻过之后，我起身说："再见。"然后头也不回地走开了。我当时很害怕他当时就叫住我，说要帮我。那只会是在气氛烘托之下的冲动之语，那种承诺并不牢靠，我想得到他深思熟虑之后的表态。我也不在意他最后决定帮不帮我，我已经表示了和他分手的意思，如果他不帮我，也就没什么好说的了。这个计划不行，换另一个就好了。

果然，宋兵两天都没有联系我，我也没有联系他。等过了一周时，我已经开始失望了，可是晚上下课时，宋兵来找我了。我装作平淡地问："有事吗？"

宋兵没说话，拉着我走到了操场旁边的树林里，四下看看没有人，将我搂在了怀里。他的呼吸很急促，我也一样，我在想他到底会说什么。

宋兵开口了："美心，我想到怎么帮你报仇了！"

我没控制住自己，身子猛地一颤，宋兵这句话真的是在我意料之外的。

宋兵语气很兴奋，说："我想了整整两天，终于想出来办法了。我们不用怕被抓住，因为杀他只要制造个意外就行了。"

我努力平静心情，说："这是我自己的事情，你就不要多管了。"说完，我慢慢地推开他，可是他却用力地将我抱紧。

宋兵说："这怎么会是你自己的事情？你出事了，我去娶谁？而且那个混蛋欺负过你，他应该受到惩罚。"

"那你想出什么办法了？什么意外？"

"你不能去杀他，包括整个过程你都不能参与。你之前说得很对，你和他们家是有过节的，出了事警察很容易就联想到你。杀他这件事我一个人去做就好了。"

我没有再多说什么，直接问："那你想怎么做？"

"意外车祸！我已经查了张天鸣的儿子叫张木吉，这小畜生还在念高中，知道吗？天助我们啊，他放学回家的路，正好就在我平时跑的那条线路上。我们只要精确地摸清楚他的行程就行了，我开车撞死他！"

"那你怎么办？"

"撞死他之后我就跑。"

"你怎么可能跑得了啊！"

宋兵"嘿嘿"一笑："我知道我跑不了的，只是做做样子而已。这样就是交通肇事逃逸，看起来更像是意外！"

我不由自主地抱住他，说："那你就会被判刑啊。"其实我这个时候已经明白了宋兵的意图，不过是装作傻傻的小女生，想让他更有成就感，就更能让他义无反顾。

“没事啊，交通肇事逃逸而已，判不了很重的。我还年轻，过几年出来了什么都不耽误。”

“那怎么行！”

“怎么不行！难道让你去杀他吗？和一个畜生换命值得吗？”

“我怎么能让你为了我受苦呢？”

宋兵笑了：“从小到大没有人对我好过，你是第一个。我也从来没有爱过什么人，你还是第一个。今生有你已经足够了，为你，做什么都值得！”

说实话，那时候有一刻我真的被感动了，想阻止他别去做，毕竟一个真心对你好的人很难遇到。可是我什么都没有做，能报仇，让我怎样都好。

计划很顺利，但是结果并不完美。

事发当天我并不在场，宋兵撞张木吉时，我正在公共教室里听近代史。那时沈墨和付晓也与我在同一间屋子里，不过我们还互不认识。其实从心里来讲，我是想去现场看仇人的儿子被撞死的，但是理智阻止了我。虽然我相信没人会怀疑到我，但是我还是要做完全的准备，万一警察查到我的头上，我需要绝对的不在场证明。在教室上课就是最完美的不在场证明，几百人可以为我作证。

不过天算不如人算，当时在事发路口正好有辆执勤的警车，所以宋兵看到张木吉出现时犹豫了一下，错过了撞过去的最好时机。就是犹豫的那么几秒，让张木吉捡了一条命，只被撞断了双腿而已。宋兵本想再倒车回去轧一次，但是已经来不及了，执勤的警察反应很迅速，立刻就赶了过去。慌乱之中，宋兵撞了警车，差点要了一个警察的命。就这样他被判了八年有期徒刑。宣判那天我也去了，是付晓陪着我。我那天戴着个大口罩，还戴了顶帽子，因为我怕张天鸣认出我。付晓对我的装束很奇怪，我推说是感冒了。直到宣判那一刻我都很紧张，我怕宋兵临时反悔供出一切。付晓后来和我说过当时我都快把他的手捏折了。

宋兵一直都没有认罪，也没有向家属道歉，所以他也没有被减过刑。他告诉我，没有帮我报仇就已经感觉很对不起我了，认罪就代表他承认自己错了，那是绝不可以的。就这样，一个深爱我的男人，为了帮我报仇而进了监狱。不过因为张天鸣儿子可能会终生瘫痪，所以当天我在看到张天鸣的痛苦与疯狂时，心里真的是充满了畅快啊！

我对宋兵充满了歉疚，我真的决定等他出来之后就嫁给他，所以我也没有谈过恋爱。可是……谁让我遇上了沈墨这根木头呢！

认识沈墨和付晓是在宋兵答应帮我报仇之后，那天这两个笨蛋去管闲事，具体是什么事情我都记不清了，只记得他们被一帮流氓打得很惨。我可能是因为大仇得报吧，心情很好，而且不知道为什么，看见付晓时，心里有种说不清楚的感觉，很熟悉又很陌生。所以我出手管了闲事，打跑了那群小流氓。别看小流氓的人多，但是那都是虚张声势，根本没有人玩命打架。

救他们俩就是举手之劳，过后我就忘了，可没想到付晓这家伙后来特意找到我。之后我们就成了好友。他们俩算是我人生里第一次，也是唯一一次交朋友吧。刚开始时，我搭理他们俩只是因为对付晓那种奇怪的感觉。我自己还纳闷过，难道我喜欢上这个邋里邋遢的长毛货了？经过很长时间的思考之后，我虽然没有想明白那种奇怪的感觉来自何处，但是我很确定我对付晓的感觉与爱情无关。至于沈墨，最开始时我对他是很反感的。因为他永远都是一脸的一本正经，也总是义正词严。而我从小就没有见过真正有一颗正直之心的人，我也不信世界上有这样的人。所以刚认识沈墨时，在我眼里的他就是一个虚伪的小人，而且演技高超，装得很好。

路遥知马力，日久见人心。没有人能长年累月地戴着假面具活着，更何况我和他还有付晓后来每天大部分时间都泡在一起，所以当我发现沈墨真就那么纯真地看着这个世界，那么坚定地恪守自己的正直时，我就无药可救地爱上了他。这是我第一次去爱一个人，爱是那么温暖和阳光，融化了我十几年的冰冷，照亮了我十几年的阴暗。

不过我知道我没有资格拥有沈墨，因为我爱上他时，我已经欠了宋兵太多太多。我知道我是一个很坏的女人，当过流氓伤过人，还被人强奸过，最重要的是我利用了一个深爱我的男人去杀人。这种罪孽是深重的。所以每次在沈墨的身边我都自惭形秽，还怎么敢奢望拥有他呢？

可我没想到的是，毕业时沈墨居然向我表白了。没人知道那一刻我心里的狂喜，可一瞬间之后，我的心又跌落回那冰冷阴暗的深渊。我能答应吗？我不能啊！虽然我很坏，但是我还不是一个无耻的人。我答应了会等宋兵出来，然后嫁给他，又怎能言而无信。那我就不光是一个坏人那么简单，而根本就不是人了。

但是被我拒绝之后的沈墨并没有放弃，他把他那一根筋的劲头用在了追求我上。谁都知道被自己心中梦寐以求的男人每天带着浓浓的爱意注视时，女人的意志是多么脆弱，理性是多么匮乏！所以，我终究不是人了。

我认了。就算对不起宋兵，就算到头来他出狱发现我没有守信，去举报我，我也认了。没什么大不了的，最多能翻出我当初扎伤张天鸣的事情而已，而车祸的事情，空口无凭，想翻案是不可能的。不过，我只是怕，当那一天出现时，我会失去我深爱的善良正直的沈墨。爱情是自私的，我不可能主动告诉沈墨我过去的所有，如果他知道了，那他怎么还可能娶我？这是我一生中离幸福最近的一次，我要抓住，抓得牢牢的！

〔3〕

如果说遇到沈墨是我的幸运，那遇到刘玫，就让我的世界崩塌了。

嫁给沈墨之后，我一直担心以后宋兵出来发现我没有等他，而且已经结婚了的问题。我抱着得过且过的态度，依然按时去看宋兵。以后怎么样以后再说吧，能混一天是一天。对于我这种人来说，幸福，哪怕能多一秒都是好的。沈墨就是我的幸福。可是老天对我真的是太残忍，连得过且过的机会也不给我，竟然让我再次陷入往事中不能自拔。

周笑，对我来讲这个名字并不陌生，虽然我的生活中并没有人叫这个名字。这是我那个没见过面的妹妹的名字，我从来没有想过今生还有机会见到她，更没有想到的是她居然死在了我的面前。遇上这件事的那天晚上，我正好送过完生日的付晓回家，当时看到三楼公寓门口有很多人，我还是抱着看热闹的心态去围观的。直到后来在医院里看见了周笑的父母，也就是我的亲生父母的那一刻，我感觉我仿佛被一辆大卡车极速撞击，眩晕而又失重。我只见过他们一面，从没想过会再有和他们重逢的机会，但是更想不到居然是在那么一个让人悲伤的情况下重逢。那么突如其来，让人毫无准备。我立刻就感到自己站不住了。记得当时付晓在旁边扶住了我，问我怎么了。我没有说实话，只是说胃不大舒服。

爸妈并没有认出我来，毕竟之前只见过一次面，短短的十几二十分钟，别过又是好多年。但是我却能一眼就认出他们，因为他们的音容笑貌在夜里经常在我的脑海里飘荡。母亲看着妹妹的尸体哭得几近晕厥，而父亲那通红的双眼满是痛苦。我就站在家人的身后，却是一个局外人。虽然遇到了他们，但是我不知道怎样和他们相认。如果被沈墨知道了我的身世，知道了当年的事情，他一定会刨根问底去找真相，就难免查出张天鸣儿子被撞的事有蹊跷，那付出代价的就该是我了。所以我只能站在家人背后当一个陌生人，命运真的是喜欢玩弄我啊！

那时候我还不知道妹妹住的房子是刘玫的，也不清楚事情的真相。只是看到爸妈对着王伟叫骂，骂他谋财害命。我灵魂中隐藏了好久好久的冷酷与阴冷再次出现了，当时的我很想杀死王伟，因为我母亲说是他害死了妹妹。他真的应该感谢沈墨当时在场，否则没有人能救得了他。之后沈墨和小李带走了爸妈和王伟。而我把付晓送回家之后又回了趟医院，我是想再看看妹妹，也想一会儿还可以见到回医院的爸妈，虽然不能相认，但是偷偷地看一眼也是好的。我一点儿不担心沈墨发现我没回家，因为按照以往的惯例，只要骷髅案不破，他根本就不可能回家，是要一直加班的。

那天凌晨时我终于又一次见到了爸妈，是小李送他们到医院的。因为心情太不平静，所以行为就不是很小心，结果让小李看到了我。这小子当时叫了我几声，我很慌乱，没有答应他，快步从旁门出了医院，立刻回了家。我比较担心他和沈墨说看见我，在路上时还编了些说辞，不过后来事实证明，他应该没和沈墨说，估计他是当作看错了。

第二天，沈墨因为认识付晓的原因被队长调出了骷髅案，不过却安排他去调查我妹妹死亡的事。说实话，我不是没有为沈墨考虑过，不然我不会等了那么久才报仇，我也一直在纠结，所以才等了那么久。就是因为多等了几天，我从沈墨口中知道了三楼公寓的房东就是刘玫——多年前和张天鸣一起害我的护士之一。我知道之后简直就像五雷轰顶一般，因为沈墨还说他认为害死我妹妹的可能是刘玫。杀了我一次，又杀了我妹妹一次，刘玫没什么活下去的理由了。不过沈墨说根本不会批捕刘玫，也不会立案，因为没有证据。

呵呵，这就是所谓的法律。那好吧，既然警察和法律不能审判她，那就由我来判她死刑吧！虽然沈墨当时还说，他也不是很确定就是房东做的，或许也可能是王伟，不过对我而言那已经无所谓了。我不会错放过一个人，那天看到爸妈对王伟的愤恨再加上他没有照顾好我妹妹，他死不足惜。几经思量谋划之后，我开始行动了。

当时沈墨很快地结了我妹妹的案子，而骷髅案又不让他参与，所以他每天都按时下班，周末照常休息。这样的话，我想做事很不方便，所以就告诉沈墨我被单位领导派去出差。事实上我并没有出差，还在城内。之前沈墨告诉我，王伟在妹妹死了之后去打了刘玫一次，下手很冲动，要不是他及时赶到，或许刘玫会被打死。这件事给了我很大的启发。要杀掉两个人而不被抓到的可能性太小了，但是如果能让他们自相残杀就再好不过了。不过他们怎么会自相残杀呢？王伟当时应该只是冲动犯罪而已，不会再有第二次了。那就只能由我去制造一个他们自相残杀的假象了——杀了刘玫，然后嫁祸给王伟。嫁祸是个精细活儿，如果做得差一点儿不够完美，那倒霉的就是我自己了。

我利用所谓的出差时间跟踪了刘玫好几天，又发现了一个更让人无法置信的事，就是另一个护士徐珊居然也在那栋楼里！我的仇人居然都聚到一起了，这难道是天意吗？不过我还是决定放过徐珊，如果不是刘玫害死了妹妹，我应该也会放过她，毕竟我已经让张天鸣这个主谋付出了该有的代价。

后来我的跟踪计划被迫提前结束，因为付晓出事了。骷髅案的真相让我愕然，竟然是付晓的男朋友做的。我在上学时就发现付晓的性取向好像有问题，可这小子当时说什么也不承认。虽然骷髅案看上去和付晓没什么直接的关系，而且看起来他还有点冤，但是旁观者清，我看得出在整个事件中付晓绝对是设计了沈墨，不然柏祈不会逃离得那么轻松。在付晓被关进去之后，我一直因为沈墨抓付晓的事情对沈墨发脾气。其实仔细想来，应该不全是付晓的原因，也是因为想到了自己。如果我去杀刘玫的事情败露，那沈墨会怎么对我呢？以他的性格，基本上不想也知道。他怎么对付晓就会怎么对我。所以看到付晓的下场，我有点兔死狐悲的感觉。不过难过的情绪没持续多久，就发生了一件让我开心的事——那个徐珊因为过失杀夫也被抓了。当时我也在场，还和她打了起来，制住她真的是费了我很大的劲。后来在公安局时，她嘴里一直嘟囔着“报应”。哼，她这个还真是报应啊！记得之前他和沈墨说小心那个孩子时真的是吓死我了，还以为她认出了我。后来才知道她是发神经，看来她这么多年也没有忘记当年做下的缺德事。

我的计划虽然被这些事情干扰了一下，不过并不影响总体的进程。王伟被放出来那天我特意去拘留所盯着他。之前我从房东的那本账簿上记下了他的手机号，试着打了一下，这小子还在用那个号码。在摸清了他暂时在哪里落脚之后，我测试了一下从他那里到公寓所需要的时间。测试了很多次，并做好记录之后，我去公寓里撬开了301的门。这个技术真的是太有用了，已经是第二次用上了。在301的屋子里，我找到了一把匕首。从匕首摆放的位置来看，应该会经常被人用到，上面一定会有王伟的指纹。我要用这把匕首杀刘玫，然后陷害刘伟，如果成功，那这把匕首就是陷王伟于死地的铁证。

想嫁祸成功，除了凶器上的指纹之外，还必须让王伟在刘玫死亡之后，出现在现场，而且要出现得比任何人都早才行，这样就没有目击者证明他的清白。而想让王伟和刘玫能合理地出现在同一场所，那个场所就只能是公寓。当时最困扰我的就是这个难题了，因为刘玫好像不打算再去公寓。而我并不打算在这件事上采取什么主动行动，因为很容易留下线索和证据。就在我考虑是否该铤而走险主动出击时，沈墨却帮我解决了这个难题。

那天是周六，沈墨洗澡时突然冲回了屋子给刘玫打电话，想和她聊聊徐珊口中的报应是怎么回事。他这人就是这样，不管对什么事都要刨根问底，结了的案子也研究个没完，这也是最让我担忧的地方。当时我正好就在一旁，听到了他们定了周一上午9点在公寓见面。我立刻就知道这是个很好的机会，既然我提前获知了刘玫的行踪，那只要在沈墨见到她之前杀掉她就可以了。在杀掉刘玫之后，我可以用她的手机给王伟打电话，找一个让王伟立刻赶到公寓的借口。而且我之前调查过和王伟平时有联系的几个朋友，他们都有正经的工作。我临时通知王伟的话，在周一，他一定找不到人陪他去三楼公寓。

一切的重点和难点就是把握所有人的行动时间。必须让王伟抵达现场时和刘玫死亡的时间相差不超过20分钟，而且一定要在沈墨之前。我对此进行了精心的谋划和准备。行动在周日的晚上就已经开始了。

沈墨是个木讷的人，这种人一般也很守规矩重承诺。所以想让他在和刘玫约好周一9点见面的前提下迟到，只能用些非常规的手段，这也算是我为了给自己留条后路吧。我和沈墨结婚之后，我一直都吃避孕药，因为现在的社会竞争激烈，而且物价飞涨，我们也还都年轻，所以想先不生孩子，免得给自己增加生活负担。但是在我决定杀刘玫，而且在看到沈墨对付晓都没有手软之后，我就告诉自己必须得要一个孩子。

如果说我的计划能被人拆穿，那我相信只有沈墨。不光是我对他的能力毫无怀疑，更重要的是两个人日日夜夜地生活在一起，难免哪天露出蛛丝马迹。而沈墨的那个轴得要死的性格，只要有一丝疑点，查出真相就只是时间早晚的问题了。不过我并不担心我会被抓进监狱，只要计划顺利实施，就不会有任何证据指向我，没有证据就没法定我的罪，估计连批捕都做不到吧。只是，我不想失去我的爱人，我最爱的男人！如果真的有事情败露的那一天，希望孩子可以留住他的心吧。

周日晚上，我没有吃避孕药，而且在那个夜里，我极尽所能地用身体去取悦沈墨。沈墨的体力和我相比，真的是差很多，他筋疲力尽地睡过去之后，我还不是很累，又在沙发上坐了很久。几年前我与宋兵策划杀死张天鸣儿子时我并没有什么犹豫，但是这次不同，我陷入了深深的思考中，直到凌晨才睡了一会儿。早上我6点就出了家门，那时候沈墨睡得像死猪一样，我在走之前关掉了闹钟，把沈墨的手机调到了静音，又拔掉了家里的电话线。我相信只要没有外力的干预，沈墨想按时起床去公寓是不可能的。而我也只能祈祷一夜疯狂之后在我体内播下了沈墨的种子。

周一早上给车子换上事先准备好的假牌照，然后我轻车熟路就到了刘玫的家。7点时，我上楼摁响了门铃，好半天才有人应声，是刘玫的声音。开门之后我向里面瞄了瞄，发现她男人不在，看来又是酗酒一夜未归。这正合我意，省去了很多麻烦。刘玫是认识我的，之前见过几次面，我知道她因为怀疑有人跟踪她，而对沈墨很热情，也正因为这个，她对我的态度也不错。虽然惊讶我这么早突然造访，但是开门之后还是尽力和善地问："你是沈墨的媳妇吧？有什么事吗？沈墨和我定的一会儿在公寓见面，说有事要和我说说。"

我笑笑，说："嗯，沈墨有事来不了。他让我来陪着您点儿，以防出事。"

刘玫愣了一下，转而惊慌地说："出事？出什么事？"

我说："沈墨已经查明跟踪你的是王伟了，但是没有什么理由抓捕他，所以他让我来陪着您点儿。"

刘玫说："都查明是他跟踪我了还不能把他逮起来？"

我略微显出不高兴，说："大姐，我也不是没事干的人，沈墨的决定自然有他的道理。要不然这样吧，我就不陪着您了，您想怎样都好。"说完我就向楼梯走去。

刘玫在后面喊道："哎，别啊，妹子你先别走。"说着就追上来拉住了我，"你想多了妹子，我不就是随口一问嘛，我这人不会说话，你也别见怪。"

我条件反射地甩开了她抓着我的手，就是她的手曾经将我扔到太平间，差点还要了我的命。刘玫被我甩开之后有点尴尬，我回过神儿来，赶紧缓和气氛："就是嘛，沈墨感觉大姐你人不错，所以今天特意让我请假来陪你。"

刘玫附和地点点头，又发愁地说："躲得了今天，可以后我得咋办啊？"

我也装出安慰的样子，说："没事，听沈墨说有法子制止他，你就放心吧。"

刘玫点点头，说："行，就靠你家那口子了。那我们是在家里待着还是怎么样？"

我说："家里也不安全，上我车上吧。我带你随便走走。"

刘玫说："好，那你等等我，我换套衣服。"

很快刘玫就换好衣服出来和我下了楼，边走边问我："妹子你吃饭没？要不我请你吃饭吧。"

我笑着敷衍说："行啊，先上车再说吧。"到了车前，我拉开后座的门，让刘玫上车。她进去之后，我也跟着进了后面。

刘玫惊讶地转头看我，问："妹子，你怎么也上后面来了？"

我笑着没说话，关上车门，然后自顾自地往手上戴着事先准备好的塑胶手套，不理刘玫的疑惑。之后我从裤兜里掏出在301拿到的那把匕首，猛地逼住了刘玫的脖子。

刘玫惊愕地说："你这是干吗？"

"转过去！"我喝道。

刘玫刚要反抗，我照着她的大腿就是一下，疼得她叫出声来。"转过去！"我疯狂地叫道。刘玫吓坏了，顺从地转过了身，背对着我，可嘴里还是不停地说："妹子，你这是干吗啊？我哪儿得罪你了啊？你，你老公可是警察啊。"

她腿上的血已经流到了座位上，不过座位上的坐垫是我之前买好的——很厚，处理完刘玫之后就会扔掉。那一刀我扎得很有分寸，没有伤及她的动脉，要不了她的命。我没有回答她的提问，在座椅下面掏出事先准备好的绳子把刘玫的手在后边捆了起来。绳子没有绑得很紧，我不想法医在之后发现有过捆绑的痕迹。之后我又绑住了她的腿，塞住了她的嘴，警告她不要乱动，不然现在就弄死她。

刘玫在后座上一直哼唧个不停，我也懒得理她。时间紧迫，我开车直奔公寓。在去的路上，我用刘玫的手机给王伟打了个电话，冒充刘玫通知他9点准时到公寓取东西。我告诉王伟，如果他去晚了，“我”就不会等他，把东西全都扔了，最重要的是我提了一句“楼下收破烂的那汉子对你们的衣服挺感兴趣的”。我相信王伟对妹妹是有感情的，所以他一定会立刻出来，毕竟屋子里有妹妹的很多遗物，他不会让那些东西被扔掉。我仔细计算过他的路程，坐地铁是最快的选择，加上步行的时间，他最快8点40分左右会到公寓。而他收拾一下怎么也要10分钟左右，所以在8点50分之前我作案就可以了。

到公寓时我看了眼时间。还好，8点过一刻而已。因为是周一，公寓门前的路上已经人来人往了。我紧贴着公寓的大门停下车，在刘玫的包里翻出大门的钥匙将门打开，然后看看周围没人注意到我，我赶紧把刘玫从后座上弄到了公寓里，然后关好了大门。这时已经接近8点半了，我得加快动作，因为不知道王伟什么时间到，也不知道沈墨是否真的会迟到。但是不管结局怎么样，都已经没有回头路了。

在传达室里我解开了刘玫手上的绳子，但是脚上的没有解开，嘴里塞着的布也没有拿出来。我警告她不要乱动，然后看了看她的手腕，只有浅浅的勒痕。深吸了一口气再看看表，我开始拍打她的手腕帮她活血，刘玫对我的举动应该是不明所以，满眼都是惊恐。五分钟之后，她手腕上已经看不出任何被勒过的迹象了。这时候刘玫的手机突然响了起来，吓了我一跳。手机上来了一条短信，看完短信之后我放下了一半的心，是沈墨发来的，告诉刘玫他会迟到。

把手机放回刘玫的包里，然后我猛地就在她的胃部扎了一刀。那一刀扎进去之后刘玫并没有叫也没有动，而是睁大了眼睛看着我，当我扎下第二刀时，她才闷哼着叫起来，而且疯狂地扭动身体，想挣开我的控制。一刀、两刀、三刀……我想不停地扎下去，可是理智告诉我时间已经不允许了，王伟和沈墨随时都有可能出现。当我起身时，刘玫已经只呼不吸气了，以这个状态，再有十多分钟她就该死了，就算急救车赶来也回天无力了。我最后又一次将匕首扎进了她的身体，然后解开了她脚上的绳子，取出了嘴里的布。当时我感觉时间好似过了很久，心情紧张得不行，可其实从扎下第一刀到我重新上车只用了五分钟而已。离开公寓之前我特意把公寓的大门打开，王伟到了之后肯定会直接进去。

我没有在公寓附近继续停留，如果被沈墨遇上就不好了。9点时，我给沈墨打了一个电话。我说我忘了他今天有事，所以关了闹钟，想让他多睡一会儿，这刚想起来所以赶紧打电话怕他没起来。沈墨火急火燎地说没事，他再有一会儿就到了。

我无声地笑了。可却，泪流满面。

〔 4 〕

一切都顺利得不能再顺利了，后来我知道王伟不光是先沈墨一步到了公寓，而且还遇到了沈墨并且袭击了他，之后这小子又逃之夭夭。这使得我的计划更完美了。

可是成功之后，我并没有快感，而是感到无力的空虚和深深的忧虑，我一直都在怕沈墨发现什么。不过我还没来得及细想这些，另一件事的出现却让我措手不及——李卫国出狱了。李卫国蹲了18年的监狱，今年终于刑满。这件事我一直都知道，只不过这段时间精神太紧张，就把这事给忘了。两个月之前妈妈还特意找我谈过这件事，想让我能重新接受他。接受他？那我小时候遭遇的一切怎么算？我对他从太平间里把我捡出来没什么感激的。嗯，完全没有！

那次因为李卫国的事情，和妈妈的谈话很不愉快，导致我好多天都不接她的电话。后来妈妈把电话打到了家里，还好她没有冲动，没有和沈墨说什么。沈墨并不知道李卫国的存在，我一直都没有告诉过他。从认识以来，我一直和他还有付晓说我父亲在我五岁那年就已经死了，骨灰被埋回了原籍，不在本地。结婚之后沈墨还要求去看一次，祭拜一下，搞得我只好在南方的一个小城随意找了个姓李的墓地敷衍他。嗯，那地方风景不错，当作是旅游我也蛮开心的。李卫国出狱是妈妈接的他，也没告诉我。妈妈知道和我讲了也是白讲，我根本不会去接他也不会理他。

让我没想到的是李卫国出来之后居然私自跟踪了沈墨，而且还向家里寄了一堆乱七八糟的东西。真的是把我气坏了，我相信李卫国一定是故意的，就是想给我找麻烦，我也没控制住自己，竟然对着沈墨大发脾气。后来我想了一下，我气急败坏应该是因为我知道李卫国这个人的存在已经不可能再向沈墨隐瞒了，这种超出我掌控之外的事情让我抓狂。发完脾气之后，我不知所措地跑了出去，去了妈妈那里，因为我不知道该怎么面对沈墨。虽然妈妈一直反对我在李卫国的事情上对沈墨说谎，而且在我结婚时还因为这个事与我吵过架，但是她知道李卫国做的事情之后也是很生气，立刻打电话骂了他。之后妈妈劝我回家跟沈墨好好说，可是我感觉面子上下不来，就一直不吭声。然后妈妈就逼着我给沈墨打了电话，让他来家里吃饭。妈妈一定要我把这事与沈墨讲和，而且也算是把李卫国的事情掀过去了。

在饭桌上，我知道了沈墨知道我一直去看宋兵的事情了，虽然他当时并没有明说。我想一定是宋兵遇到付晓了，说起了我经常去看他。说实话，付晓当时被关进那家监狱我就很担心，但是我也无力改变什么。在付晓进监狱之后我仔细调查过监狱的情况，付晓和宋兵虽然在同一个监狱但不在一个区，两个区的人平时很难遇上，更何况每个区有一两千人之多。我一直在祈祷他们相遇这种低概率的事情不要发生，可惜老天一直对我不怎么样。我真是不知道他们怎么可能会遇到对方，而且这么多年不见了居然也还互相认得出。所以当沈墨提起时，我就乱了阵脚。我突然发现我瞒着他的事情真的是太多了，多到我已经快要负担不了了。

当沈墨说出那句话“我不知道到你？爱的人到底是谁”的一瞬间，我心如刀割。

然后，他原谅了我。

呵呵，可笑我当时居然以为他真的原谅了我。痴迷于爱情的女人真的是很傻，竟然没想到如果他真的原谅了我，那天怎么会不带我回家。

沈墨现在就站在我的面前，开门看见他时，我还以为他是来接我的，满心的喜悦。可他开口就是：“是你做的吧？”我并不清楚他问的是什么，所以也不知该如何回答，但是我有不好的预感。妈妈在身后过来问：“做啥了？进屋说啊，站在门口干吗？”

沈墨死死地盯着我，我看见了他眼中的泪光。我问：“你在说什么呢？”看着他的样子，我的心已经沉了下去。

沈墨朝妈妈点点头，走进屋子关上门，继续对我说：“你一定要我说，那我就说了。宋兵那次真的是意外吗？上个月你真的是出差吗？”

他的语速很急，带得我的心跳也急了起来。虽然我不知道到底是哪里出了纰漏，但是很明显沈墨已经知道了一切。不过看他的样子，应该还只是猜测而已。我继续装傻，希望可以蒙混过关，说：“你问什么呢？怎么又提起宋兵了？我上个月是出差了啊！”

妈妈在旁边也看出不对了，问：“你们这是怎么了？”

沈墨说：“美心，你有没有出差的事应该很容易查到吧，只要去你单位问一下就可以了。你感觉有这必要吗？”他咬咬嘴唇，又说了一句，“我想没这必要吧。”

“你到底什么意思？我不知道你在说什么？”既然他问到这儿了，我清楚很多事情应该都瞒不住他了，但是我除了装傻抵赖还能怎样呢。

沈墨说：“那我就先说说吧，你看看我说的对不对？”他没有等我的回答，就自顾自地说了起来。他说了当年张天鸣儿子被撞的事情，也说了刘玫被杀的事情，还有他自己的推理和推测。果然是我深爱的男人，真的很厉害，他说的基本都对，只是有一些细节有偏差而已。而让我没想到的是，他居然就是因为那天我对他的挑逗才起的怀疑。最后他说：“我只是想不明白你是什么时候知道自己的身世的？还有你是怎么知道的？我想妈应该一直都没有和你说过吧？”

我笑了，虽然我感觉自己脸上的肌肉很僵硬：“你说的都是什么啊？是不是最近压力太大了啊？”说着我伸手去摸他的头，但是被他闪开了。

沈墨说：“我只想要一个真相而已，我真的想知道我爱的人到底是谁！”

妈妈说：“小沈啊，你这是说什么呢啊？这都是什么啊？”妈妈慌乱得来回在我和沈墨之间看着。

我和沈墨对望了一会儿，我决定回答沈墨的问题：“其实我早就知道了。”然后我进了我的屋子，拿出来那本妈妈的日记，递了给沈墨。

沈墨拿过去看了看，看完他说：“那……都是真的了？”他痛苦的表情，看得我好心疼。

我强撑着笑了笑：“我只是说我很早就知道了自己的身世而已。至于别的，我真的不清楚你在说什么。”突然，我不想再做徒劳的解释，因为真相已经一目了然，所以我抛出了撒手锏，“别闹了好不，你忘了我怀孕了吗？”

沈墨的声音里明显带着哭腔，说：“这是不是也是你事先计划好的？你是不是早就想好了利用我们的孩子，换一个我放你逃走的机会？”

我的怒火瞬间就升了起来，朝着沈墨叫嚷：“我需要吗？我要是想逃你留得住吗？而且我为什么要逃？我有什么好怕的？你们不可能找到证据的！”可是说完我就后悔了，我看见了母亲一脸的震惊和沈墨一脸的失望。我喃喃地降低了声音，“我只是……只是想你不要离开我。”

就在这时，妈妈扑了过来。她口中哀号着：“傻丫头！你是我的女儿啊！你就是我的女儿啊！”

亲历者的讲述一

我没有想过，我的那本十几年前的日记居然会害了自己的孩子。好恨自己，我一个家庭妇女，没事记什么日记啊！

我年轻时，家里一穷二白，父母的心思和精力都放在了弟弟的身上。因为爸妈的思想很守旧，认为女孩早晚都是别人家的人，给别人家生儿育女，所以也就没让我上过学。不过我后来拿着弟弟的课本自学，认识了一些字。之后我就一直在练习写日记，主要是为了练字，以免忘了。平时的生活挺平淡的，而且正赶上“文革”，也没什么工作可做，就在家里帮父母种种地、喂喂鸡。弟弟那时候经常出去闯祸，可是他闯了祸回来，爸妈只会骂我出气。

19岁那年，父母就对我的婚事很急了，到处找人帮我说婆家。家里不想给我出什么嫁妆，想着能赶紧嫁出去就行了。而我在婚事上也没有什么发言权，一切都得听父母的。况且我也想离开家很久了，努力干活却还经常挨骂的生活我真的是受够了，嫁人是我离开家的唯一办法。所以嫁给谁在我看来都可以，只要能离开家。就这样，我嫁给了李卫国——一个大我很多的赤脚医生，而且还是个跛子。

虽然李卫国是个跛子，但是我那时候感觉他还不错，因为他会给人医病，甚至还有点崇拜他。不过后来他做的那些事情让我慢慢对他失望了，尤其是在那个雨夜之后。

那是一个一切都在飞速变化着的年代，改革开放让人的思维开始和过去不一样了。很多人在那个时候抛开了铁饭碗，开始下海经商，但是也有很多人开始做起了一些以前想都不敢想的坏事，比如李卫国。他是个很好学的人，那些医学知识都是自学的。他很想当一名正式医生，但是没有机会，所以才干起了个体户——也就是赤脚医生。用现在的话来讲就是非法行医。不过那个年代医疗设施很不完善，像我们那种比较偏远的村子想看病还是蛮困难的，所以他还是很受欢迎的人。每天都走村串镇给乡里乡亲看些小病，而后来因为他每次都能帮人把病治好，所以名气就慢慢大了起来，找他看病的人也越来越多。

改革开放之后，国家对个人经营放宽了政策。在结婚半年之后，李卫国也有了新的想法——开一家诊所。虽然他是没有行医资格的人，但是他打了个擦边球，没有叫诊所，而是叫保健所。所以政府也没有人来查他。他把家里的那间老房子花钱修整了一下之后，保健所就开张了。

开了那个保健所之后，一切都挺好的。因为有了固定的场所，看起来也正规了，十里八乡的人都愿意来，收入也慢慢多了起来。可是人真的是一种贪婪的动物，尤其是李卫国这种唯利是图的人。看着有些村里的人出去打工，慢慢富了起来，他是既羡慕又嫉妒。李卫国就是在这个时候走到了歪路上，之后不光毁了他自己的人生，也毁了我。没想到的是，现在也毁了美心。

事情的导火索是因为修葺那个开诊所的老房子。为了这事李卫国花掉了他这么多年当赤脚医生攒下的大部分钱，所以导致保健所开张之后资金上捉襟见肘。而当时最大的成本开销就是医疗消耗品，比如针头、输液管、吊瓶之类的东西。虽然这时他的收入要比当赤脚医生时多很多，但是那时我刚刚怀孕，而为了让我的营养跟得上，李卫国还是很舍得花钱的，所以收入还是略显不够。就这样，李卫国想出了一个点子、一个很缺德的点子——去医院里偷用过的医疗废品，简单清洗一下再拿来给病人用。

在这件事上，我当时并没有劝住他，原因是那时候的我根本不懂得这是一件坏事，是害人的事。我还认为那些东西拿回来之后洗干净了，应该就可以重新利用，扔了也蛮可惜的。不过虽然我不懂，但是我想李卫国一定知道这么做是不对的。现在我当然知道那是坏良心的事，这个死老头子啊！他怎么也不会想到这些冤孽都会报应到我们的孩子身上。

从李卫国开始在乡医院里行窃，我们的生活水准确实提高了，毕竟除了药品之外，诊所的其他消耗品都是免费的。钱多了之后，为了给我养胎，就每天鸡鸭鱼肉不断。当时的我感觉自己很幸运，找到了一个这么知道心疼人的男人。看着李卫国拖着他那条跛腿，一周一次地去偷医疗废弃物，每次我心里都很担心。不管怎么说，我就是再没文化也知道偷东西是犯法的，所以当时每次见到他安全回来，我都打心里高兴。如果换到现在来看，当时还真的不如让他被人抓住的好。没文化真是一件可悲的事情。

因为李卫国很好学，所以他的医术一直在提高，而且诊所收费也很便宜，所以诊所的名气越来越响，十里八村的人都慕名而来。甚至有人连乡医院都不去，特意来这儿找李卫国给看病。那时候医院还不是私有制，属于政府拨款的公共事业，所以医院被人抢了生意也没感觉有什么大不了的，或者医院压根都没有发现生意被抢走了。可是来看病的人多虽然是好事，但是医疗用品也因此消耗得很快。虽然有时候李卫国把那些本就是废物的东西一次又一次地刷洗，重新利用，可是也不够使。所以李卫国去医院里行窃的频率大大增加，有时候甚至一周去两次。

美心看到的那篇日记记载的那天夜里下了好大的雨，到现在我依然记忆犹新。而我之所以对那天的事情无法忘怀，其中最重要的原因那天是美心出生的日子——每个母亲就算是忘了自己的生日，也不会忘了孩子的生日。可是孩子出生和瓢泼大雨都没能拦住李卫国那天的脚步，因为诊所的东西又不够用了，所以趁黑顶着雨，他又去医院行窃了。那次他去的时间很长，比平时长很多，我在家里时就预感会发生意外。结果他回来时差点没把我吓死，因为他第一次什么东西都没有偷回来，可却带回了一个孩子。看到那个孩子时我吓坏了，因为我认为是李卫国偷来的。李卫国当时的脸色很慌张，难免让人不去怀疑。不过李卫国说孩子是他在医院太平间里捡来的。我至今对这个说法都不相信，活得好好的孩子怎么会跑到太平间里去呢？那个孩子虽然当时比美心看起来小很多，我想应该是早产或者营养不好，但是小家伙很精神，看起来并没有什么健康问题。

那时候美心也刚刚出生，而且我奶水很足，所以那个娃娃吃了我很多天的奶。李卫国一直都想把他卖掉，虽然我很舍不得那个小家伙，也尽力去阻止了，但是李卫国还是趁我睡着时把他给抱走了。醒了之后我还哭了很久，可到底不是亲生的，所以过了几天心里也就没那么难受了。

那篇日记并不是我在当天记的。因为当天上午美心出生之后我身体一直很虚，到晚上才好了一点。而晚上又发生孩子的事，连惊带怕的，不可能写东西。日记是在两天之后补上的，但是之后因为要忙活两个孩子，就又没有时间写了。在李卫国卖掉了那个娃娃之后，我就再也不写日记了。曾经我以为，记录过去是一件好事，可以让人在过后的日子里怀念，但是那孩子被抱走之后我发现，记忆有时候是良心的死敌，我需要的是忘记。之前的日记我都卖废书本时卖掉了，但是那个日记本只记了一页，扔了实在是可惜，就留了下来，具体放在哪儿了也没注意，没想到如今被美心看到了，居然还让她误以为自己是那个捡来的孩子。

李卫国！这个祸害人的家伙，要不是他当年的种种行为，怎么会发生现在的这些事情。这18年我们母女相依为命，美心小时候过得不好，被人欺负我也是看在眼里疼在心上。从她考上大学之后，我以为老天终于开眼了，可怜我们母女了。而且后来她又嫁给了沈墨这个好孩子，我更开心了。可是为什么现在会这样！为什么李卫国这个家伙再次出现在我们母女的生活中，就又让我们的生活支离破碎！

现在可怎么办呢？杀人是要偿命的啊！

美心推开了抱着她的我，说我在骗她。难道她就这么恨这个家吗？

我去求沈墨那孩子，想他不要声张这件事，可是他却哭着打开了门。门外居然有好几个人，美心说那都是沈墨的同事，他的队长也在。他们带走了美心，沈墨也走了。

都走了……

亲历者的讲述二

美心那死丫头出事之后，她妈就立刻打电话把我叫了过去。从我进门开始，那死婆娘就开始打我，她说这一切都是我造成的。怎么是我造成的呢？是我让那死丫头去杀人吗？真是不可理喻，什么事情都往我身上推，难道你们娘俩就是好人吗？和我的女婿说我已经死了，这是媳妇和女儿该说的话、该做的事情吗？哼，他们以为我之前私自去找沈墨是为了什么？只是想回到这个嫌弃我的家？乞求她们娘俩的原谅？开玩笑。我就是要给她们找不痛快！现在死丫头犯了事居然还赖到我的头上，我看不是我造孽，而她才是个灾星呢。当初就该再多生个小子就好了！

晚上沈墨来找我，问我那年捡的孩子最后去了哪里。这件事我也不清楚，因为我不认识买孩子的人，想弄清楚当年的事情就得去找邓老六，所有的事都是他在中间办的。

邓老六是我一个八竿子打不着的亲戚。算算关系，我应该管他叫姐夫。这个邓老六表面上看起来像是个很有本事的人，穿戴衣着都很讲究。不过那只是看起来而已，我很了解他的底细，他就是一个小混混罢了，在社会上交了很多杂七杂八的朋友，根本不是什么好东西。按理说，这种人我是不想理的，但是想卖掉那个孩子，我能找到、能帮得上忙的人，也就只有他了。

虽然那个年月法律还不是很健全，但是卖掉一个孩子也不太容易，毕竟这里也算是皇城根儿嘛，很多事情抓得很严。而且一般老百姓还是都有点文化的，知道买卖孩子是犯法的事情。不过，好在捡到的是个男孩。当然了，不是男孩的话，我也不会把他捡回来。哪会有人想买个丫头啊。其实在我捡孩子时，我就已经想好了，如果这男孩卖不上好价钱，或者卖不出去，那我就自己养，让他给我当儿子。

我是在捡到那孩子的第三天才去找邓老六的，因为开始的两天我担心那个孩子活不下来。孩子的个头很小，很明显是个早产儿，我想他之所以被扔到了太平间，应该是出生时一口气没上来，医院认为他死了才扔掉。只是没想到他在太平间躺了一会儿，气又缓了上来，还真是够命大的，也亏得是遇上了我，不然他照样得玩完。所以我先观察了两天，发现孩子一点儿问题都没有之后，才开始研究卖掉他的事。我那个臭婆娘听说我要卖了那个孩子，竟然和我吵了起来，真是头发长见识短，那么个崽子也不是她自己生的，就喂了两天奶而已，居然就舍不得了。那可是她第一次和我吵架，还真是把我弄蒙了，只得好好哄她，说留下来养也可以。这样她才罢休。

就在第三天，我找邓老六出来吃了顿饭。这家伙猴精猴精的，知道我要是没什么事用得着他，肯定不会请他吃饭，所以点菜时全都是照贵的要，真是心疼死我了。喝了几杯酒之后，我讲出想让他帮忙卖孩子的事。邓老六听完之后只问了是男还是女，就大包大揽地说全包在他身上，说让我等着听信儿就行了。他当时答应得太痛快了，让我一度认为他是在吹牛，还心想这顿饭算是白请了。不过我还真就想错了，邓老六还真不是借酒吹牛，没出三天他就给我联系到了买家。对于买家的情况他神神秘秘地不说，只告诉我买家是城里一个买卖人，挺有钱的，钱的方面不是问题。我也不想知道太多没用的，只要能给得起我出的价钱就行了。

交易的那天，买家开着车来到我家。车停在院门口，但是没人下来。买家当时要先看看孩子才给钱，所以邓老六从我手里接过孩子之后，递进了车窗户里。我隐约看见接过孩子的是个戴墨镜的女人。我当时心里也挺紧张的，因为我怕邓老六这家伙联合外人骗我，要是人家开车跑了，我也没办法，毕竟这事也不可能报警。

我的担心是多余的，过了不到五分钟，车里的人就把邓老六叫了过去。

邓老六在车窗户那儿趴了一会儿，一直点头说“好的好的”，接着站直了身子，而手上多了一捆钞票。我看见钱就放下心了，想过去和买家说两句，套套近乎。谁不想和有钱人拉关系？可是还没等我过去，车就启动开走了。

那孩子卖了5000元，不过到手的只有4000，因为还给邓老六拿走了1000的好处费。所以买家的情况我一点儿都不知道，而且之后我也没去跟邓老六打听过。现在沈墨来问，我只好带他去找邓老六才能问清楚。我想，这个姑爷我得溜须着一点儿，必须哄他开心。美心那死丫头估计是没指望了，而我刚放出来，还这么大的年纪了，找工作肯定没人用，我那婆娘也没个退休金啥的，所以也就指望这个姑爷心肠好，能照顾照顾我们。

找邓老六可不是简单的事。那次卖掉孩子之后，我没有再和他联系过，更别说我还进去了18年。更麻烦的是我只知道他叫邓老六，真名叫什么根本就想不起来了。我一直邓老六邓老六地叫着，一次真名都没叫过。现在只好去找原来村子里的老邻居打听，看看谁能知道他现在在哪儿。还好，当年的老邻居现在很多还找得到，两天之后，我们终于打听到邓老六的消息。那是一个原来和邓老六总混在一起的混混。不过他也挺长时间没和邓老六来往了，用他的话讲就是——邓老六现在发达了，门槛太高。

这几年到处在搞城镇化，大兴土木，邓老六就走运了。他家的宅基地很大，所以拆迁之后分了十多套房子。虽然我刚放出来还没几天，不过也知道现在房价多贵，所以邓老六一下子就成了千万富翁。听说有钱之后，邓老六已经跑到城里住了，和原来的狐朋狗友都断了来往。幸好那个混混知道邓老六的真名，叫邓家明。有了名字就好办了，沈墨打了几个电话就查出了邓老六现在的住址，我们立刻赶了过去。

嗯，这时候发生了一件让我感到很奇怪的事情，就是美心那个死丫头居然被放出来了。听沈墨说，是因为美心犯罪的证据不充分，所以不能批捕。不过我看她妈家楼下有辆警车一直停着不走，估计把那死丫头逮起来是早晚的事。

见到邓老六，我一眼就认出了他，和以前没什么变化，就是富态了很多。不过这家伙挺客气的，说了半天才想起我是谁，还有点戒备地问我什么时候放出来的？找他要干吗？我懒得理他那小人得志的样子，告诉他不是我找他，是我姑爷找他，回手指了指身后的沈墨，说："我姑爷是警察。"在看过沈墨的警官证之后，邓老六的脸色有点尴尬，不大情愿地把我和沈墨请进了屋子。

他奶奶的，真是三十年河东三十年河西啊，进屋之后我只有这一个感受。当年我瞧不起的小混混现在居然能住得上这么豪华的房子，估计这房子怎么也得有一百五六十平方米，按这地段算算，能值钱好几百万呢。再看看我现在这个惨样，唉，都要老无所依了。

谈话开始时，进行得不是那么顺利，因为在我问当年那个孩子是谁买走了时，邓老六就一直在装糊涂，说不清楚我在说什么。不清楚个屁啊，这老小子真能扯，我当时还给了他1000元钱呢，那在当时可不是小钱，他还能忘了这事儿？后来还是沈墨和他说这个事已经过了追诉期，讲出来也不会把他怎么样之后，邓老六才犹犹豫豫地讲出了当年的事情。

原来当时邓老六在卖孩子的事情上答应帮忙那么痛快，是因为他在之前就知道那个买家一直想买个男孩，因为买家是他朋友的朋友。他说买家的身体好像有点问题，生不出孩子，所以才想买一个，当时就托人打听很久了。所以那天邓老六听我说要卖掉一个男孩之后，立刻就想起了他。当天吃完饭，邓老六立刻就去联系了那个买家。交易那天来的是买家的老婆和司机，听说买家生意做得很大也很忙，就没有亲自来。

邓老六现在年纪也不小了，人老了可能都有这个毛病，话匣子打开了就关不上。所以还没等我们问那个买家的情况呢，他就自己说了出来。

他先说起了与买家是怎么认识的。邓老六是个混混，出入赌场是常事，而那个买家也是个好赌之人，他们认识同一个朋友，所以一来二去也就互相认识了。但是听说那个买家在赌博上很有节制，一般都是点到为止，输多了就不玩了。而且每次在赌场都不会待到很晚。邓老六说这在赌徒里可是很少见的，估计是瞒着家里出来赌博的。不过赌博这事是不能沾的，人的定力一般都没有自己想象的大，而且最重要的是十赌九输。邓老六一直和那个买家有联系，听说去年底，那买家在澳门豪赌输光了家产，生意也破败了，现在还经常被债主上门讨债。邓老六感慨道："人生要是有正反面，这个买家的人生就算是彻底翻面了。"说这话时邓老六的脸上难免带着点自得。的确，现在他的人生也算是翻面了。

"啪！"

邓老六刚说到这儿，沈墨把茶杯一下子就放到了茶几上，冷不丁的这一下把我和邓老六都吓得够呛。我见沈墨脸色苍白得吓人，赶紧问："小沈啊，这是咋了啊？是不是老六有啥没说明白？"邓老六也有点紧张，他这种人习惯性地怕警察，也紧着说："是啊是啊，哪儿没听明白啊？我再说说。"

可是沈墨没有说话，只是摆摆手，然后就站了起来走到了客厅门口。我也不知道他是什么意思。接着，沈墨开始用脑袋撞门框。我赶紧过去拦住他，问："小沈啊，你这是干吗呀？"我心里咯噔了一下子，心想这孩子可别脑子出点啥问题啊，那我以后可就真没着落了。

这时沈墨慢慢地转过身，我看到他眼睛通红，不过没有搭理我。在深吸了一口气之后，他问邓老六："你说的那个买家是不是姓付？"

我很惊奇沈墨怎么这么问，他怎么知道买家姓什么呢？我转头看向邓老六。邓老六愣了一下，点点头说："是啊，是姓付，叫付文生。你咋知道的？"

邓老六刚说完，沈墨身子就是猛一晃，向一旁栽倒。我赶紧扶住了他，问："这是咋了？小沈你认识这个付什么？"

沈墨推开我的手，慢慢地把身子靠在了身后的门框上，然后点点头。我不知道这个付文生和他是什么关系，但是看样子关系不浅，因为沈墨的表情挺痛苦的。

这个付文生到底是谁呢？

亲历者的讲述三

我人生中最幸运的事情就是娶了我的老伴儿。她跟了我大半辈子，没享过什么福，到头来跟着我吃苦却也毫无怨言。在我败了家之后，老伴一句重话都没和我讲过，只是和我说："人哪，谁还能不犯错呀，改了就好。"能得此妻，夫复何求啊。对于赌博这件事，我也感觉挺对不起儿子。应该说他进监狱的事和我的关系很大，如果不是我败了家，那他也就不会欠下那个柏祈的人情，可能也就不会为了帮柏祈逃走而触犯法律了。我知道抓付晓的正是他的好朋友沈墨，也知道沈墨是个好孩子，我和老伴儿都没有责怪沈墨的意思，因为他没有做错什么。沈墨是个警察，而付晓犯了罪，沈墨只是做了他该做的而已。而且付晓庭审时，为付晓辩护的那个律师我以前听说过，费用挺高的。我们根本请不起，都是沈墨拿的钱，他已经尽到了好哥们儿应尽的义务。但是庭审那天沈墨那孩子没有去。

自从付晓进去之后，今天还是我第一次见到他呢。他还带了两个人过来，一个人我认识，是邓老六；还有一个，听老六说那人就是当年卖掉付晓的人。沈墨是来问付晓的身世的。

大家落座之后，我上下打量着卖掉付晓的那个人。其实这么多年过去了，我都已经快忘掉了付晓并不是我和老伴儿亲生的这件事，在我们看来那付晓就是我们的儿子。当年买孩子我没有去，是我的司机陪着老伴儿去的，我从来没见过这个人。他国字脸，浓眉大眼的，长得还不错，不过腿好像不大好，走路有点跛。我笑着和他们一一点点头，这时候老伴儿端着托盘过来了，给每个人都沏上了茶。沈墨那孩子还是有点不好意思，和我说话时也不大敢看我：“叔，您给我说说付晓的身世吧。当事人现在都在屋里，搞清楚来龙去脉应该很简单。”

我笑笑说：“那我就从我为什么要买付晓讲起吧。”

买付晓那年是我和老伴儿结婚的第三年，那时候我的事业蒸蒸日上，发展得很迅速，不过生活上有一点儿美中不足，就是老伴儿一直怀不上孩子。结婚头一年时我并没有很在意这个事，因为那时候很忙，很少回家，所以房事也很少。但是第三年老伴儿的肚子还没有动静时，我开始有点急了。首先我让老伴儿去医院检查了一下，但是没查出什么问题。这样我就开始对自己产生了怀疑，因为如果老伴儿身体没有问题，那应该是我的问题了。然后我就去医院做下检测。果不其然，问题就在我的身上——我的精子成活率太低，很难让女人受孕。

那是1987年，而内地在一年之后才会有试管婴儿技术，而我听说这个技术已经是在上世纪90年代了，所以当时来讲我是没有机会有一个自己的孩子的。我们这代人和现在年轻人不一样，不像现在很多人根本不拿要孩子当回事。对于我们来讲，传宗接代的事情在人生里还是很重要的。更重要的是，问题出在我这个男人身上，所以让我有了很大的挫败感，让我很茫然、很颓废。缺少精神寄托的我，就是在那个时候迷恋上了赌博。最开始时我只是和朋友们偶尔玩玩麻将，他们都是一些生意上的朋友。那个时间段里大陆很多人都富了起来，因为改革开放嘛，大家赶上了好的时代。在那种大的时代背景之下，有时候有没有知识或者背景就都不是那么重要，重要的是胆量，所以有钱人的圈子里什么样的人都有，人很杂。慢慢地，我也不知道从什么时候开始，我就不再止步于只和朋友打牌了，会被一些人带着去一些地下赌场玩儿。那段时间我的情绪一直都很不好，完全把赌博当成了一种情绪上的消遣。就这样，我经常会去那些鱼龙混杂的地方，但是每天都会按时回家。我瞒着老伴儿，不想让她为我担心。怀不上孩子的事情已经让她明显消瘦了不少。

我就是在赌场上时，听说有人花钱买了个儿子，所以才萌动了自己也买一个想法。毕竟我无法生育，买个孩子养也不失为一个不错的办法。之后我和很多人说起我想买一个孩子，最好是男孩，而且孩子还要健康。其实我当时就是抱着试一试的态度，没想到只过了一个月而已，就有人找到我说有卖家了。那个人就是邓老六，而我都记不起是怎么认识邓老六的，在那次之前我和他也就是点头之交而已，都没怎么说过话，因为他看起来就不像是个好人，浑身都是地痞流氓的气息。

在交谈之后，邓老六说他有门路，可以帮我搞到一个孩子，而且是男孩。我当时挺戒备的，立刻问他是不是偷来的。不过他告诉我说不是，孩子是他小舅子捡来的。其实我是不信的，孩子哪能随便捡得到呢，不过也没有多问什么，毕竟我的目的是买一个孩子，孩子怎么来的对我而言并不重要。所以我就和邓老六定下了交易的时间和地点。当时我说好了，要见到孩子健康之后才会给钱，一手交钱一手交人。毕竟我得确定我买到的是一个健康的孩子，邓老六看起来可不是什么善类，我怕他坑我。

交易那天我没有去成，因为生意上有事情走不开，就派了我的司机陪着老伴儿去了。细节上我并不清楚，老伴儿这时在旁边对当年的事进行了补充。她说付晓小时候太招人喜欢了，也很健康，当时就舍不得放手了。卖家当时给了我们这个孩子的出生日期，不过我和孩儿他妈并没有用，而是把他来到我们家的日子作为了他的生日，并取名叫付晓，在户口上登了记。之后我们就把他当成亲生儿子一样抚养，就像他的名字一样，他的出现让我们的生活看见了阳光和希望。

这么多年过去了，付晓也长大了，但是我们没有和付晓讲过他的身世，不是刻意回避，而是想不起来了。因为我们一家三口其乐融融，很美满，真的挺好。

讲完了付晓来到我们家的经历，我看着沈墨："小沈啊，付晓的身世就是这么回事。我并不知道你突然来问这个是什么用意，但是我知道买卖人口是犯法的事情，你难道是来抓我的？"

沈墨摇摇头，说："不是，我就是来问问而已。时间太久远了，早过了追诉期，叔叔您别多想了。"

我笑笑："其实你就是来抓我也没什么，自己做错了事情就要承担嘛。我看你还找了这两个人。"我指了指邓老六和那个卖家，"不会是一时兴起才要调查付晓的身世吧。还有，你应该会把这些事情和付晓讲吧？"

沈墨苦笑了一下，搞得我有点莫名其妙。他说："我想现在是有必要告诉他这些了，因为我找到了他的亲生父母。"

我一愣，看了看那个卖家说："不是捡来的吗？还能找得到？难道真的是偷来的？"

沈墨说："那倒不是，真的是捡的。还有，他是我的岳父。"沈墨指了指那个卖家，"付晓出生时难产休克了过去，医院以为他死掉了就扔到了太平间里，我岳父是在那里捡到的。"

我顿时一惊，原来那个卖家居然是美心的父亲，这也太巧了吧。想来这两个孩子小时候应该就见过，没想到二十多年之后居然还成了好朋友。我很喜欢美心那丫头的，既聪明又漂亮，说心里话，刚认识时我还心里把她定为我们家的儿媳妇了呢。唉，付晓这臭小子一点儿也不争气。我赶紧和美心的父亲重新打了招呼，握了握手，也不知道该和他说点什么好。我转脸问沈墨："那付晓是在哪家医院出生的，这个医院也太不负责任了吧！"想到那家医院差点就害死了付晓，我心里就升起了一团狂燃的怒火。虽然那时候付晓还没有来到我们家，但是不管怎么讲，他就是我的儿子！

沈墨苦笑着说："那些不负责任的人都已经付出了代价。"

我有点莫名其妙，听不明白沈墨说的是什么意思。

沈墨接着说："美心已经让所有害过付晓的人都付出了代价，也包括他父亲。”

什么叫美心让所有人害过付晓的人都付出了代价？我正想问，可沈墨已经哽咽着泪流满面了。

“她一直以为她是那个孩子。”沈墨的话语已经含糊不清，“她去报复了那些人。”

“什么意思？”我思维有点乱，有点不相信自己想到的事情，“美心以为她是付晓？以为自己是被扔到太平间里的孩子？”

沈墨点点头，浑身都在抖着。

“美心那丫头做了什么？”我的心一下子就沉了下去。看沈墨的样子，我知道一定是出大事了。坐在旁边的老伴儿也紧张地抓住了我的手。

沈墨沉默了好长时间，一直都没有说话。最后还是他的岳父——美心的爸爸说话了：“那死丫头杀人了。”说完他就摇头叹息了一声。

虽然这个答案我在心里早有一些预料，但是真正听到时还是让我惊讶得语无伦次：“杀人了？杀了谁？”

沈墨说话了：“当年为付晓接生的一个护士。”他的声音如机器发出，毫无人类的感情，冰冷僵硬。

“她这是……”我想问很多问题，但是一时间却又不知从何问起。

屋子里的人都沉默了。

第十章 Chapter

沈墨的手记

今天是美心被放回家的第三天，我还没有去见她，她住在她妈妈那里。美心只在局里待了12个小时，就被释放了，因为没有任何可以指证她的证据。队里又去搜查过一次现场，可是没有发现一点儿她遗留下的痕迹，也没有目击者看见她出现在三楼公寓。嗯，倒也不是完全没有。后来小李他们走访到了一个住在附近的人，他说在房东刘玫被杀的那个早上看到过美心的车出现在三楼公寓门口，但是他说不出准确的车牌号。后来勉强说出了三位数，却和美心的车牌号完全不搭边。而王伟的证据确凿，作案动机也充分，所以根据无罪推定的原则，根本就不能对美心申请批捕。现在局里只是对她进行监视居住，这也只是权宜之计。这个案子上面催得很紧，只要找不到美心的作案证据，对王伟以故意杀人罪提起公诉是早晚的事。而美心，却是个无罪的人。

我没有再参与这个案子的任何工作，倒不是宋队不允许，而是我自己不想做。我现在只想逃避。

我去了监狱，关着付晓的那所监狱。我想，有些事情他应该知道。命运是神奇的，也是荒诞的。它让房东刘玫在25年后再一次遇到了自己曾经接生过的双胞胎；它让两个在襁褓中就见过面的人，在分别了20年之后再度相逢相识；它让一个人，去杀了和自己没有任何关系的另外一个人，却以为是杀了仇人。我看着面前有点脏的玻璃隔板胡思乱想着，玻璃上那些汗渍留下的纷乱印记盯得时间长了之后，有点让人昏昏欲睡。“嘭！”一声敲击惊醒了我。

付晓笑着在玻璃对面拿起听筒说："想我了啊，臭木头。"

我勉强笑笑："是啊。"真的很勉强。

付晓皱皱眉，盯着我问："看你这一脸倒霉的样子，别告诉我你和美心还没和好？对了，她和宋兵……应该没什么吧。我那天也是多嘴。"

我叹了口气："他们没什么。不过我有件事要告诉你。嗯，不能说是一件，该算是很多件吧，也可以说是一件。"

付晓"扑哧"一声乐了："你玩绕口令啊！又一件又多件的，快说吧。怎么了？"

我沉默了一会儿，因为不知道该从哪里说起好。最后我还是从美心的事开始讲起，然后又向前推，讲到了付晓的出生和来到付家的经过。重新说起这一切时，一幕幕的影像就像无声的幻灯片一样，迅速地流过我的眼前。当讲完了所有的事情，我听见身体里面传出"啪"的一声——心碎了无痕。至于付晓，他本就白皙的面孔变得更加苍白。

我们两个人隔着玻璃墙都没有说话。半晌，付晓突然笑了一下，笑得很勉强，看得出他在强撑着。他摇着头，抬手指了指我："木头啊木头，你挺会玩啊。我还差点儿就真信了。"说着笑着叹着，"没想到你木头也会玩恶作剧。"

我没有说什么，静静地看着他。我知道以付晓的头脑，很简单就能分辨出我说的是真是假，也知道他一下子接受不了这么多的事。连我都难以面对这一切，更何况他这个在事件漩涡中心的人呢。一声不语，我看着我的好兄弟，心好痛。付晓还在强撑着笑，可慢慢地，他脸上的肌肉疯狂地颤抖了起来，终于他不笑了。紧接着是一声惨烈而又悲愤的长啸："啊——"然后疯狂地把手里的话筒摔在了玻璃隔板上，又跳起来一拳击在了玻璃墙上，鲜血瞬间迸出。而他的口中一直在不停地叫骂。

我知道他不是在骂我，他是在骂命运。

付晓身后的狱警迅速跑过来摁住了付晓。我不知道付晓瘦瘦的身体里怎么会有那么强大的力量，他掀翻了摁住他的两个狱警，在玻璃墙那边疯狂地叫喊着，乱踢乱砸着东西。我从来没有见过付晓这个样子，从来没有。之后冲过来了更多的狱警，好不容易才把付晓摁住，押回了牢房。

从监狱出来，我接到了美心的电话。接之前我犹豫了好久。

“你在哪儿呢？”电话里传来美心的声音，久违了的声音。

我说：“外面。”

美心说：“可以见面聊聊吗？”

我说：“有什么在电话里说吧。”

沉默了一会儿，美心说：“我们见一面吧！求你了！”声音里满是苍凉。

“好吧。”

我心软了。

我们没有在美心妈妈家里见面，也没有回家，而是找了家咖啡厅。在门口时，我看见小李和一个同事在美心后面不远不近地跟着。他们看见我有点尴尬，朝我点点头笑了笑，跟在我们后面进了咖啡厅，找了个离我们不太远的座位。

坐下之后，美心冲我笑笑，柔声说：“还是曼特宁？”我没说话，点点头。美心让服务员上一壶曼特宁，又点了两样小吃。等东西的过程中，我们一直都没有说话。我低头看着桌面，我知道美心在盯着我。

一会儿，服务员上齐了东西。美心给我倒了杯咖啡，推到我的面前：“没什么想和我说的吗？”

我轻轻转动着手里的杯子，没抬头，说：“不是你找我嘛，你有什么事啊？说吧。”

“那好，那我说了。”美心的手指在桌子上轻轻地连续敲击着，她思考时习惯做这个动作，“你该知道，对我的指控找不到证据吧？”

我抬头看了看她，笑了：“你不会只是来向我炫耀的吧？”

美心摇摇头：“我有那么无聊吗？”接着她继续说，“你也知道，只要没有证据，就算是我自己承认刘玫是我杀的也是没用的，对吧？”

“嗯！”我点点头。的确，王伟被嫁祸的证据实在是太充分了，如果没有明确的与之前的调查相矛盾的证据，这就是个可以定案的案子。我说：“那你也知道会有一个无辜的人会替你而死吧。”

美心一笑，说：“我们今天不讲别人。”

我说：“那你想讲点什么呢？”我真的搞不懂美心到底要干吗？

美心说：“你知不知道你们队长去找过宋兵？”

我摇摇头，不过并不惊讶。

美心喝了口咖啡，说：“我不知道你们队长找他有什么用，就算他指证我当年的事，也毫无意义。事情已经过去那么多年了，空口无凭。”

我有点不耐烦了，也有点生气：“你到底是要说什么？”

美心抬手做了个下压的动作：“别生气嘛，来都来了，就让我说两句行不行？”她继续说，“我这么多年一直去看他，怕的并不是他举报我，而是怕他真的去举报了，你就会知道我以前的那些破事。我只是，不想失去你。”

我冷笑了一下。不想失去我？那你杀人时怎么就没多想想我？不过我懒得再去和美心说。看样子，她就是想向我炫耀一下，那就炫耀吧。我喝着咖啡没理她。

美心没注意我的态度，眼神有点迷离：“我答应过宋兵，等他出来，嫁给他。可是我失信了。这些年，想到这个事我总是会和自己说：在爱情面前谁都是自私的。这句话总是能让我减少很多很多的负罪感，不过，这句话是错的。”她淡淡地笑了，很复杂的笑容，有苦有甜，“你们队长去找宋兵时，告诉了他，我已经和你结婚了。我这些年一直都觉得，要是这一天真的到来的话，宋兵一定会把我的事情都说出来。在我看来那是人之常情，所以我一直很怕。可没想到是，他居然……居然……”她有点哽咽。

我说：“他什么都没说，对吧？”

美心点点头，擦了擦眼角的泪珠，继续说：“我当时也在场。他知道我嫁给了你之后，很高兴，是真的很高兴。他说这么多年，他一直都不想我等他，但是又舍不得主动开口让我去找别人。他不傻，也看出来你们队长带着我去见他，又提起我已经结婚的事情，肯定是有意图的。所以他和我说，让我好好和你过日子，不用担心其他的，我好，他就知足了。”

我的心里很震撼。记得有人说过：只有杀戮与爱，依然真挚。这个男人，我已不知道该如何评说。

美心看着我：“我说了这么多就是想说，想抓我，是不可能的，一点儿可能都没有。”

我笑了：“嗯。然后呢？”

美心说：“我想知道，你是不是，是不是不会再爱我了？”

我说：“有一个无辜的人因你而死。我……不想也不能够再面对你。我真的做不到。”我的心很痛。

美心说：“只因为这个原因，是吗？”

我说：“这还不够吗？”

美心说：“我还杀人了啊！你不在乎这个事情吗？”

我想了想，然后又想了想，说：“说实话，我还真就不在乎。我知道这种话不该说，毕竟我是一个警察。但是我也不知道为什么，我就是这么感觉的。”

美心说：“因为她该死。”她那恨恨的声音，我真的不喜欢。

我说：“就算该死，也不该是你去做。”

美心说：“我不做，还有谁能做呢？法律？法律要是有用的话，我怎么还会坐在这里？”她笑着抬手阻止了要说话的我，继续说，“我们不要吵这个了，说不清的。而且对我们而言也不重要。”

我点点头，勉强笑笑：“确实，什么都不重要了。我想你应该也说完了。我们都好自为之吧，有空我们去把婚离了。”

美心笑了，很洒脱。她说：“没必要吧。你和一个要死的人较什么真啊。”

“啊？”我被她的话搞蒙了。

美心抬手向小李他们招呼了一下：“喂，李子！过来！”

小李和那个同事都有点莫名其妙，不过还是走了过来。小李有点尴尬地看看我们，点头说：“沈哥，嫂子。”

我和他们一样疑惑，搞不清楚美心要干吗。

美心看了我一眼，然后和小李说：“刘玫身上被扎了15刀吧？最后一刀是在胃部，对不对？刘玫的头是向着房间里面大概45度角的方向，上身穿着白色短袖T恤，下身是米黄色的裙子。嗯，还有就是，你们可能都没注意到，她右腿的丝袜跳线了。”她的语速不快，一字一句很清晰。

小李和那个同事都不知所措地看向我，我更是茫然地看着美心。我玩命地攥着手里的杯子，抖着声音问：“你这是干吗？你要干吗？”

美心冲我一笑：“帮你们破案啊。我不自己说的话，你们又抓不了我。抓我，还得靠我自己啊。”她交叉着双手，伸了伸懒腰，毫不在意的样子。

“沈哥……”小李看着我，“这……沈哥？”

我没有心思搭理小李，因为我已经要疯了。虽然我很恨美心犯下凶案，也恨她陷害了一个无辜的人，可现在她是干吗？这是会被判死刑的啊！无论我承不承认，她都依然是我最爱的老婆啊！

美心伸出她的手，慢慢地盖在我在桌子上握紧的拳头上，说：“你不是说了吗？你不会再爱我，只因为我害了一个你口中无辜的人。那好，我救他出来，这样可以了吧？”

我胸口很闷，眼前有点发昏。我说：“你说的这些都是我们没有和外界透露过的事情，这些话就可以把你定罪，你知不知道？”

美心依然在微笑，那翘翘的嘴唇，笑得很甜：“我比你清楚好不好，你忘了，我还有个法学学士学位呢。”她转头看向小李他们，说，“我和沈墨想单独说会儿话，说完了就和你们走，可以吗？”

小李点点头，猛地一拽身边还在犹豫的同事，吼道：“走啊！”他们直接走出了咖啡厅，在门口站着。

美心起身，走到还在迷茫中的我的身边坐下，轻轻地握着我的手：“你知道吗？我对我做的所有的事——别人眼中的坏事——从来没有后悔过。”她笑着看着我，可我却想哭，“虽然现在看来有点可笑，因为我根本就不是那个自己希望成为的人。我真的太想逃离那个家了，想了十几年，竭尽所能。我的生命就像是场无休止的噩梦，困在夜里无处可逃。直到幸运地遇见了你，我才明白，天是蓝的，云是白的，草是绿的，我是活的。这很重要。所以，如果你不爱我了，那我就算是活着，也如同死去。我是个孕妇，大概还有六个月才能生宝宝，之后还有十个月的哺乳期可以不执行判决，这样加起来我就还有将近一年半的时间可以活着——如果你还愿意爱我的话。时间是短了点，不过只要能换回你的心，一年半也长过几十年。”

泪水肆意地滑落，我把她紧紧地抱在怀里：“傻丫头，你为什么要杀人啊？我们好好过日子多好。”哽咽中，我已无法言语。

美心蜷缩在我的怀里，喃喃地说：“真暖，好舒服……”

第二天，小李给我打来电话告诉我，美心已经交代了所有的事情。她对凶案现场细节描述得很详尽，很多细节连我们警方都没有注意到，这样就可以定案了。不过因为她是孕妇，所以暂时不会对她收押，只会进行监视居住。美心要求回家住，小李一会儿就送她回来。挂断电话，我慢慢地坐到地上，又慢慢地躺下，仰望着天花板，地板冷硬。

这就是结局吗？我在想。

到底是什么造成了这一切呢？难道真的是因为所谓的命运？嗯，开始时我的确是这么认为的。但是现在我感觉也不尽然，主要的问题还是出在人心。命运？只是推波助澜罢了！一件件的离奇命案，诡异地连环在一起，偶然吗？现在回头看，一切都是在那个雨夜开始，蝴蝶效应一般地影响这事件中每个人的人生。如果付晓没有住在三楼公寓多好！如果在当年付晓就没有被丢弃多好！可惜，这世上没有如果。

在咖啡厅里，美心和我讲了她小时候的事情，那是她第一次和我说起这些，真的让我很心痛。如果没有童年阴影的话，我相信美心不会走上这么极端的报复之路。我重新读过美心妈妈的那篇日记，上面的内容虽然说得含糊其辞，但是稍加思考就能看得出上面说的孩子不是美心。比如捡到的孩子美心妈妈用的是他，而不是她。更重要的是，如果美心妈妈那时候没有怀孕的话，哪来的奶给付晓吃。但是很可惜，这些问题美心都没有注意到。或许，她也注意到了，但是她拒绝相信她不想要的真相。美心的童年是她非常想逃避的，但又是无法改变的，她没有能力选择自己出生的家庭和父母。所以当她看见了那篇日记，她就好像溺水的人看见了身边的水草，不能分辨它是否会帮你上岸，但是仍会拼命地攥住，攥紧。

现在回想起来，从第一个自杀的案子到美心被抓，一共是三个月，也仅仅只有三个月，三楼公寓里面却死了五个人。这应该也可以称得上是凶宅了。可在这凶宅背后隐藏着的并不是什么怪力乱神，而是一段人性缺失的阴郁往事。看看墙上的挂钟，美心快要回来了。我慢慢地从地上爬了起来，去卫生间里拿出了抹布，然后把屋里乱糟糟的一切都重新摆好。摆回以前的样子，擦拭干净。

可是，灰尘擦得掉，泪水擦不干……

尾章

一

{ 一年之后 }

沈墨把宝宝抱起来，放到了台子上。小家伙吃着手，瞪着大大的眼睛好奇地看着面前的玻璃隔板，抬脚踢了一下。

“你把话筒给这小家伙，我要和他说话。”付晓在话筒里对沈墨说。他看都没看沈墨，手朝着小娃娃不停地比画。

沈墨双手扶着宝宝，用脖子和肩膀夹着话筒，说：“说个屁啊，他现在不会说话。”

付晓叫道：“快点，废话这么多。”

沈墨无奈地摇摇头，小心地用一只手扶着娃娃，另一只手拿下话筒，放到宝宝的耳边。

付晓笑了，说：“喂，小兄弟，你认不认识我啊？我是你舅舅哟。喂，你倒是看着我啊。”宝宝对话筒很好奇，用手扒拉着，不停地看来看去，根本不理对面不停摆手的付晓。

沈墨笑着拿过话筒，说：“我就说嘛，他太小了。你还非要和他说话。”

付晓也笑了：“唉，我真想抱抱他，这小家伙太可爱了。看他那小胖腿，一节一节的。”转而他收敛了笑容，说，“那你准备以后怎么办啊？其实我感觉你大可不必辞了工作吧。”

沈墨在笑，可笑得很沧桑。他说："不想干了，经历了这些事情，真的干够了。我想带着宝宝到处走走。"

付晓皱着眉说："你刚才还说他太小了，这会儿又想带他去旅行。"

沈墨笑笑，说："我现在照顾他也算是熟练了，没有刚开始时那么手忙脚乱。是真的不想再在这里生活了，太压抑，想换换环境。而且小家伙也在一天天地长大，带着他去看看这世界有多大，挺好的。"眼光挪到娃娃身上的沈墨，脸上充满了希望。

付晓点点头："也好，那你以后想做点什么啊？不能总是旅行吧。"他很担心自己这个最好的兄弟，因为他比别人更懂沈墨所承受的痛苦。

沈墨把有点累了的宝宝抱了下来，重新放进胸前的婴儿袋里，然后说："到时候再说吧。等走累了，就找个环境好的地方停下来。或许，开个蛋糕店什么的。"

付晓接着问："那美心……"可还没说完，就被沈墨打断了。

沈墨说："我想，过几天我们就出发了，就不来看你了。你小子好好改造，争取早点出来。"看着玻璃墙对面的哥们儿，他没来由地湿了眼。

付晓看了沈墨一会儿，潇洒地笑了："好。一路顺风。"他挂断了话筒，朝着小家伙招手告别。可沈墨胸前的小家伙已经睡着了，小脑袋紧紧地靠在父亲的身上。睡得很平静，很安详。

梦里，他会见到妈妈吗……

——<全文完>——

图书在版编目（CIP）数据

毁灭者的秘密 / 闫达著. — 北京 : 九州出版社,
2014.3

ISBN 978-7-5108-2814-0

Ⅰ. ①毁… Ⅱ. ①闫… Ⅲ. ①长篇小说－中国－当代
Ⅳ. ①I247.5

中国版本图书馆CIP数据核字（2014）第050446号

毁灭者的秘密

作　　者	闫达 著
出版发行	九州出版社
出 版 人	黄宪华
地　　址	北京市西城区阜外大街甲35号（100037）
发行电话	（010）68992190/2/3/5/6
网　　址	www.jiuzhoupress.com
电子信箱	jiuzhou@jiuzhoupress.com
印　　刷	北京慧美印刷有限公司
开　　本	700毫米×980毫米　16开
印　　张	17
字　　数	213千字
版　　次	2014年5月第1版
印　　次	2014年5月第1次印刷
书　　号	ISBN 978-7-5108-2814-0
定　　价	32.80元